最美的风景在路上

澳非篇

于丽黎 / 杨泉福 编著

北京师范大学出版集团
BEIJING NORMAL UNIVERSITY PUBLISHING GROUP
北京师范大学出版社

图书在版编目（CIP）数据

最美的风景在路上 . 澳非篇／于丽黎，杨泉福编著 . —北京：北京师范大学出版社，2014.12

ISBN 978-7-303-17905-3

Ⅰ . ①最… Ⅱ . ①于… ②杨… Ⅲ . ①游记—作品集—中国—当代 Ⅳ . ① I267.4

中国版本图书馆 CIP 数据核字（2014）第 185907 号

| 营销中心电话 | 010-58805072 58807651 |
| 京师心悦读新浪微博 | http://weibo.com/bjsfpub |

出版发行：北京师范大学出版社 www.bnup.com
　　　　　北京新街口外大街 19 号
　　　　　邮政编码：100875
印　　刷：北京强华印刷厂
经　　销：全国新华书店
开　　本：170 mm×240 mm
印　　张：15
字　　数：227 千字
版　　次：2014 年 12 月第 1 版
印　　次：2014 年 12 月第 1 次印刷
定　　价：48.00 元

策划编辑：谢雯萍	责任编辑：何　琳　王晚蕾
美术编辑：袁　麟	装帧设计：红杉林文化
责任校对：李　菡	责任印制：陈　涛
营销编辑：张雅哲	zhangyz@bnupg.com

最美的风景到底在哪里

序言标题如此设问，似乎让人觉得有点荒唐。书名不是已经明白无误地点透了吗？最美的风景在路上。

的确，最美的风景真的在路上。要不，你无法理解，为什么发达国家的人们，将旅游出行、观赏各国各地的风土人情、名胜古迹，列为自己日常生活中的即使不为首要目标，至少也为重要目标。这些热爱旅游的人大概觉得，窝在家里，空闲时只能是一身慵懒的疲惫；出得门去，便是满眼的新奇和惊喜。所以在他们那儿，一个人，一家人，一拨人，如果假期闷在小窝里而不出去旅游，那真是不可思议之事。中国人认为：休息是为了更好地工作。西方人却认为：工作是为了更好地休息。两者的工作观和生活观如此迥然有别，两者工作的终极目标是如此的截然相左。德国总人口才8000多万，每年出国旅游竟达9000多万人次。而中国改革开放之前及之初，中国人不甚了解出国旅游为何物，但2013年中国人出国旅游已逼近上亿人次。出国旅游的人，大多为"四有"之人——有愿望，有钱币，有时间，有体能。"四有"缺一不可，但"有愿望"这一条为"四有"之首，因为只要有了强烈的愿望，你就会铆着劲儿地创造、准备和利用踏上旅途的其他条件。钱其实不是最主要的条件。一对新婚小夫妻，仅凭4万元，用一辆普通的摩托车，游遍了横跨欧亚大陆的15个国家；两位退休不久的花甲老人，凭仅有的一点退休金，而且完全不懂外语，竟然并不跟团，老两口自行转遍了五大洲40多个国家；还有两位仅靠打工、手头实在拮据的中国留学生，利用假日结伴而行，游历了欧洲的大部分国家。也许有人会说，当代电视业、网络业如此发达，电视中、网络上可以遍赏世界各地风貌，何必偏要浪迹四海自找苦吃呢？

其实你不了解，画面所视与实地所见，其感受恰如只用视频交流而不曾亲身晤面的恋人那般遗憾深深。第一次走进梵蒂冈的圣彼得大教堂内举目仰望，你会惊艳得半晌无语；第一次亲见罗马的"万神殿"教堂，你会惊奇得不知该如何表达；第一次目睹德国的科隆大教堂，你会为这座耗时600多年才建造成的宏伟大教堂赞叹不已；第一次脚踏埃及胡夫大金字塔的块块巨石，你会觉得不在人间；第一次踏上澳大利亚大堡礁的美丽小岛，你会惊叹地球上怎会有如此仙境……还有希腊爱琴海的圣托里尼岛，印度的泰姬陵，美国的科罗拉多大峡谷，马来西亚的云顶山，意大利的威尼斯水城，俄罗斯圣彼得堡童话般的多彩教堂，爱沙尼亚塔林古城，土耳其伊斯坦布尔整个城池……所到之处，所见之景，常给你震撼。那种惊喜，会让你连连后悔：为什么我没早些来到这里？你还会暗自打算：我还要去更多的地方，谁知道地球上还有多少让人顿觉"哪怕只去一次，一生便无他憾"的地方呢！

但是，最美的风景又不仅仅在路上。能到实地直观风物，是一种极为舒心的视觉盛宴；但若由景及史，你会觉得你的旅游将丰盈得超出你的想象。所有的旅游景点，除了个别的由大自然恩赐之外，绝大多数景点都是由各种各样的历史人物、历史事件、历史故事等渐渐沉淀下来固化而成的。如果你想让你的旅游收获更多一些，旅游质量更高一些，旅游品位更雅一些，那么最好在动身前做点文化准备，就浏览一下计划前往之地的历史和文化。换句话说，就旅游之便，知景点之史，或者叫"踩着景点学历史"——我们以往不曾有此体验，直到这次游历五洲多国景点，回来后再回溯景点历史之源后，才深切地感悟出：原来景点的历史天空里，有着如此的万般风光和万种风情！

什么叫踩着景点学历史？旅途中的历史浏览和历史阅读，其实并没有那么玄奥，因为普通人并非专业研读历史者，没有必要也不可能穷究旅游目的国和旅游景点的全部历史行踪。旅游者只需适度适量地将与景点、景物直接相关联的那些令人最为关心、最欲知晓、最感兴趣的历史人物、历史事件和历史典故引发出来，链接起来，让人们在即将前往、实地游览和游后回溯中，一点一滴地感受和体味相关景点里那依稀可见的历史典故的踪影，那如歌如泣的历史人物的倾诉声。你会无意中渐渐地体验到旅游之途的厚重感、韵味感和诗意感。于是，你的每一趟旅游，便不知不觉地变成了三度游甚至四度游——实地之游、历史之游、文化之游、精神之游。

无限风光的追寻中，你会获得无穷的意趣。比如，站在圣彼得堡叶卡捷琳娜二世的雕像前，你会好奇一个出生于德国的异国女性，缘何成为俄罗斯历史上最伟大的女王？出生于意大利的地理大发现的先驱者哥伦布，发现新大陆的最有力的推动者为何是西班牙的王后伊莎贝拉？印度泰姬陵里隐藏着怎样凄婉的爱情故事？美国历届总统的夫人中，哪些"第一夫人"独具特色和魅力，以及她们对总统、对白宫、对美国，做出了怎样的贡献？英国的莎士比亚在他令人目炫的戏剧创作之外，有着怎样的个人感情生活？希腊爱琴海的种种传说中，哪些传说最为撩人？欧洲各个国家为什么那样热衷于持续不断地建造那么多各具风格的教堂？置身于土耳其的伊斯坦布尔，你会体味出拿破仑为什么会对这座城市给予如此超群绝伦的评价？他说过：假如全世界为一个国家，需要选择一个首都的话，那么它就是伊斯坦布尔……当你检视若干名胜景点，又透视景点中的历史天空后，你不觉得这是一种美轮美奂的历史浏览，极真极致的文化熏陶，至深至纯的精神愉悦吗？你不觉得这种既横向读景点又纵向读历史的书中游，极大地丰富了你的旅游内涵，优化了你的旅游品质，提升了你的旅游品位吗？

如此看来，景点上的"横向游"，再加上由景及史的"纵向游"，真是妙不可言！著名历史学家钱穆说过：我们这一时代，是极需要历史知识的时代，而又不幸是极缺乏历史知识的时代。当然，我们常人不可能也不必要成为钱穆先生所言及的那种历史学者或史学专家，但多一些历史知识于旅游之中终归是一件好事，何况踩着景点学历史，乃是"薅草打兔子"，简便又快乐，愉悦又丰收，何乐而不为？

倘若你因诸事过于繁忙，因上路过于仓促，或因别种原因而耽于体会，未能来得及对所往目的地的相关景点的历史做一些文化准备，那么也并不要紧。一路上最

3

美的风景饱过眼福之后，你再趁着浏览景点之后的余兴，带着孩童般的好奇心和探究欲，去追寻这些景点的历史足迹，这种"追寻"中所搜寻到的历史美景会令你拍案称奇。这套丛书中的部分篇章，比如，游览美国、加拿大回国后，我们所写的旅游散记《洗出此山万丈青》，游览希腊、土耳其归来后写出的《古今苍茫接翠微》，持续数月发表在报纸上后，被几位曾经去过那些景点的几家大报的老总们阅读之后大叫"过瘾"，他们自我调侃："说是我们去了美国，其实我们只是在'镜框'里瞧了瞧美国的身影，你们的这些文字才让我们真正看到了美国的灵魂……"他们看完上一篇后，急切地等待着下一篇。他们说，看着你们结合着美国景点说美国历史的散记，为我们节省了太多的时间。夜晚入睡前，选上一处我们曾经到达过却没有"消化过"的景点片段，细细阅读，慢慢品尝这些景点的历史风云，那才叫美的享受呢！

饱览各种最美风景的于丽黎，过去在校读书时，对历史课程常常是消极应付，至于兴趣更无从谈起，但在"横向"游风景加"纵向"游历史之后，她对历史的兴趣油然而生，现在几乎到了深恋、痴迷的程度。这般变化不知是旅游之获还是心态之变，或是规律使然？

感谢各种版本、各种风格的历史著述，感谢发达便捷、似有温度的电子网络，感谢一切提供相关著作、相关文字的人员，倘若没有这些前提条件，《最美的风景在路上》这套丛书便无从形成。在这些文字搜集及文字写作的浩繁艰巨的劳动中，付出最多的当数于丽黎女士。多年前她在部队支援地方抗震救灾中为救人负伤，但在带着伤病的一次次旅游途中，她总是随身带着一个甚至多个小本本，一路走一路听，一路看一路记，还拍摄了许多像模像样甚至逼近专业水准的照片。遇有必须弄清楚或兴味盎然的事物，她会向导游或相关人士问个不停，本来是休闲出门旅游，她反而更加紧张忙碌，以至于游伴中有人开玩笑说，于丽黎是带着采风任务来旅游的。每次旅游归来的资料归拢、文字整理及文章写作，全是她一人所为，我不过做了些文章审读、文字润色、标题的制作与推敲之类的辅助性、配合性工作。所以，两者之间的劳动投入是不均衡、不对等的，但这并不妨碍《最美的风景在路上》这套丛书的欢快问世。

还要特别感谢央视著名节目主持人、著名电影演员、著名作家、新锐画家倪萍女士；特别感谢中国文联副主席、中国曲艺家协会名誉主席、著名曲艺艺术表演家刘兰芳女士；特别感谢蜚声海内外的著名作家、宁夏影视拍摄基地董事长张贤亮先生；特别感谢解放军艺术学院教授、著名影视评论家、中国文艺评论家协会理事边国立先生。感谢他们热忱推介《最美的风景在路上》这套丛书，他们寥寥不多的优美文字，本身就是一道道闪亮夺目的风景线。

边国立教授是于丽黎女士的先生，他和我的夫人吴恒霞女士对我们合作著述非常支持，没有两位提供的写作环境和写作条件，没有两位的理解和配合，此套丛书也难以问世。

还要感谢《本溪晚报》总编辑、著名诗人孙承先生多次相伴出行及游记写作中的交流、沟通与指导；感谢湖北省石首市群众艺术馆吴恒健先生的精心校阅；感谢旅行社的郭梦和魏小西，尽管郭梦已升任部门经理，魏小西已定居芝加哥，但正是在他们热心的帮助下，我们才得以顺利完成前后近40个国家的旅游行程和游后著述。

特别要感谢的，还有既热心又有人脉又有人缘的中国名家收藏委员会主席、收藏界杂志社社长、路遥文学奖总发起人高玉涛先生，是他把我们这套丛书与相关名人联系在一起，为这套本来平常的丛书平添了许多不平凡的元素。

感谢北京师范大学出版社和为本书出版付出辛劳的工作团队的每一位成员，正是他们的精心劳动，使这套丛书大为增色。

《最美的风景在路上》这套丛书的出版，如果对人们尤其对游人有所裨益，我们将不胜荣幸。

杨泉福

2014年1月4日于北京亚运村嘉铭桐城

目
录

玉质澳洲

　　站在世界版图前看澳大利亚，身处南半球，对应南美洲，东为太平洋，西为印度洋，有人喻说她像地球巨人腹部的肚脐眼，我们则喻她为一枚硕大无朋的玉佩，垂挂在世界巨人的身上。人们早已习惯了将大洋洲称为澳洲，那么在这里，我们姑且还是将它称作澳洲吧。澳洲玉佩似的状貌，好像天然地使她具备了玉的内涵及玉的品格。

　　澳洲，有如玉石般的纯粹。严格意义上的澳洲，总面积约897万平方公里，有14个独立国家，在地理分布上为澳大利亚、新西兰、新几内亚、美拉尼西亚、密克罗尼西亚和波利尼西亚6个区域。由于有海水的环绕和滋润，澳洲诸国大都为森林和草原覆盖，因而主色调是一片翠绿，当然也有连片沙漠，那就如中国的和田玉并非浅绿翠绿墨绿深绿一般，乳黄相间依然别样养眼。这么一大片土地，历史上没有大规模的战争，土族和外来民族总体上和谐共处，所以总体给人以纯粹之感。你可以到这片土地上去感受一番，作为澳洲的代表性城市，墨尔本之所以成为全世界最适宜人类居住之地之一，其中一条主要原因，便是她的纯粹、纯洁、纯净和纯美。

澳洲，有如玉雕般的娇艳。最具典型意义上的澳洲"玉雕"，就是上天赐予澳大利亚东北方位那么一大片的大堡礁海域。到了大堡礁的几乎任何一处景点，任何一个海岛海底的圣境，都会让你不忍呼吸，不忍喧哗，不忍触摸，甚至不忍停留又不忍离开。因为她的美态太丰富，美色太娇艳，美景太奇特。到了这些玉雕似的美景中，再深沉的人都会惊叹，再矜持的人都会陶醉，再木讷的人都会灵感冲动。

　　澳洲，有如玉珠般的俏丽。被世人称为"世界上最后一片净土"的新西兰，是澳洲地带的主要国家之一。她整个儿就是南太平洋上的一颗璀璨夺目的明珠。轰动世界的电影《指环王》，在美国第76届奥斯卡金像奖评选中，一举囊括包括最佳电影、最佳导演、最佳视觉效果等11项大奖，其中主要缘由之一，就是因为拍摄外景地选择在新西兰的原始森林、神秘冰川、奇特火山及悬崖海滩等寻常人难以涉足之地，而且《指环王》的导演彼得·杰克逊的家乡，就在新西兰北岛的玛塔玛塔小镇。

　　澳洲，有如玉宇般的华贵。中国古代神话传吟至今的玉帝、玉宫、玉境、玉兔等，全系梦寐想象之物，而澳洲的许多胜地圣境，全都真真切切、结结实实地存在着，而且恐能超越神话杜撰者的想象。玉宇般周遭那些见所未见、闻所未闻的类似鸸鹋、考拉、奇异鸟之类的"仙境"动物们，以及它们的神态、憨态、美态，也非玉帝、玉宫的创作者们所能神思遐想创作得出来的。

　　到澳洲诸地亲身领略一番去吧，那里等待你的，将是一连串的意外和惊喜。

Chapter 1

天容海色万水奇
——澳新散记

2009年10月20日早6时30分，旅行社此行的领队蔡彬亲自开车到家接我前往机场。

7点30分，到达北京国际机场3号航站楼。12点45分的航班，北京时间下午3点30分到达香港转机。当晚11点40分从香港起飞，第二天下午2点05分到达澳大利亚的凯恩斯。空中漫长的煎熬，难以忍受的腰痛，让我周游世界的兴致锐减。

大洋洲，原被称为澳大利亚洲或"南方大陆"，与我们游客常说的"澳洲"概念不完全相同。陆地总面积约897万平方公里的大洋洲，拥有14个独立国家，包括澳大利亚、新西兰、新几内亚、美拉尼西亚、密克罗尼西亚和波利尼西亚6个区域。

★ 库克船长的新大陆

没想到，游览的第一站开始，我们游览的兴致不仅被迅速重新唤起，而且加倍升腾。早就听说澳大利亚和新西兰是人间天堂，起初我以为有些夸张，蜻蜓点水似地游览下来，足以印证人们赞美澳大利亚和新西兰是"人间天堂"这一说法的真切性。

1770年，英国航海家库克船长发现澳大利亚东海岸，将其命名为"新南威尔士"，并宣布这片土地属于英国。其实，早在1606年，西班牙航海家托勒斯的船只就已驶过位于澳大利亚和新几内亚岛（伊里安岛）之间的海峡；同年，荷兰人威廉姆·简士的杜伊夫根号涉足过澳大利亚，并且是首次有记载的外来人在澳大利亚的真正登

库克船长第一次登陆澳洲的"新大陆"——如今澳大利亚的第一大城市悉尼

陆，他命名此地为"新荷兰"。但真正在澳大利亚安营扎寨，宣布领土主权的却是英国的库克船长。从此，库克的名字便与澳洲大陆紧密地联系在一起。

英国人最初把澳大利亚作为一个流放囚犯的地方。

1788年，由菲利普船长率领一支有6艘船的船队抵达澳大利亚的植物学湾，1530人当中有736名囚犯。他们正式在澳大利亚杰克逊港建立起第一个英国殖民区，这个地方后来人口不断增长而成为澳大利亚现在的第一大城市，为了纪念当时的英国内政大臣悉尼而将该城市命名为悉尼。

1790～1803年，第一批来自英国的自由民移居澳大利亚，仅靠农业赖以生存，其后便利用天然条件发展畜牧业。初期的殖民地以悉尼为中心，逐步向内陆拓展到今日的塔斯曼尼亚。1819年，澳大利亚的畜牧业已有了较大发展，当时麦卡瑟船长与妻子共同培育了6000头澳大利亚最早的螺角羊，羊毛不仅自给，而且向英国出口，为澳大利亚换回日用生活必需品。1850年，澳大利亚的牧羊业已相当发达，羊只存栏总数达1800多万头，当时英国进口羊毛总量的一半以上来自澳大利亚。悉尼和墨尔本已取代德国汉堡，成为世界上最著名的羊毛集散中心。

19世纪50年代，在新南威尔士和维多利亚两州发现金矿。吸引了大批来自欧洲、美洲和中国的淘金者。澳大利亚人口从1850年的40万人激增至1860年的110万人。其后许多重要的金矿被一一发现，让澳大利亚迅速致富。

英国人不断移居之后，在澳大利亚逐渐建立起6个各自为政的殖民区，1901年，6个殖民区统一成为联邦，澳大利亚联邦成立，同时通过第一部宪法。原来的6个殖民区遂成为联邦下属的6个州。

1927年，澳大利亚首都迁往新建的堪培拉。1931年，英国议会通过《威斯敏斯特法案》，使澳大利亚获得内政外交独立自主权，成为英联邦中的一个独立国家。澳大利亚的国家元首是英王或者英女王，英王或女王任命总督为其代表，但实际上澳大利亚总督不干预政府的运作。

从1770年库克船长发现澳洲新大陆开始，到今天已经过去230多年的时间，整个澳大利亚发生了翻天覆地的变化。人们并没有忘记库克，这个当初的发现者，如今在澳大利亚的墨尔本和堪培拉，还保留着库克的小木屋和以他的名字命名的高达137米的巨大喷泉。

澳大利亚全称澳大利亚联邦，是全球土地面积第六大的国家，国土面积769.2万平方公里，比整个西欧大一半。

飞机到达凯恩斯，当地导游小杜就直接带我们游览弗莱克热带植物园。我们来凯恩斯的目的只为一睹翡翠般的大堡礁，所以对于别的景点真的没有什么兴趣。

弗莱克热带植物园

这是凯恩斯市政府经营的植物园，建于1881年，园子的面积不大，但拥有的椰树和木生羊齿类植物的规模在全澳大利亚却是独一无二的。

羊齿类植物是生活于热带或热带雨林环境下古老的攀缘木质藤本或灌木植物，所以根系很浅。植物的茎有横走茎和直立茎之分，横走茎可生根；直立茎一般细长，粗仅2～4厘米，很少分叉，表面布有的刺痕或钩状枝条可起攀附作用。

弗莱克植物园迎接我们的是摇曳的棕榈，如茵的草坪以及奇异娇艳的热带花卉。能叫上名字的只有火鹤、猪笼草、锦地罗……植物园虽然面积不大，但感觉幽深，小桥流水，空气清新。

30分钟后杜导又带我们观看了市容，一场阵雨袭来，一弯彩虹出现在我们的大巴车前，真是幸运！俗话说，出门遇到彩虹是好兆头。

我们围绕海边游泳池、赌场、商业街、咖啡店

凯恩斯弗莱克热带植物园的花卉

南太平洋的风雨来临了

凯恩斯街景

等处转了一圈。最大的感受就是人少、清静。杜导告诉我们，这个城市规模很小，居民大多不住在城里，到了晚上就见不到几个人了。

殖民者俱乐部的门厅

我们在海边的浴场稍作逗留，就来到我们第一站住宿酒店——殖民者俱乐部。这是一座庭院式的四星级酒店，我和来自中国另一个团队的女导游小皮同住501屋。她说："来凯恩斯多次，头一次住这么好的酒店，设备就是比三星级酒店的好，电视是液晶的，荧屏影像效果明显比别处要好。"

晚饭是半自助的，3个中国旅游团聚在餐厅一侧单独划出的区域，大约有近40名中国游客，比较拥挤，有位河北游客说："别挤了，不要让外国人看笑话，让他们认为中国人不文明。"真是挺有爱国心的，很在意中国人在国外的形象。

饭后，我们在酒店附近走了走，紧邻殖民者俱乐部的一片居民住宅区，几乎都是二层小楼。院门和楼门之间做成车库，经车库进入楼房。门口的路灯比较矮，不及一人高，灯光非常柔和，相对亮度不够。整条街道干净整齐，未见行人，只有几辆车出入。从外貌看，开车的好像是华人。

了解澳洲是因为另有打算

因为和导游住在一个房间，我们有很多的时间聊天。皮导介绍了很多有关澳大利亚历史和现状的知识。

澳大利亚的国土，约70%属于干旱或半干旱地带，中部大部分地区不适合居住。沿海地带，特别是东南沿海地带，适于居住与耕种。整个沿海地带形成一条环绕大陆的"绿带"，正是这条"绿带"养育了这个国家。澳大利亚内陆贫瘠干旱，却蕴藏极为丰富的矿产资源，澳大利亚铁矿储量占世界第二位，各种矿产为澳大利亚带来大量的财富。

导游小皮滔滔不绝地为我介绍着澳大利亚。正聊得起劲时，她接到一个让她期望已久的电话，她高兴地从床上跳起来，表现出极大的热情。我刚要回避，她向我摆摆手，自己开门出去了。

不过十几分钟，她满面春风地回到了房间。大大方方地告诉我，明天晚上她的准男友要过来接她出去喝咖啡。

因为我们都曾经是医生，而后都改行了，所以有不少共同语言。刚才只顾聊澳大利亚了，这会儿她情不自禁地说到了她自己和男朋友。

小皮的男朋友比她大近20岁，是当地导游帮忙介绍的。因为她已经是30岁的大姑娘了，在国内也没有碰到合适的人选，她觉得澳大利亚是人居生活最理想的地方，因此，她非常想移民到此。难怪她对澳大利亚有这么深入的了解，哈哈！原来她早有打算。

小皮认为，澳大利亚是一个高福利国家，生活压力小。人均国民生产总值在2000万人口以上的国家中排名第一，远高于美国、英国等其他主要英语国家。

澳大利亚人既有西方人的爽朗，又有东方人的矜持。"无拘无束"是对澳大利亚人的最好概括。人们日常互相直呼其名（只称呼名，不称呼姓），老板和员工之间、教师和学生之间都如是。澳大利亚人文明有礼，乐于助人，人和人之间比较好相处。

在澳大利亚工作，工资一般是每周发一次（公务员或者大机构是每两周发一次），发工资的日子通常是逢星期四或星期五。因此，澳大利亚的餐馆、酒吧、百货公司每周的周五、周六是生意特别好的日子。一些不注意安排花钱的人，就会出现周末富周初穷的现象。

澳大利亚是一个宗教自由的国家，澳大利亚存在的宗教信仰约100种之多。在澳大利亚各大小城镇，雄伟的教堂建筑数不胜数。澳大利亚2/3的私立中小学是由罗马天主教教会开办的，富有的家庭喜欢把子女送往私立中小学，因此，天主教或者教会学校对澳大利亚青少年一代有相当大的影响力。

在平日生活中，教会既竭力通过各种途径和方法增加信众，也尽力能帮助人们解决一些困难。找房子、寻工作、觅恋爱对象、倾诉心中烦恼、求车搬家、唱卡拉OK、跳舞娱乐、烧烤郊游、凑够一桌麻将的人数，都可以通过教会或者在教会找认识的人来解决。从某种程度上来说，澳大利亚教会的不少功能，有点类似中国的居委会、工会、妇联和街坊邻居的作用。

对华人移民来说，教会往往是他们认识澳大利亚的途径之一。即使对没有宗教信仰的人，教会也总是欢迎。华人的教会往往有厨房和餐厅，活动时有很多志愿人士帮厨，不少人还从家中带来家常小菜或家乡特产。

澳大利亚经济存在的突出问题是国民储蓄率偏低，但优美的自然环境，优厚的社会福利以及良好的生存空间，足以胜过其他。我们中国人都习惯存钱留后手，自己多存点不就有了吗？

小皮一脸率真可爱的样子，让我不由地喜欢上这个并不算漂亮但温柔实在的姑娘。

世界自然奇观——大堡礁

真是无愧于"世界七大自然景观之一"的美誉，从踏上大堡礁码头的那一刻起，我们就被岛上那美丽的自然风光迷醉了。

大堡礁——世界最大最长的珊瑚礁群，也是澳大利亚人最引以为豪的天然景观。它位于澳大利亚凯恩斯市东岸海面上。蜿蜒于澳大利亚的东北沿海，北自托雷斯海峡，南到南回归线以南，绵延伸展共有2011公里，最宽处161公里，有2900多个大小珊瑚礁岛。

大堡礁景色迷人、险峻莫测，水流异常复杂，生存着400余种不同类型的珊瑚礁。

南端离海岸最远，有241公里。北端最近处离海岸仅16公里。在落潮时，部分珊瑚礁露出水面形成珊瑚岛。在礁群与海岸之间是一条极方便的交通海路。这里鱼类有1500多种，软体动物达4000余种，聚集的鸟类有242种，有着得天独厚的科学研究环境。这里还是某些濒临灭绝的动物物种（如人鱼和巨型绿龟）的栖息地。1981年大堡礁被列入世界自然遗产名录。

凯恩斯码头

这也许是一艘气象船

　　上半年一位朋友约我澳新游，谈好的价格才万元出头，可是其中没有凯恩斯。我们觉得多花几千元钱能看到世界著名的自然遗产，是非常值得的事，于是此行特地到了凯恩斯。来此之前，大堡礁的影视片我不知看过多少遍。当我就要亲临这人间仙境时，兴奋的心情难以形容。

　　大堡礁是澳大利亚东北海岸外一系列珊瑚岛礁的总称。到了澳大利亚不看大堡礁，就好像到了中国北京没去八达岭长城一样令人遗憾。

　　有人把大堡礁比作进入澳洲大陆的门户，大片的珊瑚礁群落间，只有10个口子适合船只通行。詹姆士·库克于1770年首次发现它时，这位老练的大航海家就因为复杂的地形被迫搁浅了。所以说，大堡礁像布下奇阵的堡垒和战道一般，不熟悉地形的人很难登陆。

　　人们不禁要问："是谁建造了大堡礁？"令人不可思议的是，营造如此庞大"工程"的"建筑师"，竟是直径只有几毫米的不计其数的腔肠动物珊瑚虫。

　　据介绍，珊瑚虫体态玲珑，色泽美丽，只能生活在全年水温保持在22~28度的水域，且水质必须洁净、透明度高。澳大利亚大堡礁海域，正具备了珊瑚虫繁衍生息的理想条件。

珊瑚虫以浮游生物为食，群体生活，能分泌出石灰质骨骼。老一代珊瑚虫死后留下遗骸，新一代继续发育繁衍，像树木抽枝发芽一样，向高处和四周发展。如此年复一年，日积月累，珊瑚虫分泌的石灰质骨骼，连同藻类、贝壳等海洋生物残骸胶结一起，堆积成一个个珊瑚礁体。

珊瑚礁的形成过程十分缓慢，在最好的条件下，礁体每年不过增厚3～4厘米。现在这里有的礁岩厚度已达数百米，说明这些"建筑师"已经在此经营了不知多么漫长的岁月。

大堡礁的珊瑚种类大概有350多种，无论形状、大小、颜色都极不相同，有些非常微小，有的可宽达2米。珊瑚千姿百态，有扇形、半球形、鞭形、鹿角形的，还有树木和花朵状的等。珊瑚栖息的水域的颜色从白、青到蓝靛，绚丽多彩，珊瑚也有淡粉红、深玫瑰红、鲜黄、蓝绿色，色彩斑斓，异常鲜艳。

让人心醉的大堡礁绿岛

今天只有一个目的地，那就是我们向往已久的地方——大堡礁绿岛。

清晨，我早早地准备停当，什么防晒霜、遮阳帽、太阳伞等。

上午9点钟，我们登上"大猫"号豪华游船，坐在宽大舒适的船舱里，各种茶点饮料均可自选，我们急切地等待与世界自然遗产的亲切会晤，透过明亮的玻璃窗，不断张望。10点零几分到达绿岛码头，我们乘上10点15分第一班启程的玻璃底船，观看海底珊瑚礁和各种鱼类。

我们都是第一次体验这种玻璃船，能否真的看到我们早已期待的海底世

观看海底世界的玻璃底船

界？心情不免有些兴奋和紧张。几分钟后，透过脚下的玻璃船底，就清晰地看到了五彩缤纷、千姿百态的珊瑚和鱼群，我们激动地按动相机快门。"快看，珊瑚！""褐色的！粉红的！草绿的！紫蓝的！""这个像鹿角！那个像灵芝！嘿，像荷叶！像海草！""瞧呀！鱼群过来了！一种、两种、三种！""数不过来了！太多了！""黄色的！红色的！白色的！""这条个儿大！又来一群！"船舱里游客们不断发出兴奋的惊叹。

海面上海鸥盘旋，它们是来为我们助兴，还是企图收获猎物？我们不得而知，只见海面上鱼群翻滚，不断地跃出海面，却没有一条被海鸥抓住。

海上，海底，海面，天蓝，水碧，鸥白，这里真是一座绝妙无比的色彩天堂。

据导游介绍："大堡礁水域以绿岛、丹克岛、磁石岛、海曼岛、哈米顿岛、琳德曼岛、苍鹭岛、蜥蜴岛、芬瑟岛、义律淑女岛等较为有名。这些各有特色的岛屿现都已开辟为旅游区。在这里生活的热带海洋生物，有海蜇、管虫、海绵、海胆、海葵、海龟（其中以绿毛龟最珍贵），以及蝴蝶鱼、天使鱼、鹦鹉鱼等各种热带观赏鱼。这里的剧毒海生物如石鱼、海蜇、巨型海蛇令人生畏。"

正沉浸在这世间难得体验的美好时刻，老杨却头晕恶心，浑身冒冷汗，身体几乎不能自持，双手紧紧地把住游船栏杆，紧闭双眼。我急忙采取对症措施，为他指压内关

玻璃底船内部

伺机捕鱼的海鸥

透过船底玻璃看到的海底珊瑚和彩色热带鱼

穴位。没想到这位被我老伴儿称赞具有强健体魄、强大胃肠和肾功能的人,在最难得一见的奇妙美景扑面而来的瞬间,却闹起了晕船!

好在玻璃船只有15分钟的游览时间,最精彩的景色差不多也都看到了,只是没有来得及好好品味。高潮过去,玻璃船返航。从摇摇晃晃的玻璃船上又回到了豪华"大猫"游艇。

由于晕船,我们勉强吃下一点豪华游轮上的自助餐。老杨仍然感觉头晕,摸摸他的脉搏,状态还可以。我从背包里找出清凉油,可是费了九牛二虎之力还是打不开盖子。到了老杨手中轻轻一扒就开了。真怪了,清凉油也"见人下菜碟"。他的额头以及太阳穴、百汇穴、风池穴等部位抹上了清凉油后,觉得舒服了许多。谁知小小的盒盖儿跳落到游船的座椅下,不见了踪影。

这"捣蛋"的清凉油,打不开,盖不上,成心和我过不去!这时船上的游客差不多都下船了,3位服务员,听不懂汉语,却很快明白了我要做什么,纷纷蹲下来帮我寻找。一位小姐甚至趴在桌子下面东张西望,小小的盒盖藏得还真是隐蔽。

"算了,算了!别在这小事上延误宝贵的时间,不找了。"我向她们连连道谢。另一位年纪稍长一点的澳大利亚小姐,拿来一个黑色的标有"BJ"字母啤酒瓶盖,让我试试能否盖得上。嘿!果然行,不大不小正合适。下红上黑的结合,似乎寓意着中澳两国人民的团结和友谊,一切都那么自然、和谐、完美。

我们下船,过桥,上岛。在栈桥上,我们看到许多漂在大海中学习潜水的各种肤色的游客,看到岛上绿影婆娑、茂密遮天的热带植物,看到洁白如银舒展在碧海中的美丽沙滩,看到蓝天上起起落落的水上飞机和直升机,看到海上摩托、快艇不断划过的浪花弧线,老杨和还在晕船的团友们立刻亢奋起来,几乎忘记了刚才的狼狈,一下子精神振奋,纷纷投入到绿岛的怀抱之中,抓紧时间享受世界自然遗产恩赐给人们的视觉大餐。

游客在岛上只能活动一个半小时,导游指定了集合地点后告诉我们,谁想去乘坐水上观光飞机的,可以找她报名。

我们报名交费之后,急切地踏上通向绿岛中央的栈道,两侧的热带雨林茂密交错,遮天蔽日,很是凉爽。据说,凯恩斯大堡礁有内、外堡礁之分。绿岛属内堡礁,离陆地只有20多公里,海水浅,鱼类的品种、数量都相对较少,珊瑚发育比外堡礁相对较晚较短而观赏效果稍逊。大堡礁最美的风光，在40公里之外的诺曼礁或摩尔礁。但中国旅游团多数只能到绿岛，我们也不例外，感觉有些无奈。

澳大利亚大堡礁绿岛

　　不过半个小时，我们便走到小岛的尽头，丛林边上出现了绵软的白色沙滩，沙滩与海岸之间一株株枯死的树木，被南太平洋的海雨天风淘尽枝叶，被当空的骄阳褪尽色彩，在纯净的一尘不染的碧水蓝天之下，宛如大师手下的巨大根雕，造型简洁奇异又巧夺天工。

　　为了赶上下午两点的水上飞机，鸟瞰大堡礁全景，我们选了一条一个半小时能回来的路线。穿过热带雨林，踏上了海岛的南岸。岸边的白沙、碧海、枯树、蓝天、黑礁、红树、完美地交织在一起，构成难以描绘的壮丽画卷，

大堡礁绿岛中央的热带雨林栈道

我们惊叹这大自然的鬼斧神工，忘情地投入其中，忘记了时间和炎炎的烈日。五六十岁的老头儿、老太太此时一起返老还童，两眼目不暇接，两腿不停狂奔。一步一景，兴奋不已。什么遮阳帽、太阳伞，统统顾

大堡礁的枯木与碧海蓝天

不上使用，我们汗流满面，背包也丢到了一边，只顾端着相机，不停地拍呀！拍呀！！拍！！！

早晨准备东西时，导游让我们带上酒店里的大浴巾，以备下海时用。但是还没有来得及让大浴巾派上用场呢，导游小杜急匆匆地找到我们，说水上飞机不能起飞，要改坐直升机游览，所以必须两点钟准时赶到集结地点。另外当时多交的余款也不能退还，想搭乘直升机返回凯恩斯也可以，但要再补齐差价。

"水上飞机游览标价是190澳元，直升机游览是170澳元，乘直升机返回凯恩斯是319澳元，我们买的是水上飞机机票，为的是能够水上起落，近距离观看大堡礁。你们不能满足我们的要求，本来就已属违约，改坐直升机游览不退还余款，乘直升机回凯恩斯还要我们另外付返程机票费？那么，我们已经花费的豪华游轮的资费，你们给退吗？！"杜导被我们问住了，无法解答，说回去协商一下。

能够在水上起落的"水上飞机"

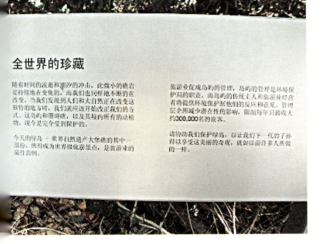

栈道两侧有以各国文字做成的环保宣传牌

大堡礁的神奇景象，使我们的游兴盎然勃发。沿着海边的黑色礁石继续前行，岸边裸露的树根盘根错节，搭成了荫凉的树洞，树干却粗壮挺拔，树冠枝繁叶茂；两堆柴火垛般的红树枝，相互簇拥在一起，形成一个大约两米多宽的柴门。不远处一株红树的形状更加奇特，盘根错节的树干拥抱在一起，造型酷似一顶别致的"皇冠"。这些布满海岛的热带植物，造型奇异，新颖别致，千姿百态，我们仿佛进入安徒生笔下的童话世界。

沙滩红树长成了"柴门"的造型　　　　　　　树干相互拥抱酷似一顶别致的"皇冠"

　　老杨瞄好一块沙滩，既有树荫又可看海，正欲坐下休息一会儿，瘦小的杜导又跑回来了。经过协商，他们同意我们乘直升机观看大堡礁后直接送我们回凯恩斯，不需再加任何费用。

多花190澳元争取了三小时休闲

　　一看手表，还差十五分钟就两点钟了，我们匆匆忙忙赶到集结地点，一位高大的工作人员背上我们乘直升机4位客人所有的背包，用手势指导我们系上安全带。然后大步流星地在前面带路，我们连跑带颠地跟着他来到停机坪。由于螺旋桨的轰鸣声太大，加上本来就听不懂对方的语言，只得完全靠肢体语言去领会他们的意图。

"曲项向天歌"的天然根雕

直升机工作人员把我们一个一个"塞"进机舱，安排到指定座位，系好安全带，套上耳机，对方做了一个手势，还没等我们反应过来啥意思，他们就猫着腰离开了直升机。那感觉，就像是电影中一方败退时的仓皇出逃！

飞行员跳进机舱，关上舱门，随着飞行员熟练的操作，直升机像一只大蜻蜓，盘旋着升上天空。伴随紧张的心情，映入眼帘的是早已在电视旅游频道上反复看到的、已经熟悉的，而且是看不够的大堡礁全景。盘旋在大堡礁的上空，一个美丽的，造型夸张的，由外及内的湛蓝、海蓝、浅蓝、纯白到透明而后渐渐过渡到淡绿、翠绿、深绿、墨绿的大贝壳，真切地展现在我们面前。这是在鸟瞰大堡礁世界自然遗产吗？连我们自己都有些不敢相信，大自然这位大象无形的画家以海为画布，以珊瑚礁为色彩，把大堡礁涂抹得如此绚丽。

遗憾的是我们没有机会乘坐水上飞机，不能零距离地接触和感受那些色彩斑斓的活珊瑚和大堡礁海底生物。

在直升机上拍照片很危险，机身不是很平稳，开窗拍的话风很大、很硬，不知是因为激动，还是因为紧张，我们拿相机的手微微颤抖，生怕手中的相机掉下去。没有什么角度可以选择，干脆看到什么就拍什么吧！

我们就是乘坐这架直升机从空中鸟瞰大堡礁

绕岛一周后，直升机把我们送回了凯恩斯市区，整个过程回想起来好像梦境一般。遗憾的是飞行时间太短暂，我们的眼睛还没有看够，绝美的景象还没有定格，大堡礁绿岛就被直升机甩在了身后，变成了大海中的一块宝石。而后，一瞬间，宝石也消失了！

大堡礁是世界上最有活力和最完整的生态系统，但其生态平衡也最脆弱。只要一个微小的方面受到威胁，对整个系统都将是一种灾难。大堡礁禁得住大风大浪的袭击，却难以经受来自现代人类的侵扰。20世纪，由于开采鸟粪，大量捕鱼、捕鲸、捞海参、捞珠母等，已经使大堡礁伤痕累累。现在澳大利亚已把这一地区辟为国家公园，禁止一切开采类活动，并对旅游活动进行了科学的安排。也许这些措施都起了作用，要不，我们怎么还能看到如此梦幻的大堡礁？

在返回市区的专车上，我们才知道，和我们同机观光的是一对来自上海的母子。母亲很健谈，看上去也很年轻，他的儿子英语不错，可以与司机对话，司机把他们放到了凯恩斯最繁华的街道。我们不会说英语，只能把饭店的名片递给司机，他很快就把我们送回殖民者俱乐部。时间还不到当地的下午3点钟。

鸟瞰世界自然遗产——大堡礁绿岛雅姿

在大堡礁绿岛，我们没来得及下海游泳，回到酒店又补了回来。冲澡后，我们换好泳装，围着房间门外不到10米的泳池整整找了一圈，也不知道进入泳池院子的门怎样才能打开，我急得在门上乱摸，按照中国人的习惯去找，怎么没有发现门闩呢？还是老杨脑瓜够用，在门的顶端发现了暗道机关，只轻轻一提，院门就打开了。哈哈！！

泳池不大，只有几位金发碧眼的老外在日光浴，在他们眼中，我们是黑头发黑眼珠的老外。泳池清澈见底，阳光照在水面上波光粼粼，我游了几个来回，非常惬意。一对在水中游泳的老外情侣，向我伸出大拇指。老杨告诉我："在一群老外中，更显咱中国女性的身材苗条，咱这黄种人的皮肤比起那位白人女士还显得白净呢！"

明知老杨是在恭维，我心里还是有几分窃喜。我也好奇，为什么有些白种

殖民者俱乐部泳池

人的皮肤不能近观？不仅白色的皮肤上斑点多，看上去也比较粗糙。是人种的原因呢，还是日光浴造成的？

游了20多分钟，我们回到各自的房间，洗澡洗衣，一切结束时才4点多钟。室外太阳还挺高，可惜没有找到能晾衣服的地方，泳池边的铁栏杆倒是合格，但上面有许多个头儿比较大的黑蚂蚁爬来爬去，这要是把蚂蚁带回国去可不得了。记得去年老伴儿在海南参加"海峡两岸文艺理论研讨会"时，也是住在一家庭院式的五星级酒店，回到家一看行李箱里招上了小蚂蚁，怎么也弄不干净。为避免家里染上蚂蚁，我们干脆把箱子扔掉了。此刻我们想，就是带着湿衣服走，也不能捎上蚂蚁呀！我用浴巾把衣服上的水蘸干，再挂到衣架上，心想，到晚上也许就晾得差不多了。

晚饭后，在其他团员忙于洗洗涮涮的时候，我们又开始了回顾大堡礁和照片的整理。多花了不到200澳元，我们却争取了3个多小时内容丰富的休闲时光！

柔柔的夜色中，融融的月光下，一曲优雅的葫芦丝——《月光下的凤尾竹》传入耳鼓，这熟悉亲切的乐曲，使我们恍然回到了祖国，可这是远离祖国的南太平洋岛国呀！难道殖民者俱乐部酒店服务员知道有中国团光临，特意播放中国乐曲？！循着葫芦丝优美的旋律，我们来到泳池边察看，原来竟是一名中国游客坐在太阳椅上吹奏葫芦丝。我们没敢打扰，轻轻地坐在她对面，静静地欣赏。在异国他乡的夜晚欣赏中国的乐曲，思乡之情油然而生，祖国此时应该是下午3点多钟了吧？

身在大连的老妈和身在北京的老伴儿不知在干什么呢？如果能陪着老妈，带着老伴儿和女儿，全家同游，该多好呀！不知在军中服役的老伴儿，明年退休后是否能跟我一起走几个国家呢？他是个懒惰不愿走动的家伙，早晨给他发了短信，下午还未见回信。不知他的身体如何？我临出发前他的感冒刚好，我一直开着手机等待家人的信息。真是心有灵犀，没出半小时，老伴儿的短信就发了过来："去医院检查，血象、体温都正常。"一颗悬着的心，总算落了地。

望着水洗般的星空，一牙细细的弯月，就像一张微笑上翘的嘴巴。挂在泳池边树影婆娑的椰树上。怪呀？在国内看到的上弦月、下弦月，好像都是侧下方、侧上方的位子，这中间弯弯，两头上翘的月牙，我们真是头一次见到！与周围的人交流，他们也说好像与国内的月牙不同，难不成国外的月亮和国内的真不一样？是不是因为地理位置各居南北半球而产生的变化？

这位中国游客吹完一曲又吹一曲，越吹越不完整，还经常出错。定神细看，原来这位大姐是另外一个北京团的游客，从她和同伴的交谈中得知，她退休后才学吹葫芦丝，到现在才学了一年多点儿。她觉得这里空气清新，便到这里水边上练练技艺。对于新手，这水平已是难得了。出门还带着葫芦丝，我们的心里早已是一份感动，又夹带着一份因她抚慰思乡之心而发自内心的感谢。

布里斯班的南岸公园

布里斯班是我不太熟悉的城市。听说，这个城市在20世纪80年代就举办过世博会，而我们此行就有参观世博会旧址的内容。

布里斯班是昆士兰州首府，是澳大利亚的第三大城市，始建于1834年，取名布里斯班是为纪念前新南威尔士州州长托马斯·布里斯班爵士。

让布里斯班闻名于世的是这里的树袋熊。树袋熊又名考拉，布里斯班因此而成为考拉的保护区——"考拉之都"。

考拉之都虽然曾是重罪犯的流放区，现今却是一个充满活力的城市。不仅有着迷人的自然风光、人文景观，还养育着一些澳大利亚特有的动物。

清晨4点叫早，4点半出发，6点飞往布里斯班。

办过手续后，我们便在候机楼吃早点。早餐是方便盒，冰冷的燕麦片点心，冰冷的牛奶和饮料，都是冷的。老外的肠胃真是质量过硬，冷热食品都无所谓，我们只好慢慢适应。

在候机楼我们看到许多出游家庭，有一个正在候机的家庭，4个男孩。他们推着一种双层儿童车，看起来很有意思，最小的大约两三岁，躺在上层，稍大一点的有四五岁，坐在下层，两个大男孩差不多高，一个推车，一个哄弟弟。父亲却清闲地站在一边，手拿登机牌，东张西望。也许他在等候妻子？听导游说，澳大利亚人家庭观念很强，一般是周四发工资，周五周六就带领全家度假消费，所以，他们大多以家庭为单位出游。

到达了布里斯班，当地导游兼司机是40多岁的李先生，他着装整洁，彬彬有礼，头发光亮而一丝不乱，看上去不像导游，倒像是一位港商。他说他的老家在中国山东，他的姐姐是山东烟台某机关的公务员，他是军人出身。我的祖籍也在山东，同是山东老乡，还都是转业军人，我们马上就感到很亲切。一路上李导介绍着布里斯班的风土人情、市容市貌，我们一行人先后到了世博会旧址、南岸公园以及黄金海岸。

南岸公园是一个风景优美的游览点，1988年这里举办过世界博览会，目前是举办大型露天活动或嘉年华会的重要场地。公园附近的昆士兰文化中心，有昆士兰美术馆及戏剧表演馆，还有图书馆和博物馆。

1988年，为了纪念英国人在澳大利亚建立居住点200周年，澳大利亚在东部城市布里斯班举办了世界博览会。这次博览会的主题是"科技时代的休闲生活"。各国都围绕这个主题大做文章，以体育、文娱、旅游、休闲、烹调、园艺等各种内容来体现人类生活的丰富多彩。

这届世博会共有52个国家和地区参展，是有史以来南半球规模最大的一次博览会，中国展馆展现的360度环幕电影——《华夏掠影》受到热烈欢迎，先后被评为五星级展馆及最佳展馆，这是中国参加世博会以来获得的最高荣誉。

布里斯班世界博览会旧址上唯一保留的尼泊尔建筑

世博公园位于布里斯班河南岸，占地16万平方米。世博会结束后，市政当局原本想改建成公寓住宅，遭市民反对，投票公决后这里改建成为一个亲水公园和博物陈列馆区，于是便有了今日的南岸公园，并且被誉为澳大利亚最好的市内公园。

公园沿河而设，河岸逶迤，绿茵如锦，有热带雨林、海滩海景和可游泳的咸水湖，还有散步场所和自行车道，野生动物区、蝴蝶屋、游艇、餐馆和野餐地点。

博览会园区保留下来的建筑很少，我们首先参观的是一座尼泊尔古代建筑，这是尼泊尔送给澳大利亚1988年世界博览会的礼物，博览会后，就保留在公园里供游客们参观。这是一座被称为庙的尼泊尔建筑，全部是柚木结构的，据说造了两年。庙的体积不大但很精致，无论是门楣、窗柱、屋檐，目光所及，到处都体现出尼泊尔的宗教文化和精湛的雕刻艺术。

南岸公园里的公共烧烤台　　　　　　　　　布里斯班南岸公园里的花廊

　　世博会旧址为市民打造了一个清新秀丽和谐的环境。从1851年伦敦主办的第一次世界博览会至今，世博会正日益成为全球经济、科技和文化领域的盛会，成为各国人民回溯历史经验、交流聪明才智、体现合作精神、展望未来发展的重要舞台。

　　花团锦簇的南岸公园里，我们见到许多干净的电烧烤台，一家4口正在一个烧烤台前聚餐。年轻的爸爸赤裸着上身，熟练地翻动着吱吱作响的肉片，香气扑鼻，两个五六岁的孩子和他们的妈妈，正开心地在凉亭下的餐桌旁享用。李导告诉我们，烧烤台在布里斯班随处可见，市政府专门为休闲的市民准备免费烧烤吧，个人只需要备好食物就可以随时烧烤了。

黄金海岸的冲浪者天堂

　　黄金海岸距布里斯班约70公里，属亚热带季风气候，终年阳光普照，空气湿润，海岸由数十个优质美丽的沙滩连续排列组成，绵延42公里，形成一条首尾相接的金色玉带。其中最著名的要数位于黄金海岸中心的"冲浪者天堂"。远处白帆点点，蓝色的海面划出层层白色的浪花。眼前沙滩上快乐的人们或坐或躺或玩或闹，享受着阳光海风的轻拂和冲浪惊险的视觉快感。

　　冲浪是一种非常紧张刺激的水上运动，冲浪者通常都是站在一块窄长的冲浪板上，乘着浪峰掠过水面。冲浪者需要把握准确的时机，机智敏捷地反应，随时保持身体的平衡。黄金海岸平均浪高一米左右，是冲浪的理想高度。

面对着"冲浪者天堂"，李导指着海岸对面的建筑群说："那里就是悉尼。"隔海相望，城市轮廓十分清晰。海鸥在空中盘旋，一群年轻的女孩子在教练的指导下学习沙滩排球，远处海浪中几个勇敢的冲浪者，时而腾云驾雾，时而钻入浪花。这里的人们都充满活力。

李导建议我们脱下鞋袜，零距离体验黄金海岸的海浪和绵绵细沙。碧绿的海水，推动着白色的浪花，涌入到金色的沙滩，亲吻着我们的双腿。浪花打湿我们的裤脚，细沙粘在脚趾缝里，痒痒的。冲洗脚丫的时候，李导掏出专用的纸巾让我们擦脚。真是体贴入微，好让人感动。

黄金海岸"冲浪者天堂"　　黄金海岸到处设有冲洗沙子的水龙头

布里斯班街头广场

与李导聊得多了，我们才知道，李导曾经参军，当的是台湾的国民党兵，然后从台湾到韩国，后来去了日本，再从日本来到澳大利亚的布里斯班。谈吐中，我们感觉得到，布里斯班是他心目中最安逸、最适合人居住的地方。李导的经历真是有些复杂！我们不便深问他那些我们很想知道答案的问题：他是怎么去的台湾？怎么当的国民党兵？又怎么落户澳大利亚？每个人都是一部各具特色的书啊！

中午，李导带我们到超市参观，天气很热，超市里宽敞明亮，货物齐全，空调温度适中，中间有沙发茶座。我们懒得走动，老杨靠在沙发上闭目养神，我就靠在沙发上写游记。

天堂农场的剪羊毛表演

下午，我们来到天堂农场，员工们身着浅蓝色的牛仔服，个个友好、热情、幽默，他们表演的甩鞭子、投掷回力镖、剪羊毛等节目精彩又富于刺激性。我们还亲手喂了袋鼠，与袋鼠零距离合影，观看了牧羊犬赶羊，亲手感受了贪睡小考拉皮肤的温度和弹性。

回力镖也称"飞去来器"或"自归器"等，顾名思义就是飞出去以后会再飞回来。它的形状有三叶型、十字型、多叶型等各种造型。原始部落的猎手们常用这种回旋

天堂农场的观光车

天堂农场甩鞭子的女牛仔

牧羊犬放牧表演

投掷回力镖表演

前进的武器打击飞禽走兽，在不断的抛掷中，他们发现，交叉状的器具在风力的影响下能够回旋来去。猎手向猎物发出飞去来器以后，如果没有击中目标，飞去来器会神奇般地返回发出者的手中。

表演者邀请了一位中国北京的游客参与表演，北京游客试投了几次都没有成功，这位信心满满表现欲很强的游客只好无奈地以失败告退。另一位自告奋勇的河北体验者，试投第二次就有所进步，虽然飞出去没有完全回来，但总算挽回一点面子，得到了邀请者的称赞。

现在飞去来器成了澳大利亚人今日的宠儿，人们把它当作玩具和运动器械开展投掷比赛，这项运动已风行欧美，在德国北部城镇基尔，定期举行世界性的飞行飞去来器锦标赛。不仅如此，它甚至深入到澳大利亚的主流文化中，于是出现了一种特殊的风俗，当客人离别时，主人会买一个飞去来器作为临别赠品。礼物含有祝福的意思，即祝他飞出去了再会飞回来，愿友谊长存。相传，中国早在新石器时代便已出现了用硬木片削制成的十字型猎具，杂技学术界认为，中国最早的杂技节目便是飞去来器表演。

剪羊毛表演是在一个特大的木屋里进行的，主持人是一个身材健美，长相英俊的帅哥。一阵激动人心的音乐过后，并无表演者上场。幽默的主持人东张西望，侧耳聆听后告诉大家，因为掌声不够热烈，所以"演员"谢绝出场。全场哄然大笑，马上爆发出热烈的掌声。

音乐再次响起，一阵万马奔腾般的声音从身后传来，几十只膘肥体硕的绵羊，踏过大木屋中间的木板通道，涌上舞台和前厅，找到各自位子站好后，就不再乱动了。哈哈！群羊之阵真是训练有素啊！

尽管场内的空气味道不是太好，但大家的兴奋点都在舞台上，谁也不太在意那味道了。

主持人一一介绍了每一位上台表演的美丽诺羊是什么品种，有什么特点。并亲自选上了四位游客，三男一女，有老有少。他首先把羊群由舞台中央的后门请到后台，然后开始示范表演。他把自己的身体挂在一个半圆的铁圈上，开始大家以为他在恶搞，后来才明白，他俯下身来是要用电动剪刀为一只美丽诺羊剪羊毛。剪刀开动之后，灰褐色的羊毛下面，竟是又厚又密又软的，雪白雪白的羊毛，在主持人魔术般的剪刀下，整齐连贯地落下来，似乎整张羊皮被剥下来一般。

天堂农场的剪羊毛表演

主持人让选上来的小伙子跟他学着剪。小伙子零零碎碎地剪了几绺羊毛，便直起身子说腰疼。无奈，主持人只好让他扶着羊腿，在旁边打杂。不一会儿，一只褐色肥羊变成了一只雪白无毛的"窈窕淑羊"。

主持人当然忘不了"借毛献花"，他把羊毛做成一朵花，献给了参与表演的姑娘；又把羊毛做成帽子戴在老者头上；把小伙子自己剪下的碎羊毛，塞进小伙子T恤衫的袖口，表示他经过劳动，增长了力量；又将一撮羊毛做成一枚戒指，郑重其事地送给中年男士，嘱咐他送给自己的最心爱的人。一场简单的剪羊毛表演，让主持人组织得有声有色，热闹而又不乏温馨，令人永远难忘。

在翻译的帮助下，我们在寓教于乐中了解到许多以前不懂的新鲜知识。

美丽诺羊最早是从西班牙被带到英格兰、撒克森（现在的德国西南部）、法国和美洲。又从这些地方被引进澳大利亚，在19世纪的初期以绝佳品质而闻名各地。

离开了天然生长的西班牙，美丽诺羊随着不同国家气候条件的变化和饲养者放牧方式的变化发生了改变。来自撒克森的羊种，毛质纤细而且白度极好，是著名的纺织品用羊种。来自法国的羊，主要用于宰杀食用，人们对其羊毛质量不是非常的关注。经过历史悠久的改变，如今的美丽诺羊已经不是单一的品种，而是有一系列的品种，不论它们最初起源是哪里，现在已经是独特的澳大利亚美丽诺羊种。

在澳大利亚羊毛进化的过程中，几乎所有产地和种类的美丽诺羊都被引进过，通过选种和杂交，重点选出那些在本地环境中能保持优良品质的羊种，经过自然与人工的共同筛选，澳大利亚现在主要有派平、撒克森、南澳、西班牙4个最基本的美丽诺羊品种。

今天澳大利亚的羊种有70%是直接起源于派平这一种群。这一品种引入了西班牙和法国羊的血统，在澳大利亚羊毛业历史中具有突出的祖先地位。以至于全澳大利亚的牧场主把他们的羊分为派平类或者非派平类。

派平美丽诺羊适应能力非常强，以其能够在内陆地区干旱的环境下生存而著称，它们也能生活在维多利亚、塔斯马尼亚和新南威尔士等雨量较大的地区。这种羊所具有的巨大的骨架和长腿使得它成为高效率的"强力队员"。它出产中等细度的美丽诺羊毛，量大，擅于抵御恶劣环境，因为羊种体内有较高的油脂，羊毛呈现一种奶油状的颜色。

美丽诺羊在引入澳大利亚的初期，产毛量是每年每只1~2千克。而现在一头派平美丽诺羊产毛量可以达到每年每只20千克或者更多。

美丽诺羊毛又被称为超细美丽诺羊毛，因为其纤维格外细致，直径在19.5微米以下，最好的美丽诺羊毛直径可达到11.7微米以下，是羊毛品种中最细的。普通羊毛纤维则要粗得多。这种羊毛制成的毛衣不但弹性好，而且手感十分柔软细腻，贴身穿相当舒适，织出的面料细致、柔软、体贴、舒适，不仅具有极好的保暖吸湿功能，而且亦具有伸缩适度的张力。由超细美丽诺羊毛制成的产品更能体现华贵的气质。更妙的是，大多数的美丽诺羊毛产品都预先经过特殊防缩处理，可以直接机洗，机洗后不影响羊毛的天然特性和优点，适当护理即可保持衣物的良好外型。

它那高贵的，仅次于羊绒的价格和手感，注定了它成为所有羊毛产品中的上品。但价格只是羊绒产品的60%左右。

此地还盛产一个以食肉为主的品种——"边界·美丽诺"杂交羊。

如果纯粹从羊的数量来看，澳大利亚第二普遍的羊种是由边界莱斯特公羊和美丽诺母羊杂交的，用这种杂交的方法获得的"边界·美丽诺"母羊是最好的食肉羊种，可以达到极品羊肉的水准，而且它的羊毛也很细，同样可用于纺织品生产。

澳洲的袋鼠之王

与袋鼠零距离接触，要忍受强烈的骚味。虽然袋鼠们生活的环境很干净，但袋鼠自身天然散发的难闻的气息还是扑鼻而来。

我们到来时，正赶上袋鼠们午休。它们躲在树荫下，有几只袋鼠还趴在地上，闭着眼睛睡觉。对于我们的到访，袋鼠们并没有表示欢迎或害怕。在我们友好的抚摸中，它们才懒洋洋地睁开眼睛与我们拍照。

我拿出巧克力，递到那只最小的袋鼠面前，它不客气地撩进到嘴里，然后抬起头来，那眼神似乎在告诉我，它还没有吃够，可惜我们衣袋里都没有巧克力了。

在天堂农场与袋鼠亲密接触

袋鼠原产于澳大利亚大陆和巴布亚新几内亚的部分地区，其中，有些种类为澳大利亚独有。所有的澳大利亚袋鼠，除了动物园和野生动物园里的，都在野地里生活，它们种类不同，生活环境不同，从凉性气候的雨林到沙漠平原再到热带地区，都有它们的身影。波多罗伊德袋鼠会给自己做巢，树袋鼠则生活在树丛中。大种袋鼠喜欢以树、洞穴和岩石裂缝作为栖身地。

红袋鼠，又名大赤袋鼠，在袋鼠中体型最大。其实只有公袋鼠是红色的，母袋鼠多为灰色。它们生活在澳大利亚干燥地带，当地的年平均降雨量在500毫米以下。由于袋鼠的食物含大量水分，所以它们在没有活水的地区也能生存。红袋鼠在群体饲养和杂交下，也出现了红色的母袋鼠。

大袋鼠只有澳大利亚才有，澳大利亚人将其视为国家形象的象征。澳大利亚的国徽上就有大袋鼠的形象。

在野外，当大袋鼠受到追赶、威胁的时候，它们有独特的反击方式。它们会背靠大树，尾巴拄地，用有力的后腿狠蹬敌人腹部。不过我们在动物园里看到的大袋鼠还是比较温驯的。它们受到精心照料，吃着营养丰富的饲料，习惯了动物园里的生活。天气寒冷时，就搬进装着大玻璃窗的暖房里生活。

大袋鼠喜欢搞"小团体"，它们往往集结小群生活于草原地带，活蹦乱跳地在夜间觅食各种草类、野菜等。它们一般1.5～2岁成熟，寿命20～22年，被列入濒危野生动植物国际公约附录。红袋鼠全年均可繁殖，经过艰苦的"十月怀胎"，一般只产一仔。袋鼠的孕期为340多天，当袋鼠妈妈快生小宝宝时，便忙着用舌头把口袋里面的脏东西舔干净。

生活于澳大利亚东南部开阔草原地带的大赤袋鼠，是世界上最大的有袋动物，也是袋鼠类的代表种类，堪称现代有袋类动物之王。

大赤袋鼠的形体似老鼠，看起来好像巨鼠。其实与老鼠并没有什么亲缘关系。它的体毛呈赤褐色，体长130～150厘米，尾长120～130厘米，体重70～90千克。头小，眼大，脸长，耳长，鼻孔两侧有黑色须痕。所有品种的袋鼠，不管体积多大，都有一个共同点：长着长脚的后腿强健而有力，趾有合并现象，大尾巴为栖息时的支撑器官和跳跃时的平衡器官，非常适合于跳跃，它们跳着走的时候时速可达40～65千米。它们前肢短小而瘦弱，可以用来搂取食物。

大赤袋鼠多在早晨和黄昏活动，白天隐藏在草窝中或浅洞中。它们喜欢集成20～30只或50～60只进行群体活动，以草类等植物性食物为主。它们胆小而机警，视觉、听觉、嗅觉都很灵敏。稍有动静，长长的大耳朵就能听到，便溜之大吉了。

袋鼠以跳代跑，最高可跳到4米，最远可跳至13米，可以说是跳得最高最远的哺乳动物。传说，在欧洲的一家动物园里，一只大袋鼠突然受到惊吓，一跃而起，越过两米多高的墙头，跳到隔壁的河马池旁边，用前爪抓伤了河马的鼻子，吓得河马不知所措。

大赤袋鼠的尾巴比腿还要粗壮

所有雌性袋鼠都长有前开的育儿袋，育儿袋里有四个乳头，雄袋鼠没有育儿袋。"幼崽"或小袋鼠就在育儿袋里被抚养长大，直到它们能在外部世界生存。

有一种小型袋鼠，每年生殖1～2次，小袋鼠在受精30～40天左右即出生，非常微小，无视力，少毛，生下后立即存放在袋鼠妈妈的保育袋内，直到6～7个月才开始短时间地离开保育袋学习生活。一年后才能正式断奶，离开保育袋，但仍需活动在袋鼠妈妈附近，以随时获得袋鼠妈妈的帮助和保护。

小袋鼠长到4个月的时候，全身的毛长齐了，背部黑灰色，腹部浅灰色，显得挺漂亮。5个月的时候，小袋鼠会经常从育儿袋里探出头来，母袋鼠总会把它的头按下去。小袋鼠慢慢成长，胆子越来越大，越来越调皮，有时头被按下去，它又会把腿伸出来，甚至还把小尾巴拖在袋口外边。小袋鼠会在育儿袋里拉屎撒尿，所以母袋鼠就得经常"打扫"育儿袋的卫生，它先用前肢把袋口撑开，用舌头仔仔细细地把袋里袋外舔个干净。小袋鼠在育儿袋里长到7个月以后，开始跳出袋外来活动。一旦受到惊吓，它会很快钻回到育儿袋里去。袋鼠妈妈的育儿袋像橡皮袋似的，很有弹性，可大可小，随小袋鼠的体型变化，小袋鼠出出进进很方便。

最后，小袋鼠长到育儿袋里再也容纳不下的时候，只好搬到袋外来住。感到饿时，小袋鼠就把头钻回育儿袋里去吃奶。经过三四年小袋鼠才能发育成熟，成为身高1.6米左右、体重100多千克的大袋鼠。这时候，它的体力发展到了顶点，每小时能跳走65千米左右的路程，尾巴一扫，就可以置人于死地。

母袋鼠长着两个子宫，右边子宫里的小袋鼠刚刚出生，左边子宫里就可以孕育新的小袋鼠胚胎。等先出生的小袋鼠长大，完全离开育儿袋以后，这个胚胎才开始发育。等到340天左右，小袋鼠再以相同的方式降生下来。这样左右子宫轮流怀孕，袋鼠妈妈可同时拥有一个在袋外的小袋鼠，一个在袋内的小袋鼠和一个肚子里待产的小袋鼠。如果外界条件适宜的话，袋鼠妈妈就得一直忙着带孩子。

袋鼠通常以矮小润绿的小草为食物，个别种类的袋鼠也吃树叶或嫩树枝。

袋鼠家族中"种族歧视"十分严重，它们对外族成员进入家族不能容忍，即使能够接受，也要对其好好教训一番，直到新成员学会了"家规"，才能和家族融为一体。就连本家族成员长期外出后再回来，也往往变成不受欢迎的主儿。

袋鼠属于有袋目动物。有袋目是哺乳动物中比较原始的一个类群，目前世界上总共才有150来种，分布在大洋洲和南北美洲的草原上和丛林中。在有袋目动物当中，红袋鼠是最有名的。它们在澳大利亚占有很重要的生态地位。

袋鼠通常被作为澳大利亚国家的标识来使用，如绿色三角形袋鼠用来代表"澳大利亚制造"。袋鼠图还经常出现在澳大利亚公路上，那是表示附近常有袋鼠出没，特别是夜间行车要注意，因为袋鼠的视力很差，加上对灯光的好奇，会跳过去"看个究竟"，开车的人如果大意，很可能撞到袋鼠，车也可能损坏。因为袋鼠的繁殖率高，所以即使不小心撞死袋鼠也不需要负责，会有专门的人把袋鼠尸体收走。

据说，袋鼠妈妈这一套奇妙的育儿方法还被人类所效仿。1984年，两位美国医生从袋鼠的育儿方法中得到启示，发明了一种养育早产儿的新方法。过去，早产婴儿都是放在医院的暖箱里养育的，因为早产儿生活力很差，没有暖箱，很容易死亡。这两位医生人工制造了育儿袋，将早产婴儿放在育儿袋里，让婴儿贴着妈妈的身体，听着妈妈的心跳，又温暖，又能及时吃到妈妈的奶，生存能力大大提高。

一般认为，袋鼠最早是由英国航海家詹姆斯·库克发现的。其实并非如此。早于他140年之前，荷兰航海家弗朗斯·佩尔萨特就于1629年遇上了袋鼠。那一年，佩尔萨特的轮船在澳大利亚海岸附近搁浅，看见了袋鼠以及悬吊在它的腹部育儿袋里的乳头及幼仔。这位荷兰船长竟错误地推测，幼仔是直接从乳头上长出来的。

　　库克船长第一次看见袋鼠的时间是1770年7月，那一天他派几名船员上岸去给病员打鸽子改善生活。那是在澳大利亚大陆指向新几内亚的那个"手指尖"——约克半岛附近，现在的库克豪斯就坐落在这里，这个城市是以伟大的航海家库克的名字命名的。人们打猎回来以后说，看到一种动物，有猎犬那么大，样子倒蛮好看，毛皮是老鼠的颜色，行动很快，转眼之间就不见了。两天以后，库克本人证实了船员们所说的一切，他自己也亲眼看见了这种动物。又过了两周，参加库克考察队的博物学家约瑟夫·本克斯带领4名船员，深入内地进行为期3天的考察。后来，库克是这样记载的。

　　"走了几里之后，他们发现4只这样的野兽。本克斯的猎狗去追赶其中两只，可是它们很快跳进长得很高的草丛里，狗难以追赶，结果让它们跑掉了。据本克斯先生观察，这种动物不像一般兽类那样用4条腿跑，而是像跳鼠一样，用两条后腿跳跃。"

　　有趣的是，由于他们对这种前腿短、后腿长的怪兽感到非常惊异，就问当地的原住民居民怎样称呼这种动物，原住民回答："康格鲁"。于是，"康格鲁"便成了袋鼠的英文名字，并沿用至今。后来人们才弄明白，原来"康格鲁"在当地土语中是"不知道"的意思。

　　澳大利亚现有约6000万只野生袋鼠，作为澳大利亚的象征之一，袋鼠一直是当地人的骄傲。袋鼠皮具有独特的纤维结构，是制革的优良原料，袋鼠肉制品和其他衍生产品，每年可为澳大利亚可带来1.72亿美元的收益。

　　澳大利亚之所以让袋鼠成为国徽上的动物之一，还有一个原因，就是它只会往前跳，永远不会后退。澳大利亚人希望国民与国家也有像袋鼠一样永不退缩的精神。

澳大利亚国宝——考拉

我们来到考拉的保护区，导游一再嘱咐大家，尽量保持安静，以免惊扰考拉睡觉。考拉虽然是"近视眼"，但对近处的干扰相当敏感，容易被激怒，所以拍照时不能使用闪光灯。

考拉又叫考拉熊、树袋熊、无尾熊、可拉熊、树懒熊，是澳大利亚奇特、珍贵、原始的特产树栖动物，性情温顺，体态憨厚，有一身又厚又软又浓密的灰褐色短毛，胸部、腹部、四肢内侧和内耳的皮毛呈灰白色，生有一对大耳朵，耳有茸毛，鼻子上无毛，呈黑色。虽然有尾巴，但因漫长岁月的进化，已经变成一个"坐垫"。考拉貌似小熊，但并不是熊科动物，而且与熊科相差甚远，熊科属于食肉目，树袋熊却属于有袋目。

考拉的名字源于古代原住民文字"克瓦勒"，意思就是"不喝水"。因为考拉以桉树叶和嫩枝为食，可获得身体所需水分的90%，所以几乎从不特意下地饮水，只在生病和干旱的时候才去找水喝。考拉的肝脏有较强的解毒功能，能分离桉树叶中的有毒物质。

考拉多生活于澳大利亚东南部的尤加利树林区，它们身体长约70～80厘米，成年体重8～15千克，它四肢粗壮，利爪长而弯曲，每爪5趾分为两组，一组为二，一组为三，善于攀树，且多数时间待在高高的树上，就连睡觉也不下来，它们平均每天18个小时处于睡眠状态，这和考拉生活的环境有关，澳大利亚土地比较贫瘠，所以桉树摄入的营养物质比较少，而考拉正是以这种树为食，从桉树中得到能量也相对稀少，因此，它们必须减少自己的活动量，以避免身体能量的消耗。

考拉很喜欢晒太阳，经常趴在树上一动不动地享受阳光。它们一生的大部分时间都在桉树上度过，偶尔也会因为更换栖息树木或吞食帮助消化的砾石而下到地面。

我们在园区和展馆内看到许多大大小小的考拉，就像一幅静止的画面，它们或坐或蜷或抱着树干，百分之百地闭着眼睛。树冠就是考拉天然的遮阳棚。我们问导游："大白天的就睡觉？这是怎么回事啊！"

原来考拉的作息时间与人类不同。白天，考拉通常将身子蜷作一团栖息在桉树上，晚间才外出活动，沿着树枝爬上爬下，寻找桉叶充饥。考拉胃口虽大，却很挑食，700多种桉树中，只吃其中12种。考拉特别喜欢吃玫瑰桉树、甘露桉树和斑桉树上的叶子。一只成年考拉每天能吃掉1000克左右的桉树叶。桉叶汁多味香，含有桉树脑醇和水茴香萜，因此，考拉的身上总是散发着一种馥郁清香的桉叶香味。考拉很讲

贪睡的小考拉

卫生，经常用自己的第二、第三指梳理毛发，深受人们喜爱，被澳大利亚人视为国宝之一。

看上去非常温柔的考拉，其实有很强的领地意识，考拉生活的树，也可称作考拉的家，其周边都有它们自己做的"界碑"线（树上的爪印和树基部小球状的排泄物），标志着不同考拉个体间树木的归属。也许在人类看来，这些标记并不显眼，但考拉却一眼就能认出属于自己的那棵树。甚至，一只考拉死后一年之久，别的考拉都不会住进这个空着的"家"，因为这只考拉身体留下的气味和标记尚未消失。

当一只年轻的考拉性成熟时，它必须离开母亲的家，寻找属于自己的领域。它的目标就是发现并加入另一繁殖种群。发现别的考拉比发现适于居住的栖息环境更重要，尽管考拉领地范围的大小取决采食树种的密度。

在澳大利亚，考拉的繁殖季节为每年8月至次年2月。其间，雄性考拉的活动会更加活跃，并更频繁地发出比平时更高昂的吼叫声。年轻的考拉离开母考拉开始独立生活时也会如此。如果考拉生活在偏远地带或靠近公路，那么这将预示着，这期间也是考拉安全员最忙碌的时段。因为考拉过路时，会因为遭遇车祸及受到狗的攻击等因素而增大受伤与患病的机会。

雌性考拉一般3～4岁时开始繁殖，通常一年只繁殖1只小考拉。然而，并不是所有的野生雌性考拉每年都会繁殖，有些雌性考拉每2～3年才会繁殖1次，这主要取决于雌性考拉的年龄和栖息环境的质量状况。平均起来，野生雌性考拉的寿命大约为12年左右，这就意味着，1只雌性考拉一生中最多只能繁殖5～6只小考拉。

考拉的怀孕期仅为35天，每胎只产1仔，出生时，小考拉才2厘米长，体重仅5.5克重，没有毛发、没有视力与听力，没有尾巴。出生后，小考拉会在完全没有母亲帮助的情况下，凭着自己发育良好的嗅觉与触觉能力、强壮的前肢和爪子，以及先天具有的方向感，独立自主地爬到母亲腹部的育儿袋中。一旦安全地抵达育儿袋，小考拉会紧紧地含住两个乳头中的一个，从而保证小考拉生长所需的营养来源。同时，母考拉会收缩育儿袋的肌肉，以免小考拉从育儿袋中跌落。

在头六七个月的时间里，小考拉只吃母乳，且从不钻出育儿袋。在此期间小考拉的眼睛、耳朵和皮毛等会慢慢地发育。大约22周后，小考拉才睁开眼睛，并从育儿袋中钻出脑袋，窥探外面的世界。22～30周时，母考拉会从盲肠中排出一种半流质的软质食物让小考拉吃。这种食物非常重要，不但非常柔软，而且营养丰富，含有较多水分和微生物，易于小考拉消化和吸收。这种食物将伴随着小考拉度过从母乳到采食桉树叶的这段重要的过渡时期，直到小考拉可以完全地采食桉树叶为止，就像人类婴孩在吃固体食物之前，会吃一段时间粥状的半流质食物一样。

考拉的盲肠是一个特别的消化纤维的器官。其他动物，例如，人类，也有盲肠，但与考拉长达两米的盲肠相比，简直不可同日而语。考拉盲肠中数以百万计的微生物，将食物中的纤维分解成考拉可以吸收的营养物质。尽管如此，考拉所吃进的食物中，也只有25%左右能被消化吸收。

一段时间后，小考拉会逐渐爬出育儿袋，直至完全地躺在母考拉的腹部进行采食，最后终于开始吃新鲜的桉树叶并爬到母考拉的背部生活。当然，小考拉也会继续从育儿袋中取食母乳，直至1岁左右。小考拉的身体会越来越大，渐渐再也不能将头部伸进育儿袋中，于是，母考拉的奶头会伸长，并突出于开放的袋口。小考拉会继续与母考拉一起生活，直至下一胎的小考拉出生为止。这时，小考拉就不得不离开母亲，寻找属于自己的领域。如果母考拉不是每年都繁殖的话，小考拉会与母亲一起生活更长时间，小考拉成活的机会也就越大。

通常，雌性考拉的寿命会比雄性考拉更长，因为，雄性考拉常会在争夺配偶的打斗中受伤，也因为需要维护更大的领域而不得不移动更大的距离，常常冒着车祸与被狗等动物伤害的风险。生活在安静环境中的考拉寿命会比生活在城市郊区的更长。一般雄性考拉的平均寿命为10年，而一些分散于高速公路或住宅区边缘的考拉平均寿命却只有2～3岁。

一旦开始采食桉树叶，小考拉生长得更快、更强壮的同时，生活也变得更加危险。首先，小考拉会为取暖和躲藏而拥抱着母考拉腹部，有时也会骑在母考拉背部，而后会离开母考拉作短距离的行走，这些行为都会让小考拉冒着跌落并受伤的危险。澳大利亚考拉基金会估计，每年至少有约4000只考拉死于车祸和狗的袭击，栖息地的破坏则是对考拉生存最大的威胁。

导游告诉我们，考拉性情温驯，行动迟缓，从不对其他动物构成威胁。它的长相滑稽、娇憨，是一种惹人喜爱的观赏类动物。在澳大利亚一些野生动物保护区里，常常看到小考拉趴在妈妈背上，它们胆子很小，一受到惊吓就连哭带叫，声音好像刚出生不久的婴儿。

考拉有几个天敌，澳大利亚犬、老鹰及猫头鹰，还有野猫、野狗以及狐狸等。但现在考拉受到人类道路、交通的影响，栖息地减少，也可以说人类是考拉另一种形式的敌人。

看上去笨拙的考拉，上树的动作却相当敏捷。接近树木准备攀登时，考拉从地上一跃而起，用它的前爪紧抓住树皮，然后再向上跳跃攀登。当一棵树成为考拉的家域树而被经常攀爬的时候，考拉的爪在树皮上留下的刮痕就非常明显。但是考拉反应极慢，这些憨态可掬的小家伙儿，脑神经的反射弧好像特别长。据说有人做过一个小小的试验，用手掐了掐考拉的屁股，小考拉经过很久的时间才惊叫一声。当然，我们不忍心让小考拉受此皮肉之苦，只在它柔软的屁股上轻轻抚摸，感受一下它的弹性。

无论是白天还是夜晚，当考拉感觉处于安全环境的时候，会自然地呈现出各种不同的坐姿和睡姿，同时也会因为躲避太阳或享受微风而不停地在树上移动位置。天气炎热时，考拉会摊开四肢并微微摇摆，以保持凉爽，而天气变冷时，则会将身体缩成一团以保持体温。

这只小考拉肢体放松，或许有点热了

考拉下树的姿势是屁股向下往后退。考拉还会游泳，但只是偶尔为之。考拉身上厚厚的皮毛，对它们保持温度的恒定，防雨防潮都很有帮助。考拉的皮毛呈现出淡灰色到褐色等多种颜色，其中胸部、颈部、四肢和耳朵内具有白色斑块。成年雄性考拉白色胸部中央有一块特别醒目的棕色香腺。

考拉大体可归属为夜行性动物，在夜间及晨昏时活动旺盛，因为这比在白天气温较高时活动更能节省身体的水分与能量消耗。考拉平均每天只用4个小时左右来采食活动、清洁卫生及与其他考拉进行交流。考拉几乎整天都在昏昏欲睡，也许是因为采食桉树叶中毒所致。实际上，这是因为考拉在长期进化过程中，形成的适应低营养食物、低能量消耗、低新陈代谢的特殊能力。

考拉最明显的特征是鼻子特别发达，它能轻易地分辨出不同种类的桉树叶，知道哪些有毒而不能采食。考拉可以发出多种声音来与同类进行联系和沟通，也会通过散发气味发出信号。雄性考拉主要通过吼叫来表明它的统治地位。雌性考拉不像雄性那样经常吼叫，但交配时会发出急促的尖叫声。母考拉与小考拉之间会发出轻柔的嗡嗡声和咕哝声，表示不满时则会发出温和的呼噜声。

据说，考拉的祖先生活在热带雨林中。大约4500万年以前，澳洲大陆脱离南极板块，逐渐向北漂移时，考拉或类似考拉的动物就已经首先开始进化了。长期的进化使得考拉逐渐地退出了原有的栖息环境。目前的化石证明，约2500万年前，类似考拉的动物就已经存在于澳洲大陆上了。

千百年来，考拉一直是原住民居民的重要食物来源。1788年，欧洲人第一次登上澳洲大陆以后，约翰成为第一个记录考拉这种动物的欧洲人。1816年，考拉第一次有了学名"灰袋熊"。后来，人们发现，考拉根本就不是熊，于是，一个哺乳动物研究小组的成员将考拉叫作"有袋类动物"。

当新的殖民者进入澳洲大陆的时候，毁林垦田开始了，澳大利亚本土的动物开始失去它们的栖息地。1924年，考拉在南部澳大利亚绝灭，新南威尔士的考拉也几近灭绝，而维多利亚的考拉估计不到500只。1930年，公开猎杀考拉的暴行迫使政府宣布，考拉栖息地在所有的州均成为保护区。然而，考拉赖以生存和隐蔽的桉树林，却没有受到法律的保护。

2012年4月，澳大利亚环境部长托尼·伯克宣布，政府将把栖居在东部新南威尔士州、昆士兰州和首都直辖区的考拉列入濒危保护动物之列，小考拉终于有了人类保护的尚方宝剑。

由于澳大利亚整个大陆与其他大洲相隔绝，因此保持了物种在进化上的独特性，使其独有的动物种类繁多，今天我们只看到了其中的几种，但绝对使人耳目一新。

一天的游览最后在袋鼠角结束。这里是一个富人居住的海岸风景区，一个褐色有围墙的圆亭成为袋鼠角的标志性建筑。据说，当地原住民为了捕捉袋鼠，把袋鼠围猎到此，无路可逃的袋鼠纷纷跳崖而亡，成为猎人的猎物，因此得名"袋鼠角"。袋鼠肉是一种高蛋白、高纤维的美味，营养价值极高，晚餐中我们自费品尝了袋鼠肉，但我并不觉得有多么鲜美。

袋鼠角风光

晚饭后入住戴安娜酒店。

第二天一早，我们在酒店餐厅外面的水池边上共进早餐。只要出发时间来得及，我们都习惯把早餐时间当作享受饮食文化和交流旅游见闻的好时机。餐桌旁边设计感很强的水墙、雕塑很漂亮，伴着流水、椰树和几只觅水嬉戏的喜鹊，享受着清晨和煦的阳光，几天的疲惫和头痛缓解了。连续服了3天的止痛片，终于可以停用，否则我的肝肾功能要受到多大伤害啊！

水果品种不算多，但质量很不错。我们胃口大开，一起吃了一盘水果，红的草莓，绿的苹果，黄的脐橙，这里的香蕉横截面是五角形的，鸭梨的皮比较粗糙，上半截的葫芦小一些，但口感极好，入口即化。苹果派甜而不腻，酸奶浓稠爽滑，外加一匙煮黄豆，几颗香菇，一块鸡蛋糕，半个烤西红柿，美味而满足。

华纳电影世界里的魔鬼洞

黄金海岸不仅有金色沙滩、"冲浪者天堂"，还拥有30多个富有吸引力的游乐活动区，外加3个世界级的主题公园，因此享有"主题公园之都"的美称。当地人说，不到主题公园走走，就不算来过黄金海岸。

距离"冲浪者天堂"大约20公里的华纳兄弟电影世界，是南半球唯一以电影为主题的游乐区。在导游的带领下，我们来到大型主题公园——华纳电影世界，开始了相关电影的奇妙体验。主办人以幽默有趣的方式，把电影制作的奥秘、特技及音响效果毫无保留地呈献给游客，还有警校特技表演、卡通人物街头表演等，同样精彩纷呈。

四维动画电影，使我们置身电影屏幕中的环境，与主人公共同感受每一个惊险、刺激的动作；电影世界中的金牌游戏——真人秀表演车人枪战，那玩命的车技，枪战的焰火，刺鼻的焦味，使人如临战场；在卡通世界，我们和美女猫人合影留念；飞越激流的体验，魔鬼洞穴的探险，让我们实打实地经受了一种从未有过的惊吓，使我们终生难忘。

离集合时间还剩下30多分钟，与其干等在大门口，还不如再长长见识。看到有

澳大利亚华纳电影城

美女猫人模特

从旧城堡里飞越激流的轨道车

人排队站在一张鬼脸模样的洞口，我们不懂外语，也没有熟人交流，导游早到外边等人去了。出于好奇，心想干脆就先排队吧，看看外国的鬼怪与中国的鬼怪有什么区别，不好看就出来嘛！没料到的是，人一进去就被安排坐上了小轨道车，同时被一种不曾见过的安全带牢牢绑定。

开始我还有些窃喜，因为，岁数大了腿脚不好，能坐车游览该多省力气啊！小轨道车开动了，并没有见到太恐怖的鬼怪。我有些纳闷：国外的鬼怪怎么不太血腥？可能是怕吓着游客吧！

谁知越往里走越黑，黑得不见一点光亮，而且车速迅即加快，我们不由得抓紧座椅前的栏杆。老杨洋洋得意地嘲笑我胆儿小。突然，小轨道车咔嚓一声停住了。黑暗中好像是打开了一扇大门，紧接着感觉小轨道车一头栽入深谷。我的心脏一下被提到嗓子眼，不由得大叫起来。

车上的6个人都在大叫，有的是因为惊吓所致，有的是因为觉得刺激。我们刚刚被扔到谷底，又忽地一下被抛到高空，还没等反应过来，就被一股强大的惯性甩到了左边，随即又甩到了右边。小轨道车上的人就像几个土豆似的，在一个硕大的木桶里滚来滚去，完全不能自主。

几个回合下来，我大脑里已是一片空白，分不清东西南北上下左右。咔嚓，小轨道车再次停顿，该结束了吧？不料只一闪念的工夫，小轨道车又倒栽葱似的，向后掉进了深渊。

今天算是完蛋了，后果难料！我死死抓住护栏不放！小轨道车就像一只被追打的疯狂老鼠，上蹿下跳，左奔右突，前后翻着跟头，让你手足无措，在一片漆黑中任其摆布。

不知过了多久，小轨道车咔嚓一声停住了。一扇大门里透出了一丝微弱的光亮，停顿片刻，小轨道车终于驶进了光明的洞口靠站了。

"我们还阳了！"带着哭腔，含着泪花，挪动绵软的腿脚，我们从人为的"地狱"里活着走出来了！

这是一种自找的折磨，一种空前的炼狱，在国内我都不敢尝试的游戏，竟稀里糊涂跑到澳大利亚来冒了一次险！受到惊吓的心脏，一下子难以平静，好在大脑的思维首先恢复了功能。

与魔鬼洞的可怕刺激体验相反，下午来到"澳宝"（澳洲宝石）工厂参观购物时，心境舒缓而又恬静。

澳洲宝石，世界奇宝，又名欧泊，蛋白石，变彩石。因其主产地为澳大利亚，所以多称为"澳宝"。

澳宝具有七彩颜色，绚丽耀眼，集各种宝石的色彩于一身，是世界上最美的宝石之一。其化学成分组成是硅分子和水的混合体。1993年，澳大利亚政府将澳宝定为"国石"，使这种古老的世界级宝石成了一个年轻国家的象征符码。

天然澳宝主要分三大类：黑澳宝，白澳宝，火澳宝。其中以黑澳宝最为珍贵，市面上见到的多以白澳宝和火澳宝为主。这种具有奇特变彩效果的宝石早在古希腊、古罗马时代已经小有名气，神话中它是宙斯的眼泪所化；野史中它镶嵌在安东尼送给埃及妖后克里奥帕特拉的指环上。

然而，直到19世纪末在澳大利亚发现宝石矿藏后，澳宝的辉煌时代才真正揭开序幕。澳大利亚目前供应了国际市场上95%的澳宝，全世界八成以上的澳宝来自澳大利亚的南澳大利亚州，价值最为昂贵的黑澳宝产自新南威尔士州的闪电岭地区。国际宝石界把澳宝列为"十月诞生石"。

澳宝是一种极有个性的宝石，每一颗都与众不同，具有极高的收藏价值。在澳大利亚，澳宝是幸运的代表，是贵族的象征。古罗马人称之为"丘比特"之子，是恋爱中美丽的天使，代表着希望和纯洁。东方人把它看作象征忠诚精神的神圣宝石。美国人大多喜欢红色、橘红色的澳宝，日本人普遍喜爱蓝色和绿色的澳宝，中国人则喜欢暖色调的红色澳宝。

这里的镇馆之宝"澳宝"雕塑真是漂亮独特，但是如果佩带在身上，会感觉颜色有点乱。导游苦口婆心地宣传"澳宝"的高贵，他说："钻石表示久远，澳宝表示唯一。"介绍了半天，只有一位50多岁的大姐买了一个价值2000元的贴面"澳宝"。

访问"澳洲人家"

晚上是85澳元的自费项目——访问"澳洲人家"和参观豪华游艇。

导游换成一位年轻的姑娘，她是中国新疆乌鲁木齐市来澳大利亚上学的大学生，已经在澳大利亚生活3年了。她向我们介绍了来澳大利亚留学的经历和澳大利亚教育方面的概况。

澳大利亚的文化教育由各州或领地的教育部门负责管理，中小学及职业学院由联邦政府拨款资助，大学则由联邦政府统一管理。凡澳大利亚的公民和永久居民，均可享受免费的中小学教育。澳大利亚很注重教育，全国有42所大学及230多所专科技术学院。这些大学和学院几乎都是公立学校（私立大学只有两家），各州教育体系略有差别，所以能保持均衡和较高的教育质量。各学校的学历文凭各州之间相互认可，澳大利亚的教育水平具有世界一流的水准，学历资格被世界各国承认。这个人口总量刚刚突破2000万的国家，先后已有6位科学家获得过诺贝尔奖项。所有的澳大利亚学校教育都是根据个体的需要、能力与兴趣而设，使得每个学生都能发挥个人潜能，学有所长。

"澳洲人家"的女主人和她的女儿

这位大学生导游把我们带进了一户澳大利亚中产阶级家庭参观。

这户"澳洲人家"的男女主人虽没有结婚，但已同居多年。男士是位船长，50多岁，女士退休前是护士，40多岁，他俩都是离异后的重新组合，他们有两个不到20岁的女儿，周末回来和他们同住。这栋小楼价值60多万澳元，两层4居室，两厅、两卫，布置简洁、雅致，很温馨。

导游告诉我们："澳大利亚是老人、小孩的天堂，国家负责抚养，老人普遍在退休后买个房车到处旅游，经常一走就是几个月，绝对不会给子女带小孩；澳大利亚人的医疗费用基本上是国家报销，个人只需花个挂号费；买房时政府给予非常优厚的补助和贷款，有能力就多还，能力差就少还，没有能力就不还；去世后，所欠债务一笔勾销；学生上大学有补助，不愿工作或失业的，政府每周发200澳元的补助，愿意学习的，社区设有免费培训班，市民生活无忧无虑。"导游还开玩笑说："在澳大利亚用不着奋斗，

"澳洲人家"的客厅

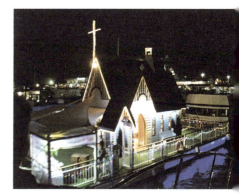

澳大利亚游艇俱乐部一角　　　　游艇内钢琴漆木质楼梯　　　　世界上最小的水上教堂

因为，澳大利亚是个养懒人的地方。"

离开了"澳洲人家"，我们登上了澳大利亚富豪价值400万澳元的豪华游艇，开始了新的参观旅程。

游艇上下3层，从上往下分别是：瞭望台、驾驶室、卧室。卧室两大间、一小间，大间双人床就像宾馆的标准间，只是活动的空间小一些，小间是上下铺，很像轮船上的二等舱。上下楼梯是钢琴漆木质地板，像镜子般能照出人影。

坐在这艘游艇上我们夜游黄金海岸，参观了世界上最小的水上教堂。据说，在这个小教堂举行婚礼，还要提前预约，不然是排不上号的。正巧，我们团有一对刚刚结婚的小夫妻，我们这些大哥大姐开着玩笑，又给他们举办了一次神圣的水上教堂婚礼，使小两口非常开心。

入住宾馆前，我们来到中国人在布里斯班开办的第一楼酒家，品尝了澳大利亚的袋鼠肉、羊肉、野生鹌鹑、生蚝、蟹泥粥等澳大利亚名吃。

新金山——墨尔本

才凌晨两点半，我们就被叫早的铃声惊醒。这一夜，满打满算只睡了两个小时，我们收拾好行装，将行李装到大巴车后面的小拖车，直奔机场飞往下一站——墨尔本。

墨尔本位于澳大利亚的东南部，是个港口城市，总面积8831平方公里。1835年之前，墨尔本基本上是没有人居住的。1840年，墨尔本的人口是1万人。1851年，墨尔本发现了金矿，大量的人（主要为美国人）从世界各地前来墨尔本淘金，包括大量的华工。由于淘金热潮，墨尔本的人口迅速增长，并逐渐成为一个富有的大城市。

根据历史记载，在1836年，墨尔本的人口只有177人；到了1851年，人口已有2.9万人；到1854年，已经达到12.3万人，使藏金极富的美国旧金山（三藩市）黯然失色，故墨尔本又被华人称为"新金山"，至今当地还有很多华人办的学校、商店、公司名称等是带有"新金山"这个名号的。清朝末年的外交官李圭在《东行日记》中，就提到了在中国以外的两个海外华人聚居城市，也就是"两个金山"（美国的旧金山和澳大利亚新金山），"新金山"这个称谓至少已有100多年的历史了。

墨尔本这个城市曾经有好几个名字，1842年，墨尔本正式被确定为一个镇。1847年，当时英国的维多利亚女王发表制诰，宣告墨尔本市成立，其后成为刚设立的维多利亚州的首府。墨尔本这个名称，是用来纪念英国首相威廉·兰姆——第二代墨尔本子爵。

到了1880年，墨尔本成为高度发达的城市，曾被报道为当时全世界最富裕的城市之一，也是当时英联邦内人口最多的大城市之一。在澳大利亚联邦初立的1901～1927年，墨尔本是澳大利亚的首都。1927年，澳大利亚首都迁往堪培拉。

关于澳大利亚的首都，有这样一段历史：

联邦成立的时候，澳大利亚尚未确定首都的地点，在1901～1927年，墨尔本是澳大利亚的临时首都，联邦议会在墨尔本举行会议，很多的政府机构均设在墨尔本，在长达26年的时间里，墨尔本实际上担当着澳大利亚首都的角色。

早在澳大利亚政府讨论成立一个统一的联邦的时候，墨尔本和悉尼都各自积极争取成为首都。19世纪中叶，墨尔本是一个比悉尼还要繁荣的大都市，后来，随着悉尼的日益繁荣，悉尼市民十分希望悉尼成为澳大利亚的首都。

1908年，即联邦成立后的第七年，鉴于悉尼与墨尔本两座城市为争夺首都互不相让，澳大利亚政府做出了一个折中的、哪一方都无法抗拒的决定，即在悉尼和墨尔本之间建造一个新的城市堪培拉，作为新首都。新首都不能位于任何一个州，而必须在联邦领地内。因堪培拉的建造需要时间，其间墨尔本继续担任临时首都的角色。1927年5月，随着堪培拉临时议会大厦的启用，澳大利亚政府的办公地点从墨尔本迁往堪培拉。有趣的是，新首都并非位于悉尼和墨尔本的正中央，它距离悉尼约4

小时车程，距离墨尔本约7小时车程。

由于堪培拉是一个全新的可以从容通盘设计的新城市，所以规划得非常好。堪培拉的都市设计通过一个公开的国际比赛而采集方案，其间收到137个设计方案，结果美国建筑师格里芬胜出，这位设计师最初描绘的堪培拉街道图是他和他的妻子（也是一位建筑师）共同画在一块棉布上的，这份珍贵的原作至今还保留在澳大利亚国家档案馆。

墨尔本的导游兼司机姓刘，是个上海小伙子，高高的个头儿，看上去很年轻，很像运动员。我们一聊，果然，他在国内时曾经是北京军区体工队的篮球运动员，他说，他已经年近50了，是从北京过来的，我们之间立刻多了好多话题。

我们在墨尔本观光的第一站是舒芬金矿。到舒芬金矿的车程大约一个半小时，一路上导游边开车边如数家珍地介绍着他自己眼中的墨尔本。

墨尔本是澳大利亚的第二大城市，是维多利亚州的首府，也是澳大利亚经济、文化、金融中心之一。正像人们比喻的那样，如果说悉尼是南太平洋的纽约，那墨尔本就是南太平洋的伦敦。

墨尔本是一座充满活力的城市，具备深厚的文化底蕴，被称为"澳大利亚的文化首都"。在澳大利亚人的心目中，第一大城市悉尼虽然繁华，但它是一个商业城市，总觉得缺少点韵味，而墨尔本才是一个历史悠久的文化名城。

墨尔本拥有全澳大利亚唯一被列入联合国"世界文化遗产"的古建筑，有辉煌的人文历史，也是常年举办多个著名国际体育盛事的城市。从文化艺术层面的多元性，到大自然及人文风光之美，墨尔本应有尽有。在满足感官娱乐方面，墨尔本更可以说是澳大利亚之冠，无论是艺术、文化、娱乐、美食、购物，样样都有自己的特色。墨尔本成功地融合了人文与自然的优势，从1990年至今，先后10次被总部设于华盛顿的国际人口行动组织评选为"世界上最适合人类居住的城市"。由于墨尔本曾经是澳大利亚的首都，所以这里有很多有意义的历史建筑，如昔日的国会大厦，昔日的最高法院等。

墨尔本属于亚热带与温带交叉型气候，由于受地理位置因素和洋流影响，墨尔本日夜温差较大，在夏天，即使白天气温高达30多度，一到晚上就会凉下来12度左右，因此墨尔本的气温有"一天四季"的说法。

亚拉河，是流经墨尔本市区的主要大河流，全长242公里，整个城市最初就是沿着亚拉河两岸建设的，亚拉河上跨越两岸的桥梁有25座之多。

墨尔本是移民中心之一，澳大利亚的移民大部分都住在墨尔本和悉尼。移民们在这儿开始了新生活，但同时还保留着自己民族的传统和习惯。墨尔本的唐人街不仅有中国饭馆，还有马来西亚饭馆、泰国饭馆、日本饭馆，等等。所以，那儿不仅是了解中国人的窗口，也是了解东亚和东南亚人的地方。

我们问刘导："上海过得好，还是墨尔本过得好？墨尔本和悉尼，哪个城市更好？"刘导风趣地说："有人形容墨尔本是英式风格，讲究规则注重传统。而悉尼是美式风格，追求自由和开放。其实，无论在墨尔本还是在悉尼，人们的幸福指数都很高。首先这里的空气非常好，环境无污染，生存没有竞争压力。日常消费比较便宜，1千克猪肉才3澳元多点，1升牛奶只要1.17澳元，比纯净水还便宜。大樱桃不到5澳元1斤，饮料和国内价格差不多。汽油是每升1澳元多点，而二手车几百澳元就能买1台。与中国国内不同的是，澳大利亚鼓励生育，每个小孩每月给1000澳元的奶粉费，要是一家多生几个孩子，生活就很富裕了，而且补贴都是免税的。"

难怪澳大利亚这块土地这么有吸引力，福利政策是个大磁场呀！

不过刘导忽略了对上海的评价，不知是有意还是无意？

"今天晚上，我带你们到中国餐厅去涮火锅，让你们尝尝墨尔本的羊蝎子，好不好？"刘导话音未落就赢得一阵热烈的掌声。离开祖国才6天的光景，每个人却早已思念起家乡的菜肴。

舒芬金矿竖井

时空倒错的舒芬金矿

舒芬金矿，是坐落在舒芬仑山旧金矿坑的一座"怀旧博物馆"。踏进博物馆的黑褐色玻璃大门，就强烈感受到时空的倒错，这里的建筑环境和人物服饰，使我们这些造访的游客，一下子回到了19世纪60年代淘金高潮的历史场景中。

矿区的街道上看不到汽车，只有19世纪英式

四轮大马车穿梭往来，车上人的装束，
全像当年英国的绅士和贵妇人，也有体
验者高兴地坐着这种英式大马车，以车
代步参观游览矿区。作坊里的工作人员
穿着当年的服装，用旧时的器具设备和
技术方法，从事着"复制古董"的工作，
所有仿古董制品均有出售。

英式着装的舒芬金矿接待员（中）

　　看着当年的街道、教堂、酒吧、旅
馆、邮局、银行、学校、面包房、铁匠铺、古老的蒸汽抽水机、华人居住的村庄、工棚、
关帝庙、中国酒馆、杂货铺，还有活生生的复古人物，好像是穿越到了历史深处。
就连接待中国旅游团的男女导游，也都穿着中国人旧时的服装进行讲解。

舒芬金矿当年的街道和老式马车

马车店门前的马车夫热情地与游客打招呼

舒芬金矿进入地下矿井的小火车

舒芬金矿当年的华工宿舍

舒芬金矿华人村里有一座红色的中国庙

舒芬金矿坑道内的矿工休息室

地下坑道土层中露出诱人的金粒

墨尔本舒芬金矿炼金车间

在地下18米深的坑道内，我们看到巨大的蒸汽抽水机正在抽水，笨重而缓慢的工作节奏，使人觉得，这个百岁老车，真的应该休息休息了。矿工休息室内，每盏蜡烛上方都挂着一个矿工的饭盒，就靠着这微弱的烛光保持饭盒内的温度，使工人们中午吃饭时不至于太凉。古老坑道的残墙上，不知是用现代技术复制的仿真金矿原料，还是保留完好的原矿，在灯光的照射下，土层里现出大片大片的颗粒状金矿石，闪烁着诱人的金色。

在迷宫一般的巷道深处，我们来到了一处宽敞的黑洞，在这里，声光电同步发力的高科技幻灯片，为我们讲述了一个来自中国广东东莞兄弟俩淘金的凄美故事。我们还亲眼观看了金矿冶炼的过程，并和一位亲切和蔼满脸大胡子的老师傅合了影。

在淘金体验过程中，我刚刚挖下一锹矿砂，年轻的金矿导游就摇头说："岸边的河道不知被挖过多少次了，你得往里边深挖。"由于用力太大，踩下一锹却拔不出铁锹来。导游帮我挖出一锹矿砂，示范着怎么淘金。我学着他的样子，端着破了边的淘砂盆，一点点往外淘砂。导游说，您淘得还挺像那么回事。那当然，我小时候和我姥姥学过淘小米呢！

在导游的悉心指导下，我一点点将砂粒涮出。全体团友谁也不肯动手，都围在我身边看我劳动，他们谁都不相信这淘了几百年的河道还会有金子等我们来淘。只剩下盆底一点点砂粒时，我突然发现了一粒金砂。我兴奋得喊起来，"金砂！我淘到金砂了！"哈哈！好幸运呐！

所有团友的淘金热情都被我这一嗓子调动起来，纷纷加入淘金的行列，他们挖的挖，淘的淘，卖力地晃动着沙盆。

导游把金砂粒装进一个有水、有标志的特制瓶子里，送给我作为参观舒芬金矿的永久性纪念。我是今天第一个淘到金砂的幸运者，但也是这批来参观游客中唯一的幸运者。

在墨尔本舒芬金矿体验淘金

中午在金矿用午餐，光顾着高兴了，到底吃的是什么完全没有印象了。

墨尔本印象

下午的行程是参观墨尔本市容市貌。

澳大利亚最古老壮观的圣伯禄（也许就是圣保罗）大教堂，大约有200多年的历史，比起欧洲旅游景点的那些大教堂中川流不息的人群来，这座教堂显得非常静谧，参观和前来祈祷的人都很少。在中午阳光的直射下，我们很难拍到理想的照片。

圣伯禄教堂大厅

墨尔本皇家植物园

墨尔本整洁的市区几乎看不到行人

澳大利亚的国家艺术馆

墨尔本的皇家植物园，是全球数一数二的植物园，一块块绿色草坪，一棵棵参天大树，一簇簇似锦繁花，一个个家庭，一对对情侣，或坐或卧于园中的阳光下，小鸟和孩子们嬉戏于草坪之上，只有我们这些游客匆匆走过，手眼并用忙着把这少见的美景收于镜头之中。

幽深洁净人流稀少的街道，有轨电车遍布全城，不紧不慢地载着悠闲的乘客，此情此景和北京的紧张、喧嚣、拥挤，形成强烈的反差。在美丽迷人的亚拉河畔，太子桥上风光无限，河道两边绿树成荫，远处的游乐场上，摩天轮正在缓慢地旋转。桥下是热闹繁华的维多利亚市场，精美的艺术品、纪念品琳琅满目，桥北侧造型各异的高层建筑群所在地，是墨尔本最繁华的斯旺斯顿商业步行街，桥的西侧是南门休闲区，还有由剧院、音乐厅、国家美术馆组成的维多利亚文化艺术中心。

维多利亚国家美术馆，是澳大利亚的国家艺术馆。

刘导介绍说，从空中俯瞰，美术馆是一个平行六面体的灰色建筑。为了防火防盗，临街的部分设计成没有窗户的封闭式城堡，使人感觉非常沉闷。好在建筑师们巧妙地在临街的地方建起了大型喷泉水池，让温柔的水花和粼粼的波光来缓解封闭式建筑带来的沉闷感。

澳大利亚的国家艺术馆展厅

抽象派大师凡·高的人物画

国家艺术馆内的展品

美术馆展出的中国艺术品

　　这个美术馆因为内部装修已经整整闭馆3年，前不久才对公众开放，我们来得正是时候。

　　在导游带领下进入展馆后，我们开始自行参观。馆内珍藏着1800年以来的欧洲、美洲、亚洲的珍品，我们重点参观了欧洲、亚洲馆藏，还特意与抽象派大师凡·高的人物画合影留念。

　　馆内展出许多18、19世纪的欧洲油画、素描，都是大师级的杰作。文艺复兴时期的米开朗琪罗、拉斐尔，近代的米勒、达维特、列宾，现代的毕加索、摩尔等人的绘画或雕塑作品真迹齐聚一堂，以其独特的魅力吸引着众多的参观者。由于时间紧迫，我们来不及细细品味大师们的旷世杰作，只好将这些杰作一一拍入相机，以期带回国后慢慢回味。

美术馆展出的中国年画主题作品

墨尔本的维多利亚艺术中心

墨尔本亚拉河畔

大概只有中国的游客们会以这样的方式参观。急匆匆的步伐与高雅的展品有些不相匹配，但为了更多地领略墨尔本的艺术作品，也就顾不了这么多了。我们以急行军的速度边跑边拍，也只是看了3个展馆。虽然我们来自中国，但中国艺术展馆是必去的。在那里，我们看到了吴昌硕、张大千、齐白石等人的作品，面对这些出自中国大师之手的传世之作，内心还是充满了自豪感。

站在太子桥的中心，刘导指着酷似芭蕾少女舞裙的建筑说："这是维多利亚艺术中心，剧场全部建在地下，设计精巧别致。"这个音乐厅拥有全澳州最出色的音响效果，舞台位于最底层，与亚拉河床一样深。座椅由吸音的纯羊毛制成，墙壁全是水牛皮，每一个方块只用一张水牛的皮，一共用了1000多张水牛皮。剧院主要举行歌剧、芭蕾舞、音乐剧等表演；这里还可以看到关于原住民民族的艺术品展览。

维多利亚艺术中心建筑高达162米，始建于1973年，耗时11年之久，是著名设计师罗依·格郎的杰作。如今，这条"芭蕾舞裙"不仅是维多利亚艺术中心的醒目标志，也成为墨尔本以及整个澳大利亚建筑艺术的标志。夜晚来临时，这座高塔不断地变换颜色，是墨尔本夜空中最灿烂夺目的建筑。

只在周日开放的维多利亚艺术中心市场，从墨尔本的时尚地标"维多利亚艺术中心"一直延伸到亚拉河畔。我们绕到桥下，在市场中逛了一圈。导游告诉我们，这个市场共有100多家摊铺，卖家大多是墨尔本当地和澳洲其他地方的艺术家、工匠、主妇和其他人士。他们将自己在家中制作的工艺品，包括家具饰物、花草香料、陶艺、手制画框、珠宝和手绘的丝质衣物等拿到这里出售。这些商品大多新颖别致，手工制作，价格也不是特别昂贵。因为这里是墨尔本文艺活动集中地，所以这个市场也以销售艺术品而著称。这里也常能欣赏到来自各国艺术家的现场表演，他们不是单纯地为挣钱而来，更多的是表达对艺术的追求或享受在众人面前自娱自乐的愉悦。

库克船长的小屋

出了美术馆，我们来到库克船长小屋，园中不少衣着整齐的人簇拥着一对正拍婚纱照的新人。

库克船长小屋坐落在墨尔本五大花园之一的菲兹洛伊花园，园内面积很大，没设围墙及护栏。沿着英式乡间情调的小路前行，左侧有一个建筑独特的花房，里面布满各种各样绚丽的鲜花。花园右侧不远处高大桉树下掩映着一幢英式二层小楼，旁边有一面英国国旗格外醒目，这就是著名的澳大利亚开国者詹姆斯·库克船长的故居。

库克船长小屋的近邻——公园花房

绿树掩映下，库克船长的小屋显得非常俭朴，这是一座典型的18世纪中叶北英格兰风格的建筑。1934年，为了庆祝墨尔本开埠100周年，企业家拉塞尔·格里姆伟德爵士捐出800英镑，买下这座位于英格兰约克郡的小屋，送给了墨尔本。当时小屋在原地被拆掉，每块砖石被编号后，装进253个箱中运到墨尔本，再以原样重建。小屋的门上方石梁上刻着"1755年j（父亲）g（母亲）"的字样。

花房内的绚丽

门口小路旁，有一座库克船长头戴三角军帽，身穿紧身衣裤，腿上打着及膝绑腿，脚上穿着扣绊鞋，拿着航海图的左手放在胸前，右手握着单筒望远镜的紫铜塑像。

小屋外墙上攀附着常青藤。据说，库克小时候非常喜欢这种植物。小院子里栽种着不少来自英国本土的鲜花、蔬菜和水果，旁边还有浇水用的木桶。

墨尔本库克船长小屋

进入小屋，便可看到里面陈列着当年的家居用品。过厅里摆着一把英式3人长椅，墙上挂着铁锹。再向里走，就是库克船长住的房间，兼做餐厅和客厅，里面放有写字台、座钟、椅子。写字台上放着地图、文稿和台烛。每次航海回来，库克船长便坐在这里工作。

为了再现当年的生活氛围，桌上还有一盘新鲜水果，房间一角有水壶和烧火的铁夹、铁铲等用具，窗户半拉着窗帘，窗边有一张单人床，是库克休息的地方。

通往库克船长父母曾经居住的二层需要上楼，楼梯很窄。室内的陈设都按当年的情形布置，一张双人床，几把椅子，墙上有一面镜子。小桌上放着烛台和船长父亲戴过的帽子，靠墙边的位置放着船长母亲用的纺车。

詹姆斯·库克（1728～1779年）英国探险家及航海家。他曾三度远航太平洋，并探索了太平洋沿岸的海岸线。他同时也是一位地图制作者，还是经度仪航海测定船位的发明者，此外，他也是发现并且治疗坏血症的第一位船长，常被人们称为"库克船长"。

据记载，南半球的新西兰、澳大利亚最早的领土都是由詹姆斯·库克船长发现，并安营扎寨宣布领土主权的。今日新西兰北岛和南岛间的海峡，就以他的名字命名为库克海峡。南太平洋也有一个群岛，以他的名字被命名为库克群岛。

詹姆斯·库克1728年出生在英格兰约克郡，是苏格兰移民。1740年开始跑船当水手，但仅在英国附近的海域工作。1750年加入英国皇家海军，曾被派往北美洲参加英法战争。1760年，库克开始了他长达20年的远征，于1779年在夏威夷被原住民杀害。

1768年8月，他从英国普利茅斯港起航，横越过整个大西洋，经过巴西，再往南绕过南美最南端合恩角，进入太平洋。1769年4月他到达南太平洋的大溪地，接着又向西航行到现在的新西兰，探索了南岛、北岛之后，继续往西到了澳洲。然后北上经过爪哇、印度洋后，从非洲南端的好望角开始回程，在1771年抵达英国。

1772年库克再度离开英国，前往南太平洋。这次他反方向，由西向东南下绕过非洲的好望角，穿过南极圈，到达新西兰。接着他花了很多时间——探索南太平洋中由澳大利亚、新西兰、夏威夷三点连成三角形中间的岛屿，包括复活节岛、汤加岛、新赫布里底群岛、新喀里多尼亚岛和诺福克岛。然后经南美、大西洋，在1775年返回英国。

在人类探险历史上，库克是第一位由西向东环绕地球航行，并证实南极大陆存在的人。

库克的那次远行经常被人们比作一次类似于太空探险任务。托尼·霍维茨在描写库克旅行的《蓝色纬度》里写道："'奋进号'肩负的任务不仅是一次发现之旅，它还是测试最新理论和最新科技的实验之旅，其重要性可与今天的太空飞船相媲美。"

"奋进号"的船员，要像海军一样与"航海的灾难"——坏血病做斗争。因为，人体内只能储存相当于六周左右的维生素C，一旦这些维生素C用完，水手将会普遍感到疲劳，甚至牙床腐烂、大出血。在18世纪，很多船只通常有一半船员会死于坏血病。"奋进号"装载了各种各样用于实验的食品，库克强迫船员吃泡菜和麦芽汁等一些东西。如果有谁拒绝吃，就会遭到鞭打。

1769年到达塔希提岛时，库克和他的船员们已经向西连续航行了8个月，所用时间相当于现代宇航员在前往火星途中所耗费的时间。当"奋进号"航行到合恩角时，已经有5名船员失去了生命，另一名绝望的水手，在"奋进号"随后的太平洋航行中跳海自杀。由于"奋进号"是成角度向塔希提岛航行的，因此极易受到风暴的袭击。此外，"奋进号"无法与任何"控制中心"有联系，同时又没有可以提前警告风暴即将来临的卫星气象图像，航行途中可谓是危险重重。不过库克别出心裁地用沙漏导航，用打结的绳索测算"奋进号"的速度，用六分仪和年历计算时间，再通过观察夜空中的星星估计"奋进号"的位置。他这样做既机智又充满危险。

库克在航海日志中写道："此时我们只有少数几个人上了伤兵名单……船员们普遍都非常健康，这主要归功于吃泡菜。"然而，库克和他的船员们对塔希提岛非常陌生，这情形可能就像人类现在第一次登陆火星一样。不过，在塔希提岛上生存并不需要"太空服"，相反，岛上相当舒适，有人类生活所需的一切基本必需品。岛上的居民也非常友好，渴望与库克他们进行交易。班克斯认为这是"世外桃源最真实的写照……是一个人想象中的理想家园。"但是，塔希提岛的植物群、动物群、风俗和习惯都与英国完全不同，这种差异简直到了令人惊讶的地步。"奋进号"的船员既陶醉其中，又对此感到好奇。

来自英国皇家海军的密令命令库克，在观测任务完成后马上离开塔希提岛，在塔希提岛和新西兰之间寻找大陆或大片土地。在第二年的大部分时间里，"奋进号"一直航行在南太平洋上以寻找新的大陆。

18世纪时，一些科学家宣称，为了平衡北半球出现的人口高速增长而导致的土地相对紧张的局面，人类必须寻找适合人类居住的新大陆。当时"奋进号"上的船员甚至一度近两个月没见到过陆地。就连库克也猜测，可能并不存在未探明的土地或未知的"南半球陆地"。在探索过程中，库克遇到了勇猛的新西兰毛利人和澳大利亚原住民，并发现了数千千米的新西兰和澳大利亚海岸线。而"奋进号"还曾与澳大利亚大堡礁中的礁石相撞，差一点儿沉没。

后来，库克在雅加达中途停留了10周，对"奋进号"进行大修，当时有7名水手死于坏血病。雅加达人口稠密，疾病到处蔓延。库克本来打算尽快离开那里，但因修船耽误了太长时间，结果，包括天文学家查尔斯·格林在内的38人相继死亡，其中大多数是死于在雅加达感染上的疾病。霍维茨写道："'奋进号'40%的伤亡率在当时并不稀奇。事实上，库克后来还因为自己表现出来的对船员健康异常的关心而受到称赞。"

1771年7月，"奋进号"返回英国港口迪尔。幸存下来的船员环游了整个地球，他们记录了数千种植物、昆虫和动物，遇到好几个新的种族，而且也一直没有放弃寻找新大陆的努力。这是一次史诗般的航行。

1776年7月库克再度由西向东，准备探索北太平洋，他绕过好望角，经印度洋到达澳大利亚、新西兰后再往北，从大溪地之后再向北，发现了瓦胡岛、库伊岛和尼豪岛，也就是今天的夏威夷群岛。1778年2月他往东抵达了北美洲的奥勒冈海岸，并朝北探索北冰洋。据说他们经过了白令海与白令海峡，但无法横越北冰洋，只好南下回到了夏威夷。

起初，夏威夷岛上的原住民对库克船长他们奉若神明，因为看到他们的人也会死亡，而神话破灭，加之严重的文化冲突，导致夏威夷原住民于1779年2月14日将库克和4名船员杀死并分尸而食。最后引发库克船队的船员们报复性地将当地原住民几乎屠杀殆尽。1780年10月，库克曾经率领过的船队才千辛万苦地回到英国。

我们沉浸于库克船队的神奇经历和现实游览之中，直到集合上车，还在想象的世界里难以自拔。

下午购物时，看到来自河北滦县的一队游客，他们是做房地产生意的，出手就是大方，11个人竟买了四五十床驼绒被，令我们惊诧不已。晚餐前，导游带我们转了几条富人高级住宅区，然后来到一家中国餐馆，在异国他乡吃到了正宗的涮羊肉、葱油饼、羊蝎子，撑得我们个个胃胀肚圆。

流放地发展起来的悉尼

本该凌晨3点叫早的，结果服务员失误，刚刚两点钟就把我们叫了起来，白白少睡了一个小时。这次旅行一大特点就是常常起大早，拎着冰冷的方便盒赶飞机，真是"辛苦并快乐着"！

位于澳大利亚东南海岸的悉尼，气候宜人、景色秀丽，是新南威尔士州首府，是澳大利亚最大、最古老的城市，也是一个日益国际化的大都市。2000年在此举办的奥运会使悉尼的国际声望和知名度得到空前提升。

自从1770年英国海军上尉詹姆斯·库克发现了植物学湾后，欧洲随之对澳大利亚产生了兴趣。在英国政府的命令下，船长亚瑟·菲利普1788年1月，率领一支有6艘船的舰队抵达澳大利亚，在杰克逊港的悉尼湾开辟了罪犯流放地。

1789年4月，一场可怕的瘟疫（据说是天花），肆虐传播，保守估计有500~1000个原住民死于布罗肯湾和植物学湾之间的地区。英国的殖民行为遇到顽强的抵抗，勇士领袖Pemulwuy为首，在植物学湾附近的地区发动了抗争。与此同时，霍克斯堡河附近也时常爆发冲突。至1820年为止，因为疾病和战争的摧残，悉尼地区只剩下数百个原住民。麦觉里总督进一步把原住民"开化、基督教化及教化"，让他们离开部落。

1796年的悉尼，在麦觉里任新南威尔士州总督期间，开始了初步的发展。囚犯建筑了道路、桥梁、码头和公共建筑。至1822年以前，城内已有银行、市场、完善的公路及制度化的警察机构。

1830~1840是城市快速发展的阶段。船只开始从不列颠群岛接载希望在新国家开展新生活的移民，1836年悉尼建立了澳大利亚博物馆，悉尼此时已进入高速发展的黄金时代。如今的悉尼居民大部分的祖先来自英国和爱尔兰。

悉尼市正式建立始于1842年。第二次世界大战后，大量欧洲、中东、东南亚的移民涌入澳大利亚，其首选居住地往往是在悉尼。悉尼的外来移民，按人口数量为顺序，意大利人居多，依次为黎巴嫩人、土耳其人、希腊人、华人和越南人。近20年来，华裔居民大量增加，目前，悉尼地区的华裔人口约40万左右。

首次淘金热始于1851年，悉尼的港口涌入来自世界各地的人潮。1852年，这里拥有了第一所大学——悉尼大学。19世纪末，随着蒸气动力电车和铁路系统的问世，城区的发展更加迅速。由于工业化所带来的便捷，悉尼人口快速膨胀，20世纪到来前夕，悉尼的人口已经超过100万。1932年，著名的悉尼港湾大桥落成。进入20世纪，悉尼继续扩展，涌入了欧洲与亚洲的新移民。

我国于1972年与澳大利亚正式建立外交关系，于1979年3月在悉尼设立总领事馆。我国广东省在悉尼的情人港建设了具有中国民族特色的建筑——中国花园，以表纪念。

上午8点30分我们到达悉尼，刚刚从空港出来，老杨就被他家的亲戚接走，虽已向导游说明，但仍引起导游担心游客滞留异国的恐惧，第一时间将此事报告了北京的旅游公司总部。

天空飘起了小雨，气温骤降，穿着棉毛衫加外套还觉得寒冷。我们向往已久的悉尼，竟用阴冷的绵绵细雨迎接我们，兴奋的心情不免有如天空一般有些许黯淡。

第一站，我们来到皇家植物园与领地区。这个可爱的植物园由农场湾的内陆延伸出来，创立于1816年，园内收集了许多丰富的原产及外国植物，悉尼热带中心、外部超现代化的玻璃屋以及嫩绿的悉尼羊齿植物，都是吸引游客们的看点。我们漫步走过舒适的棕榈园，参观了美丽的香草园，第一次世界大战时的军港、海事博物馆以及麦考里夫人椅子，海德公园，眺望到悉尼大桥和悉尼歌剧院。我们还看到了建在海中小岛上的监狱。

第一次世界大战时的悉尼军港

宁静的公园

麦考里夫人的椅子，其实是正对着悉尼歌剧院和悉尼海港大桥的山岩石凳。

据说17世纪，英国人拉克伦·麦考里被任命为澳大利亚第四任总督，每5年麦考里总督都要回英国汇报一次当地的情况。在夫人的帮助下，麦考里总督事业辉煌，被后人誉为"现代悉尼的缔造者"。当时交通不发达，往返一次需要28个月。由于路途遥远，总督夫人思念遥远的家乡，经常坐在石椅上，面对大海凝神沉思。

麦考里夫人的椅子

海面上的碉楼曾经是海岛监狱

麦考里夫人十分同情那些仅为一点点过失就被流放到澳大利亚的英国人，她下令把那些"囚犯"身上的手铐脚镣打开，还他们自由之身。她还经常去港湾、海边亲自迎接来自祖国的商船和亲友。

人们为了让麦考里夫人候船时能有个坐下来休息的地方，人们在岸边为她开凿了一个石凳，并在石凳后的崖石上镌刻下纪念性的文字。在悉尼，被冠名为麦考里的地方很多，有山川、岛屿、湿地、小镇等。

悉尼的海德公园雕塑

悉尼著名的海德公园，对于仅有200多年历史的澳大利亚来说，应该算是一个古老的公园了。公园的设计完全依照英国伦敦传统式样，宽阔洁净的草坪，遮阴蔽日的参天大树，雕塑精美的亚奇伯德喷泉，美不胜收。漫步其中，令人流连忘返。

始建于1821年的圣玛丽亚大教堂，是悉尼天主教社区的精神家园，它是悉尼大主教的所在地，也是悉尼第一个天主教堂的旧址。

大教堂是用当地的砂岩建成的，哥特式的建筑风格传承了欧洲中世纪大教堂的遗风。天主教神父正式来到澳大利亚是在1820年，因此，圣玛丽亚大教堂又被称为澳大利亚天主教堂之母。虽然，无论从哪个角度来看，它都无法与欧洲的

圣玛丽亚大教堂

著名教堂相比。但对于只有200多年"建国"历史的澳大利亚来说，这已经是最宏伟、最具资历的教堂了。

1788年英国第一批移民在此登陆并定居下来，使悉尼成为澳大利亚文明和繁荣的发源地。街道两侧古典风格与现代风格的建筑错落辉映，一座座黄色的砂岩石建筑，充分展示出英式风格，一幢幢风格迥异的摩天大厦，又提醒人们，悉尼是一座工业先进、商业繁荣、文化事业发达，以行政、商业贸易和娱乐为主，活力四射、魅力无穷的现代化国际城市。虽然它不是一个多种族的乌托邦，但白澳政策很久以前就被废除了，完全包容了任何种族及国籍的人，在悉尼，到处可见亚洲面孔，不经意间就能听到韩语、日语或汉语等不同国度的语言。

这些悉尼小朋友用汉语向我们打招呼

过马路时，一群排队等车的澳大利亚小学生看见我们，友好地挥了挥手，其中一个小男生用日语向我们打招呼。我年轻时曾学过几天日语，对问候语还非常熟悉。大概他们把我们当成日本人了。我用汉语纠正："我们不是日本人。你好啊，小朋友！""中国人！他们是中国人！"几位小朋友很高兴自己能听懂中国话，并用汉语向我们打招呼说："你好！你好！"我们深深地感受到，随着中国经济实力的日益提升，国外很多城市的华人日渐增多，海外华人的地位在不断提高，到处都能感受到外国朋友对中国人的尊重和友好。

与美国和加拿大等移民国家相比，澳大利亚这个移民国家有其独特性，前者可以被誉为"民族的熔炉"，后者则可以比喻为"民族的拼盘"，各民族都有其相对的独立性。在多种文化政策的保护下，各民族都保留了自己的文化、语言、风俗习惯和生活方式。

扬帆远航的歌剧院

来到悉尼歌剧院，悉尼大桥就在眼前了，可是我们的团员们似乎被悉尼的风雨冻怕了，躲在车上不愿下车。导游也没心思讲解，只是随口说出景点的名称，然后就一个劲儿地打电话。只有我们3个老姐妹顶着风雨登上了歌剧院的台阶。

悉尼歌剧院位于悉尼港的便利朗角，是20世纪全球最具特色的建筑之一，也是世界著名的表演艺术中心，剧院设计者为丹麦设计师约恩·乌松，建设工程从1959开始，1973年落成，历时14年，耗资1亿多澳元。现已成为悉尼市的标志性建筑，2007年6月28日，它被联合国教科文组织评为世界文化遗产。

悉尼歌剧院正面

远观悉尼歌剧院，以悉尼海港大桥作为背景，它酷似白色风帆，两座巨型建筑相互融合，相互增色，浑然一体，仿佛即将扬帆远航。当我们来到她的脚下举目仰视，风帆却变成一组巨大的贝壳，洁白、光亮、壮观，尽管是风雨天气，还是让人看得目眩神迷。穿行的游人像是在白色巨贝的缝隙间出来进去。我站在风雨中，凝视这世间的杰作，惊叹设计者的绝妙构思。

歌剧院的侧面像一艘扬帆远航的巨船

悉尼歌剧院是一个设计新颖的表现主义建筑，它有一系列被称为"壳"的大型预制混凝土构件，每一个构件都取自拥有相同半径的半球体，它们构成了剧院的屋顶。这座建筑物占地1.84万平方米，长183米，宽120米，由588个沉降于海平面以下的25米高的混凝土墩支撑。

走进"大贝壳"的内部，音乐厅位于西面的一系列"壳"内，歌剧院则在东面的"壳"内。"壳"的高度是由它内部所要求的高度决定的，从入口处的矮空间一直升高到位于最高处台阶的座位区。一些次要的场馆（话剧厅，儿童游戏房和摄影棚）位于音乐厅的下面，是位于西面的"壳"的一部分。一个位于歌剧院庞大的基座上的较小的"壳"里面是餐厅。

尽管悉尼歌剧院的屋顶结构通常被称为"壳"，事实上从构造角度看，严格来说并不是"壳"，而是由肋骨状的预制混凝土构件支撑的预制混凝土嵌板。除了"壳"上的瓷砖和门厅的玻璃幕墙外，这座建筑物外部很大一部分都覆盖了由拉娜出产的粉色花岗岩面板。

音乐厅，是悉尼歌剧院最大的厅堂，拥有2678个座位，是悉尼交响乐队的所在地。通常用于举办交响乐、室内乐、歌剧、舞蹈、合唱、流行乐、爵士乐等多种表演。此音乐厅最特别之处，就是位于音乐厅正前方，由澳大利亚艺术家所设计建造的大管风琴，号称是全世界最大的机械木连杆风琴，由一万多个风管组成，此外，整个音乐厅建材均使用澳大利亚木材，忠实呈现澳大利亚自有的风格。

歌剧院，是一个有1507个座位的舞台剧院，是澳大利亚歌剧和澳大利亚芭蕾表演的最佳殿堂。

话剧厅，是一个有544个座位的舞台剧院，主要供悉尼剧场公司和其他的舞蹈与话剧公司使用。

儿童游戏房，是一个拥有398个座位的剧院。

摄影棚，是一个可以调整内部结构的空间，最大能容下400人，每次使用能容纳的人数，主要取决于它根据不同需要而设的布局。

据说，1956年，丹麦37岁的年轻建筑设计师约恩·乌松看到了澳大利亚政府向海外征集悉尼歌剧院设计方案的广告。虽然对远在天边的悉尼根本一无所知，但凭着从小生活在海滨渔村的生活积累所迸发的灵感，他完成了这一设计方案。按他的解释，他的设计理念既非风帆，也不是贝壳，而是切开的橘子瓣，然而他对前两个比喻也非常满意。当初他寄出自己的设计方案的时候，他并没有料到，又一个"安徒生童话"将要在异域的南半球上演。

1957年1月，评委会庄严宣布：约恩·乌松的方案击败231个竞争对手，获得第一名。设计方案一经公布，人们都为其独具匠心的构思和超凡脱俗的设计折服了。

但是，谁又曾知道，约恩·乌松的方案第

悉尼歌剧院的风帆近看时变成一组巨大的贝壳

一次递交就遭到了淘汰，被大多数评委否定而出局。后来，评选团专家之一，芬兰籍美国建筑师依洛·沙尔兰来悉尼后，提出要看所有的方案，它才被从废纸堆中重新翻出。依洛·沙尔兰看到这个方案后，欣喜若狂，并力排众议，在评委间进行了积极有效的游说工作，最终确立了其优胜地位。

约恩·乌松被宣布赢得竞争后，得到了5000英镑的奖金。约恩·乌松于1957年访问了悉尼，帮助监督该项目。1963年2月，他将他的工作室搬到了悉尼。

悉尼歌剧院开幕式邀请了英国女王亲临现场，在英国女王伊丽莎白二世亲自主持下，举行了隆重的落成典礼。随后，澳大利亚指挥家唐斯挥棒首演了普罗科菲耶夫的《战争与和平》。悉尼从此结束了没有自己歌剧院的历史。

风雨中游览达令港

离开悉尼歌剧院，导游带我们游览达令港。

老杨离队去亲戚家看看，本是人之常情，前来接机的那位亲戚也是做导游工作的，并且点名道姓地说起了悉尼地接旅行社领导的姓名，可姓那的导游仍然把自己搞得神经高度紧张。他把我们的团队晾在码头的风雨中达半小时之久，自己跑回悉尼的旅行社向当地旅行社领导汇报，并与中国国内旅行社沟通该如何处理老杨离队问题。

我们大家都告诉他，老杨不可能"滞留"，因为他的护照不在手里，而且外语不会说，口袋里没多少款子。就连国内北京旅行社的经理都为老杨打保票，可这位导游就是忧心忡忡。

达令港又称"情人港"，由此我们乘豪华游轮环游这个景色绝佳的天然海港，并享用了船上的美味西餐。上船之后，我们发现满满的一船人都是中国游客，海鲜自助餐的队伍几乎绕船舱排成大半个圈。吃过午餐的旅客都挤在甲板上，等待从海上拍摄悉尼大桥的最佳角度。

悉尼情人港

绰号"衣服架"的悉尼大桥

外面的风很硬，大约有五六级的样子，但挡不住中国游客的游览热情。

悉尼大桥号称是世界第一单孔拱桥，从"怀胎"到"出世"，前后花费了75年时间，正式竣工于1932年，耗资达当时的1350万澳元（约合690万美元），是连接港口南北两岸的重要桥梁。它像一道横贯海湾的长虹，巍峨壮观，气势磅礴，是早期悉尼的代表建筑。但就是这样一座闻名于世的大桥，被当地居民幽默地称为"衣服架"。

这座大桥全部用钢量为5.28万吨，固定铆钉大约有600万个，最大铆钉每颗重3.5千克，用水泥9.5万立方米，桥塔、桥墩用花岗石1.7万立方米，建桥用油漆27.2万升，从这些数字里足可见铁桥工程的雄伟浩大。在20世纪30年代，能在大海上凌空架桥，实为罕见。

整个悉尼大桥桥身长度（包括引桥）1149米，从海面到桥面高58.5米，从海面到桥顶高达134米，万吨巨轮可以从桥下从容通过。桥面宽49米，桥上可通行各种汽车，中间铺设有双轨铁路，两侧人行道各宽3米。桥面上原来还铺设有轨电车轨道，后因交通拥挤将其拆除，重新开出8条汽车道。

悉尼大桥的最大特点是拱架，其拱架跨度为503米，而且是单孔拱形，这是世界上少见的。大桥的钢架搭在两个巨大的钢筋水泥桥墩上，桥墩高12米。两个桥墩上还各建有一座95米高的塔，全部用花岗岩建造。目前悉尼大桥的交通

悉尼大桥下面不仅可以穿过船只还有一条马路并行通过

完全由电脑控制，桥上还有巡逻车巡逻，随时处理各种情况，使大桥始终保持畅通无阻。

这座悉尼大桥除了具备桥的实用功能之外，还有与众不同的娱乐功能。澳大利亚人爱玩、会玩、敢玩，独创了攀爬悉尼大桥的娱乐项目。这也是世界上唯一允许游客爬到拱桥顶端的大桥。

从1998年开始，悉尼大桥正式开放给公众攀爬。在登桥之前，所有游客必须检测肺活量、测验酒精含量以及通过金属探测器检查，还必须在健康状况证明和合约表上签名才可以获准攀爬。

游览攀爬者必须按要求穿着专用的攀爬服装，如果是晚间攀登还要使用轻型的攀桥专用灯。整个攀桥过程非常安全，大概需要历时3小时。成功攀上悉尼大桥顶端的游客，还会收到一份纪念照片以及成功攀登大桥的证书。

我和一位北京丰台来的大姐，一直在甲板上站着看风景，一直坚持到环游船靠岸。虽然，我们由远至近不停地拍照，可是一张理想的画面都没有抢到。天公不作美是没有办法的事，而且那位大姐根本不会拍照，她手中的佳能相机是因来澳大利亚旅游才临时购买的。对比我给她拍下的照片，她自己也急得直跺脚。

下了游艇，那导带大家去悉尼著名的品牌购物店，我只粗略浏览了一层，就找了个椅子坐下休息。旁边的化妆品专柜走过来一位眉清目秀的小伙子，递给我一张品香卡。我知道这里的化妆品是免税的，但家里积压的名牌香水都要过期了，所以根本不为所动。

一阵优雅的钢琴曲传入耳中，远处一架黑色钢琴后有人正在弹奏。旁边还坐着一男一女两位头发银白的老人，安详地聆听。嘿！这倒是件新鲜事！在国内通常是酒店大堂里有这种演奏，在悉尼的商场里也能听到这种舒缓神经、放松心情的钢琴演奏，真是太美妙了！伴着这种温馨的乐曲购物，真是视觉听觉的双重享受。不知商家是否做过调查，在这种环境下，人们的购买欲是否会被

在悉尼品牌店里有位优雅的老人在为顾客弹奏钢琴

大大激发？

　　我悄悄地走到弹奏钢琴的老人身边，老人彬彬有礼，看样子有70多岁，身体消瘦却精神矍铄。他身着一身整洁的黑色西装，弹奏钢琴的手臂和面带微笑的脸颊，都显现出不少褐色白色的斑点。

　　老人非常友好地点点头，由于语言不通，我无法了解老人为何要在这繁华的商场弹奏钢琴。澳大利亚高福利是世界上位居前列的国家，人称澳大利亚是老人儿童的天堂，老人是衣食无忧的群体！是因为酷爱艺术，割舍不下终身从事的事业？还是耐不住老人生活的寂寞，聊以打发晚年的时光？从老人指间流淌的优美乐曲中，我听到了从容、美好和浪漫，从老人微笑的面容中，我看到了平和、淡定和满足。

　　结束一天的奔波，我们入住坐落在海边的新侨饭店。晚饭前，我给远在大连的老妈打通了电话，问候她重阳节快乐，还问她喜欢什么礼物，并告诉她，女儿我看好的礼物是又轻便又保暖的袋鼠皮毛靴和降血脂的保健品。老妈非常坚决地说："啥也不要！千万别买！家里积压的保健品还不好处理呢！靴子不好穿，样子、颜色是否能中我意？漂洋过海的，不合适还不能退换。"

　　老妈买东西时那种挑剔是出了名的，几年来，单是我们几个孩子先后买给她的鞋，就不下20双，可她中意的就两双，一双是妹妹从美国买的旅游鞋，一双是我在北京给她精挑细选买下的软皮棉鞋。从妈妈欢快的语调中，我感知到她的好心情。每次出门旅游，我最牵挂、最担心的，就是老妈的身体啊！

邦迪海湾休闲中心

浓浓的思乡情

　　今天睡到了早上7点。8点吃了一顿正经的自助餐，丰富的水果让人开心。

　　上午游览了邦迪海湾、玫瑰湾、富人住宅区。在邦迪海湾遇到了一位异常思念祖国的大连老乡。

　　邦迪在澳大利亚原住民的语言

中，是"激碎在岩石上的浪花"，顾名思义，蓝色的大海与洁白的浪花交相辉映，美丽绝伦，因而邦迪海湾吸引了众多的当地居民和海外游客来此浪漫休闲和观光游览。

我被这深蓝色的大海所吸引，正在对比着家乡大连与悉尼的海水有什么不同时，一位老太太突然扑向我的怀抱，真把我吓了一大跳！

这位老太太只说了一句："你是打（大）连的?"就打消了我的不快，啊！好熟悉的乡音。"对啊！我是大连的!"我们老姐俩的手紧紧地握在了一起，那老太太两眼泪花闪闪，就像见到亲人一般向我诉说："在这里可把我憋闷死了！谁说什么我也听不懂，成天就守着外孙子，连一个说话的人都找不着。"原来，她的女儿和一位意大利人结婚，定居在此已经5年了。她来女儿家帮他们带小孩，孩子刚满两岁，她就回国了。前两个月，女婿出了车祸住在医院里，女儿无奈还是把她请过来帮忙。今天带外孙子出来遛弯儿，赶巧碰到了我们这拨中国游客。

她用手指指正在逗她外孙子玩的同团游伴说："他们告诉我说你是大连人，我就跑过来了。"在异国他乡遇到一个老乡，的确像见到亲人一样感到亲切。我很想抱抱她的外孙子，可是腿疼抱不起来这个小胖墩。孩子可能看到他的姥姥和我挺亲热而多了安全感，便不让那些逗他玩了好一会儿的阿姨姥姥们抱了，主动扑到我的怀里。我索性坐到沙滩上把老乡的小胖外孙揽在怀里，随手从衣袋里掏出备战的巧克力糖送给他。

在悉尼邦迪海湾遇到了一位异常思念祖国的大连老乡

老乡让她的小外孙叫我"姥姥"，他却羞涩地笑出了声。小男孩一点不认生，瞪大眼睛望着我这个他姥姥家乡的姥姥。黝黑的小脸蛋，翘翘的鼻子，齐耳的短发，这个混血的小男孩，若不是他姥姥介绍，我会把他当成小女孩。同伴们为我和这位天上掉下来的小外孙留下了美好的镜头。

小男孩看到照片更高兴了，竟然拍起了小手。分别时，我们越走越远，小男孩一直站在他姥姥身边向我们挥手再见，我不时被同伴们挡住身影，小男孩伸长脖子，

天上掉下个小外孙

位于缅因湾渔人码头的海鲜市场

整个大厅坐满了大快朵颐的食客

晃动着小脑袋瓜，用眼神在人群中寻找，直到看到我时才咧开小嘴巴，继续挥动小手。真是友好的小使者！留在我脑海里挥之不去的，却是小男孩的姥姥那泪花闪闪的目光。

家乡是什么？是熟悉的山，是熟悉的水，是熟悉的乡音？在这里不愁吃穿的女儿家，在这里和家乡看似一样的大海面前，还是抵挡不住浓浓的思乡之情。

中午时分，我们在位于缅因湾渔人码头的海鲜市场品尝澳洲海鲜。清晨，这里是海鲜拍卖批发市场，中午开始零售。坐在海滩平台上的餐馆里，一面观赏海鲜市场，一面品尝美味佳肴，真是绝好的享受。

海鲜市场内人山人海，在悉尼的大街上，你绝对看不到这么多的人。人们围拢在一个个柜台前，橘黄的大皇蟹、笨重的鲍鱼王、带着青红条纹的澳洲龙虾，一个个全都鲜活新奇。巨大的各色海鲜，看得人眼花缭乱，一时竟不知点什么吃才好。

这个时辰来海鲜市场的人，大多是品尝海鲜的旅行者，各种肤色、各种语言，点着同样的美味，整个大厅坐满了大快朵颐的食客，还有不少没有座位正在排队等候的人。我们在那导的建议下采取了4人组合的拼桌方式，这样可以多点一些海味共同分享。

谁知刚刚点好了澳洲龙虾、鲍鱼王、生蚝等美味之后，那位最先提出要吃养颜大鲍鱼的北京大姐却要退席。退就退吧！既然点好了，3个人也能吃，无非就是多花一些澳元嘛！其实，平摊下来我们每个人才花了70多澳元，其中还包括海鲜的加工费。而那位退席的大姐，只吃了一份8澳元的份饭。

我们不知她是怎么想的，她会不会觉得一顿自费海

澳洲大龙虾　　　　在澳大利亚悉尼海鲜市场品尝大龙虾

鲜，要花费相当于500多元人民币实在有点不值？为了避免不愉快，我们谁也没再提起这个话茬儿。我们都知道，工薪阶层挣的是有数的死工资，花钱自然不能大手大脚。但消费这东西，说白了不就是满足需求嘛。我的观念是，没退休之前，要做到能挣会花；退休以后，就应该是有计划地花。咱不讲排场奢华，但量力而行，该享受的也要享受一点。俗话说：有钱不花，死了白搭。这把年纪了，正如春晚上小沈阳的小品所说："两眼一闭一睁，一天过去了；两眼一闭不睁，一辈子过去了。"

　　澳洲龙虾两吃，特合我们的口味，生龙虾肉质细嫩爽滑，味道鲜美至极，龙虾炒面口感香酥脆鲜，满满的一盘子竟让我们吃个精光。虽然，吃得开心又开胃，但我不忍心等座位的人站在一旁看着我们吃，匆匆吃饱就结束了战斗。如此新鲜的美味，竟吃得匆匆忙忙，的确有些可惜。可是将心比心，如果别人坐着吃，让咱站着等，心情也是不爽啊！来不及细细品味，吃下盘中的佳肴，我们起身让位于另外几个中国游客，交流感受的话只能留待上车之后了。

　　来到悉尼仓储购物中心，正好赶上薄羊毛衫搞促销活动，打折后每件40澳元，相当于人民币200多元，我正愁给老妈买什么礼物呢！就毫不犹豫地买了3件，老妈、妹妹和自己每人一件白色羊毛衫。

建在垃圾场上的奥运公园

　　下午4点钟，我们前往悉尼奥运会留存下来的部分场景参观。

悉尼奥运馆

悉尼奥林匹克公园又叫悉尼奥运公园，占地6.4平方公里，毗邻澳大利亚新南威尔士州悉尼的康宝树湾郊区，是2000年悉尼奥运会的比赛场地，现在用作举办各项体育与文化活动，如悉尼复活节、嘉年华、悉尼节等。悉尼奥林匹克公园由悉尼奥林匹克公园管理局营运，原址前身是一个工业废弃地，见证了百年来的工业与军械投机活动。这里曾经是造砖厂、屠宰场、军备仓库及悉尼其中8个垃圾场的所在地。这一区域原定发展成康宝树湾地区一个大型的市区重建项目，后来，重建的总体规划设计因应奥运会竞办成功，这里被改建为2000年悉尼奥运会的膳宿场地。

2000年悉尼奥运会圆满闭幕后，悉尼奥林匹克公园进行了大规模的改建，现已转型为一个多用途场所，多项活动已迁移到这里。成为重要的艺术与文化活动场地，园内设有定期活动、公共艺术荟萃（澳大利亚最大的单一场地公共艺术荟萃）、军械库画廊（南半球最大的单一场所永久艺术展览场地）、军械库活动中心及艺术家工作室场地。

2000年悉尼奥运会水火相容的点火设施已经被转移到场外广场

经过一圈观摩比较后，我们真为中国北京奥运场馆而骄傲，不论是场馆的建筑规模还是奥运会本身所取得的辉煌，北京比悉尼都高出一筹！唯有2000年悉尼奥运会与众不同的水火相容的点火设施最令人叫绝。如今，水火相容的点火台已经被转移到场外的广场上，成为悉尼奥运外场一道亮丽的风景。

2000年悉尼奥运会的点火仪式完全给人一种耳目一新的感受。

开幕式上，在120匹骏马的马蹄声中奥运五环标志冉冉升起，以"自然"为主题的开幕式向全世界展示世界上最古老的民族之一——澳大利亚原住民的风采。而独树一帜的圣火点燃仪式更是将开幕式的气氛推向了高潮：在数小时的充满梦幻色彩的歌舞表演后，火炬来到了主会场，并最终到达了点火者弗里曼手中。

弗里曼是澳大利亚原住民运动员，是一位最受澳大利亚人喜欢的短跑名将。她不仅为澳大利亚夺得了第100枚奥运金牌，也是奥运历史上第一个点燃奥运圣火的女性运动员，同时还是第一个拥有中国血统的主火炬手。她说："我母亲的祖父母早年是从中国的广东省去澳大利亚的，可以说我的身体里也流淌着中国的血液。"

身穿银色连体防水服的弗里曼向观众致意后，朝着即将点燃圣火的"宁静之池"走去。她小心翼翼地踏入水池中，站在水池中央，俯身点燃水中的火炬环，熊熊燃烧的巨大金属火炬环缓缓从流光溢彩的水池中冉冉升起，巨大的火炬环同时像瀑布般飞下水流，再现出罕见的水火相容一幕。

火炬环在升起后，预计有40秒钟的间隔停顿，随后徐徐上升，但瀑布背景下的火炬台却出现了失误，在空中足足停滞了好几分钟之后，才得以顺利升空。幸好当时弗里曼随身携带了一副小耳机，在开幕式导演的提示下，弗里曼一直满脸微笑地站在那里，持续挥舞着火炬。好在5分钟后，火炬环最终走上了正轨，升到了体育场的最高处。

完成这幕"水中燃火"的精彩大戏之后，弗里曼价值约5万澳元的银白色连体运动服湿透了，必须换下来。不曾想，这身缔造历史的服装刚刚换下，瞬间就被人偷走。但是弗里曼挥手点燃火炬，让水火交融的浪漫一幕永恒定格，却深深地印刻在世人的脑海中。

晚饭后，我们又被拼到另外一个河北滦县团参加悉尼夜游的自费项目中，每位85澳元。我们北京团的3位游客提出，不去赌城，只游悉尼夜景；而河北滦县的6位团友却是只去赌城，不游夜景。我们觉得他们可惜，他们却乐得此道。人与人的喜好和品位，可真是大有不同啊！导游把他们送到赌城，约好见面地点后，就专心陪我们3人登上了悉尼塔。

坐在悉尼塔立体电影放映厅内可以全方位移动的特殊座椅上，我们享受了上天、入地、下海的观光动感影片，足不出户，游遍了全澳大利亚著名的旅游胜地。

伴随着导游的讲解，我们居高临下，欣赏了璀璨的达令港，夜光下的海德公园。整个悉尼到处是各色闪烁的星光，仿佛是银河落入凡间。悉尼歌剧院、港湾大桥周身如诗如画的霓虹灯，更是令人陶醉。比起白日的风光，夜幕下的悉尼歌剧院和港湾大桥，显得更加宏伟壮丽，更加耀眼迷人。我们3人的相机，佳能、索尼、富士，

在悉尼塔上俯瞰悉尼夜景

这幅巨大的广告牌就是红灯区的起点

数我的富士名气最差，但夜景拍摄效果最佳。我们伴着蒙蒙细雨，在玫瑰湾港流连忘返。

红灯区、绿灯区、赌城，我们没有下车，司机放慢了车速，我们逐一清楚地看到，红灯区内车流、人流都比较多，凡有门口设有一圈美腿标志的，都站着几个袒胸露背的时髦女郎；而绿灯区——即同性恋区，则静悄悄的，很少有人光顾。据说，每年的几个重要聚会日，同性恋者们才在这里组织有规模的大型活动。

结束了夜游悉尼的活动后，旅游中巴来到位于赌城的约定地点，接上了那几位河北人。从他们脸上的情绪和说话的口气来判断，今晚赌博的运气可能还不错。

又是凌晨3点起床，一夜只睡了两个小时。因为同室的小导游特喜欢和我聊天，每天晚上阿姨长阿姨短的。所以，我的睡眠严重不足。

悉尼机场办理登机手续的工作人员是位50多岁的大姐，也许因为刚起床眼神不济，错办了同名不同团的一位旅客的手续，没有验明他们的通关证明。结果是，非堵住我们最后几个中国旅客和两个导游，让我们把那个办错手续的中国导游找回来。

皮导和我们的蔡导反复向老妇人解释："虽然我们都是中国人，但不是一个团的，互相见面根本不认识。再说，又不是我们团出的错，先让我们的旅客办理登机手续，再想其他办法不好吗？"另一个办理登机手续的中年女性比较宽容，可是老妇人就是不开面。我建议皮导："别跟她较真儿了，你通过澳大利亚旅游公司与那个团的导游联系，或找到他的联系方式交给这老妇人，不然，登机时间会延误的。"

等待令人心焦，于是，我们坐在推行李的小车子上，打开了酒店发的又凉又硬的方便盒开始早餐。燕麦片做成的小点心口感极好，青苹果、橙子以及自制的燕麦粥全部装进肚子。我不习惯喝牛奶，把它送给了老杨，还给自己省下一块巧克力和一小盒奶油，以备急需。背包一下轻快了不少。

几经周折，皮导通过澳大利亚地接公司与那位中国导游取得了联系，让他过来解决了问题。通过安检时，我的一个未开封的早餐饮料被拒绝携带，扔到了垃圾桶内。真是有点可惜，看来3个小时的航行，要准备"抗旱"了。

当我们登机时，时针已经过了6点，飞机延误起飞。

★ 新西兰——最后的"净土"

新西兰，又称纽西兰，位于太平洋西南部，是个岛屿国家，距澳大利亚约2960公里。两座主要岛屿（南岛与北岛）面积约为27万左右平方公里。约和日本、美国加利福尼亚州大小相等，比英国略大。

新西兰气候宜人，环境清新，风景优美，遍布旅游胜地，森林资源丰富，地表景观富于变化，人们生活水平也相当高，联合国人类发展指数世界排名第三位。有人赞美新西兰是世界上"最后的净土"。

新西兰于1856年成为英国的自治殖民地，1907年成为自治区，到了1947年完全独立。

5000万年以来，新西兰一直无人居住，直至10世纪，才有来自库克群岛和塔希蒂的波利尼西亚航海家乘坐独木舟来到新西兰。到12世纪，全国受青睐的地区已分布了许多定居点。

1642年，荷兰航海家阿贝尔·扬松·塔斯曼，在一次远洋冒险中发现了新西兰的西海岸区，但在企图登陆时遭到毛利人的攻击而迅速离去，但他以荷兰一个地区的名字命名这块土地，并绘制了部分西海岸地区的地图。

1769年，英国海军船长詹姆斯·库克及其船员成为首先踏足新西兰土地的欧洲人，随后，捕捞海豹和鲸鱼的人们也来到这里，传教士很快也接踵而来，定居点开始逐渐建立起来了。

到1840年，新西兰毛利人口大概为近20万，分布在沿海地区的欧洲定居者约有2000名，新西兰那时没有全国政府或全国领导人，毛利人和白人团体请求英国提供某些保护以及法律法规。

1840年2月6日，毛利人和英国王室在岛屿湾的怀唐伊镇签署了《怀唐伊条约》，该条约使新西兰成为王室所属的一个殖民地，这个条约被认为是新西兰的建国文件，该条约使早期开拓者有权在新西兰定居并允诺毛利人按其意愿继续拥有他们的土地、森林和渔业。该条约说明毛利人将对土地及他们的生活方式自己做出决定，并答应建立一个政府，使全体人民过上和平法制的生活。该条约也确立了新西兰人享有英国公民的权利，该条约目前仍然是"现行文"，且是新西兰涉及民族关系方面很具争议的话题。此条约签署后，更多的人开始来到这里定居，多数人选择去南部岛定居，那里的土地适合耕作，在奥塔哥和西海岸地区，人们还发现了金矿。

到19世纪80年代，新西兰开始建设铁路和公路，定居者建立的农场已经成为新西兰经济的支柱。进入21世纪以来，来北岛居住的人还是多于南部。1893年，新西兰成为第一个赋予妇女选举权的国家，当时，英国仍然是新西兰文化的重要组成部分，并经常被喻为"家乡"，成千上万的新西兰人代表英国参加第一次世界大战，到1918年，有一半的参战者死于战争或在战争中负伤。

1935年，新西兰选出工党政府，该政府进行了一系列的社会改革，其中包括每周40小时工作制以及国家拨款的卫生和福利制度。第二次世界大战开始后，新西兰再次派出军队，大约全国人口的1/10出国作战。

新西兰地理位置很接近国际日期变更线，是全世界最早进入新一天的国家之一，查塔姆群岛和吉斯伯恩市是全世界最先迎接新一天到来的地方。

"撞上"的"贵宾"

在飞往奥克兰的航班上，我刚刚坐稳，一位高大英俊的澳航空哥儿走到我的面前，说了几句英语。我很抱歉地指着自己的耳朵，摆摆手，表示并未听懂。这位空哥儿用手中的签字笔，指指头顶上方的座机号。我明白了，急忙掏出自己的登机牌。他划掉登机牌上的21D，并在其下方写下2A。

啥意思呢？难不成将我换到头等舱去？哪有这等好事！我疑惑地望着英俊的空哥儿。空哥儿微笑地点点头，很绅士地用左手做了个请的动作。我还是纳闷，为啥空哥儿要请我过去。

起身问领队蔡导。蔡导点点头，表示认可，并开玩笑地说："过去要把差额补齐!"

以前曾听人讲过，经常乘坐美国航空公司的飞机，积分到一定数额，就得到免费坐一次头等舱的奖励。可我是头一次来澳州啊？宽敞的头等舱内，只有两个半旅客，两位男士，加一个3岁左右的小男孩。等我坐下来，空哥儿就帮我系好安全带，垫上靠背垫，备好毛毯。

头等舱的小客人

飞机起飞后，空哥儿又来到我的座位旁，帮助打开藏在座椅扶手里的小液晶电视，调好节目，并为我戴上耳机。紧接着，一位漂亮但不算年轻的空姐儿，面带灿烂的微笑，为我打开餐桌，送上一杯咖啡和一杯桃汁。"嘿！这不是有饮料吗？！"哦！对了，此航班已经不属于澳大利亚国内航班了！

还没等两杯饮料喝完，空哥儿又送来了早餐，他首先铺好洁白的桌布，再上托盘，尽管登机前已经吃了一"顿"，但美味的早餐加上美好的心情，还是令人胃口大开。

也许，热情的澳大利亚人就是要选一位中国游客来体验一等舱的贵宾待遇，以表示对中国人的友好吧！我想到同行的老杨，论年龄和资历都应该让老杨优先啊！可我不会英语，怎么表达才能让澳大利亚空哥儿明白呢？

正巧，这时导游和老杨都过来看望我这位临时"贵宾"，听我这么一讲，纷纷嘲笑道："你当这是国内啊！坐飞机还得论资排辈，人家讲的是'女士优先'。你非常幸运！就好好享受一次'贵宾'级待遇吧！"

飞机飞得不算高，云层很淡。地面、海上变幻莫测的风光，深深地吸引我的眼睛，手中的相机几乎一刻不停地记录着这难得一见的画面。

前边的小客人睁大眼睛，不时好奇地通过座椅缝隙，向后面打量着我这位后来的"贵宾"。目光相对时，我亲切地和他打招呼。近3个小时的航程，小家伙很少安静，电视屏幕上的动画片，引得他一会儿高兴地拍手大笑，手舞足蹈，一会儿凝神静气，一动不动。活像一部儿童剧真人秀。

透过飞机上的窗口，我们可以看到蓝天下的白云，白云下面的绿色山水，美不

鸟瞰新西兰

胜收，难怪有人称新西兰为"白云之乡"。

幸亏领队提醒，我把背包里剩下的一个蛇果消灭掉了。跨入新西兰海关，食品检查格外严格。新西兰严禁肉、蛋、水果、奶类食品入关，我们每个游客的大小行李都被打开，6位新西兰安检人员一字排开，带着白色的手套，分4个台子，一丝不苟地进行检查。

这种严格的翻包检查，虽然让每一位游客心中感到不悦，但同时可以体会到新西兰人对这片"净土"的精心呵护。

帆船之城——奥克兰

新西兰的导游兼司机姓刘，是来自中国大连的小伙子，今年33岁，旅游专业毕业。一听是老乡，我自然感到十分亲切。

刘导首先带我们来到海港大桥。

一望无际的大海，蓝得让人心醉，天边飘着几抹淡淡的长云，海鸥贴着海岸穿梭飞行。一座长长的横跨海湾的大桥，连接着奥克兰市和北岸市，这座桥就是海港大桥。

奥克兰海港大桥

这座宏伟的海港大桥，建于1959年，全长1.74公里，高出海面40多米，桥下碧波万顷，水天一色。停泊在奥克兰游艇俱乐部的帆船密密麻麻连成一片，直刺蓝天的白色桅杆和风帆，整装列阵，蔚为壮观。与悉尼大桥的港湾相比，这里显得格外清静。

穿行在奥克兰的大街小巷，不见大城市中如林的高楼，不见人流如潮行色匆忙的脚步，只看见漂亮的海滩，美丽的海湾，琳琅满目的商店。

市内最高建筑要数位于市中心的四星
级酒店——"天空之城"了。

天空之城328米高的天空塔，是
南半球最高的建筑物，世界排名第12
位，比巴黎的埃菲尔铁塔及悉尼的
AMP塔还高。我们观光市容市貌，
好像始终在围绕着天空之城转来转
去。整个城市宁静幽雅、一尘不染，
到处都透着清新和悠闲。

据刘导介绍，1000多年前，毛利
人从太平洋群岛扬帆渡海，乘风破浪
来此定居，奠定了毛利民族独具风格
的文化生活，今日毛利人仍被称为
"大地的子民"。大约200年前，欧洲
人开始移居此地，带来新的技术、资
讯及法律等各种制度。近50年来，从
世界各地相继而来的民族，更加丰富
了新西兰的文化。

游艇俱乐部的帆船营地

328米高的天空塔是南半球最高的建筑物

奥克兰是新西兰最大的城市，曾经是新西兰的首都，坐落于两个港湾之间，50
个死火山口之上。由于濒临大海，水域辽阔，这里的人们习惯和喜爱水上运动，尤
其是帆船，在这个城市里，几乎平均每3个家庭就有一艘船，是世界上从事帆船运动
最好最多的地方，所以，奥克兰被称为"帆船之城"。

这几年，由于新西兰队连续赢得了美洲杯帆船赛的冠军，所以美洲杯移师奥克
兰，曾举办过两届美洲杯帆船赛。世界上哪个国家获得美洲杯帆船赛的冠军，赛场
地就会定在哪个国家，同时美洲杯会更名为这个国家的名字。在一个半世纪的时间
里，全球只有美国、澳大利亚和新西兰3个国家捧得冠军，可见美洲杯帆船赛不仅是
最奢侈的运动，同时也关系着一个国家的荣誉。

塔马基路是环绕奥克兰东部海湾风景优美的海滨路。旅游车在平整的环形路上

奥克兰海岸造型

纯净的奥克兰海岸

奥克兰高档社区的游艇码头

伊甸山风光

行驶，白色的沙滩，蔚蓝的大海，待发的帆船，还不断看到步行者、跑步者、滑板爱好者以及自行车运动者们在进行体育锻炼。休闲的奥克兰人三五成群地围坐在海边的草地上，洁白的海鸥在海边绿地上嬉戏散步，天、海、人、鸟共处，构成一幅和谐宁静的画面。

奥克兰的一大特色是零散分布于城市各处的火山，到18世纪中期，毛利人的众多部落定居于此。1840年《怀唐伊条约》把奥克兰定为首都时，这儿还是非常荒凉的，后来奥克兰人把49座死火山开辟为公园和住宅区，只留一座最高的位于市中心以南约5公里处的伊甸山来作为纪念。

我们来到伊甸山时，已经是下午4点钟了。站在海拔196米的山顶，视野开阔，真是眺望市景的好地方。从瞭望台向下看，看见的是呈圆锥形的火山口，如今，奥克兰人喜欢在这里放牧牛羊。从北京出来已经8天了，我们的行程直到今天才感到轻松。刘导告诉我们，今天的日程已经完成，剩下的时间可以自由活动。

全团8个人，有7人情不自禁地或卧或坐在绿草如茵、野花遍地的山坡上，零距离享受着新西兰纯净的空气和清新的大自然。

我干脆盘腿打坐，双手合十，口念："南无阿弥陀佛！"给生命一个深呼吸。来自北京和宁夏的老姐仁儿，高兴地跳起了伦巴舞，新婚的小两口玩起了叠罗汉，老杨忙得四处"咔嚓"，抢拍着瞬间发生的精彩。

疯够了的我们一起对着远处的大海，放声高呼："新西兰，你好！奥克兰，我们来了！"我发现，无论年龄、职业、性别、身份多么不同，只要出了国门，大家都能放松下来。人是需要放松的呀！难怪发达国家的人都特别重视休假，这对身心健康绝对有益！

最适合懒人生存的政策环境

我们来到修剪得非常整齐的迈克尔·乔瑟夫公园，眼前逆光矗立的这座工党纪念碑，庄严肃穆。这个公园是为纪念新西兰第23任首相，工党第一任领袖迈克尔·乔瑟夫·萨文奇而建的。

1872年，迈克尔·乔瑟夫·萨文奇出生于澳大利亚。1907年，他移民到新西兰。1916年，他组建工党。1935年，工党赢得大选，迈克尔·乔瑟夫成为首相。他卒于1940年。

迈克尔·乔瑟夫·萨文奇出身贫寒，从小在社会底层挣扎，受尽了苦难，深知劳动大众的疾苦。所以，他当政期间非常关注新西兰的民生问题。是他第一次提出"高收入、高税收、高福利"的"三高"政策，这也是在所有的发达国家中第一个提出"三高"政策，并将其付诸实施的人。迈克尔·乔瑟夫·萨文奇的主要贡献就是让新西兰成为一个福利型的国家。因此，人们在这座小山上为他立了工党纪念碑。

庄严肃穆的工党纪念碑

刘导开玩笑说："新西兰最适合懒人生存，没有工作的人，政府每周救济200纽币，老人儿童都有补助，上学看病都免费，住房买车有贷款，而且是根据能力偿还，有工作就定期扣除一部分，没工作就暂停还款，如果死前没有还完贷款，死后由政府承担偿还余款。所以，好多人说，在新西兰死前最好是能欠上一屁股债，那可就赚大了！"

早就听说过这"三高"政策，却不知三高理论的创立者竟是新西兰的首相。著名的"三高"政策，也为新西兰的国力发展和人民富裕奠定了坚实的基础。站在纪念塔下凝视，逆光中的尖塔形成一个直刺苍穹的剑影，上帝挥舞着这支宝剑，在政府服务民生的改革中，披荆斩棘，奋勇前进，取得了如此辉煌的成绩，使新西兰成为世界上最令人向往、最适宜生存的国家之一。

这一点和澳大利亚的政策是一样的。我疑惑地问刘导："像你们这样的中国移民

"三高"政策的创建者——迈克尔·乔瑟夫·萨文奇

也能享受这种待遇吗?"

"当然!"刘导骄傲地告诉我说:"中国移民不但可以享受到新西兰人的一切待遇,而且还能得到更多的照顾。我的女儿患有牛奶过敏症,儿童的免费牛奶不能喝,奥克兰市政府就特批为我的女儿专门研制一种脱敏牛奶,个人只需交很少一点钱。现在,我的女儿都快5岁了,还在喝这种脱敏牛奶。"

"还有啊,在新西兰工作也不像在国内那么紧张,其实我是服装店的老板,一个人挣钱足够全家的消费了。出来当导游完全是因为工作太清闲,早晨别人上班,你才能开门营业,白天顾客很少,下午别人下班了,你就得关门停业,想加班都不成,上下班时间是统一的。我实在憋闷得慌,店里雇人盯着,我就接几个中国旅游团,借机和来自家乡的中国人聊聊天。"

在新西兰,不光是年轻人觉得寂寞,就是老年人也有许多不愿意久住的。刘导向我们透露,他女儿出生时,把丈母娘从祖国的大连接了过来。这么好的生活环境,这么高的福利待遇,可丈母娘只住了两个月,就偏要回大连。理由就是,这里人太少,打个麻将都凑不齐人手。

原来是这样,中国移民在美丽的新西兰会是这样一种心态!

在伊甸山的东南方,有一座很特别的小山,山高只有海拔183米,整座锥形山丘绿草如茵,唯有山顶上长着一棵大树,这就是当地著名的孤树山。其实,孤树山上从前有许多树木,只因当时毛利人痛恨欧洲人侵占了他们的土地,便将满腔愤怒发泄在此山上,经常在漆黑的晚上偷偷将树木一棵棵地砍死。虽然当地政府加强保护,无奈毛利人众志成城,日积月累终于把山上的树木砍光了,只剩下山顶的一棵。这棵树生命力极其顽强,用尽各种办法也未能将它弄死。这可能是天意吧!毛利人只好作罢,孤树终于得以保留。被毛利人称为"帕"的堡垒也位于此。山下有绿莹莹

最美的风景在路上 澳非篇

的草地，白花花的绵羊，这里是体验奥克兰乡村风情的好地方。

　　傍晚时分，入住外普纳宾馆。阴雨随即而来，我们冒着小雨漫步在湖边，感觉挺惬意。在外普纳宾馆的左侧，我们发现一座中国寺庙，心中不由得一阵激动。院子不算小，但空无一人，寺院已经不是传统的中国样式。高脚长廊上有白色的墙壁和栏杆，红色的台阶、柱子和房檐，橘黄色的大门上方，有一块黑底金字的匾额，上面用汉字写着：圣恩

奥克兰外普纳宾馆附近的中国寺庙

佛院。这一定是居住在新西兰的中国移民，为表达信仰弘扬佛法而修建的。小雨越下越急，越下越大，我们赶紧跑回宾馆。

地热之乡罗托鲁瓦

　　来到新西兰的第二天，我们直奔新西兰著名的地热之乡罗托鲁瓦。

　　罗托鲁瓦号称新西兰的第七大城市，其实也不过6万多人口，这里是当地原住民毛利人的聚集地之一，又称"毛利文化之都"。据说，罗托鲁瓦在新西兰是排名第一的观光城市，毛利人占到总人口的35%。罗托鲁瓦是毛利语"火山口湖"的意思。人们都说，不去罗托鲁瓦，不算到过新西兰。

　　罗托鲁瓦距奥克兰约3小时车程，两地之间交通十分便利。一路上绿地连绵，牧场围栏就在公路的两侧。同伴们都开始打盹儿，我却舍不得闭上眼睛，目不转睛地盯着车窗外面，领略新西兰的田园与牧场风光，生怕错过这视觉的享受。

　　牧场围栏里，牛羊悠然自得，或漫步草

牧场就在公路的两侧

场，或卧于草丛，却看不到牛棚羊圈建在哪里。刘导边开车边告诉我们，新西兰的牧场都是人工培育的，那些长得比较高的草是用于出售的。草场分期养护，生长周期一般为21天，所以，每个牧场被分成21块，牛羊不断转场，以保证它们每天都能吃到新鲜的牧草。

饲养人员在每只牛羊的耳朵上都装有芯片，用以记录它的身份，包括它的出生年月、父母资料等，以此来确认它们纯正的血统，确保新西兰牛羊体健肉美，营养丰富，产的奶量多质高。虽然，它们散养于大自然中，但每到挤奶的时间，成群的奶牛却能自动排成纵队，先后有序地来到挤奶站，等候工作人员为它挤奶。真不知新西兰的牛羊是怎么训练的！我不由得想到了中国北京为迎奥运设立的排队日，人类本是一种高级动物，可是现实中的许多人，个人素养却不及这些训练有素的奶牛。

经过两个小时的行驶，我们在《指环王》电影导演——彼得·杰克逊的家乡，玛塔玛塔小镇小憩。刘导风趣地说："你们如果记不住这个小镇的名字，那你就倒过来记，保证再也忘不掉了。"塔玛塔玛，这不成了中国的国骂了吗！哈哈，果然好记！

看过电影《指环王》的人，都会被片中那绝美的景色所震撼，都会产生一种强烈的冲动，恨不能一下飞进影片中那人迹罕至的原始森林，去探索那神秘的冰川、火山以及那奇特的悬崖、海滩。当我们知道新西兰就是这部电影拍摄地时，我们更加庆幸自己选对了旅游目的地。

每到挤奶时间，成群的奶牛便会自动排队前往挤奶站

这就是玛塔玛塔小镇

拍摄于新西兰的影片《指环王》，在美国76届奥斯卡金像奖评选中，一举囊括了最佳电影、最佳导演、最佳视觉效果、最佳改编剧本、最佳歌曲、最佳化妆等11项大奖，创造了奥斯卡历史上的一个奇迹，整个新西兰都为此而疯狂。今天，我们作为来自中国的游客，站在《指环王》导演家乡的小镇上，也为此感到自豪。

或许，因《指环王》的热映而使导演家乡的小镇闻名于世，也或许，恰是美丽独特的自然风光，孕育了才华横溢的新西兰导演。世人感谢彼得·杰克逊，通过这样的导演，才使新西兰罗托鲁瓦最原始的美景得以向全世界展示。

休息间隙，团友们纷纷溜进小镇的食品店、咖啡店、服装店。镇子虽小，东西却非常精致，新鲜的水果蔬菜，都是包装整齐，处理得干干净净。商品名称、重量单位、价格，都清楚地标写在标签上，而且，这里的水果相当便宜。

来到罗托鲁瓦政府花园，感觉很像进入了一个童话世界。这里的园林面积很大，感觉有些空旷。英国占领时期，在此为毛利人修建了议会厅，旁边最醒目的是一座

罗托鲁瓦政府花园

花园内别致的植物园

花房内盛开的奇花异草

花园内冒着"臭气"的地热泥浆池

英式的红屋顶建筑。刘导介绍说，这里原是英国一个贵族的私宅，他们写下遗嘱，离世后把这座房屋捐献给当地政府。这里先是政府的办公机构，后来改做公园，成为市民休闲的好地方。据说，英国女王来新西兰视察时就曾住在这里。

花园内有纪念参战和阵亡将士的纪念碑，1899~1902年，新西兰曾派遣军队参加过南非的布尔战争。别致的植物园里，到处是盛开的奇花异草。花园里到处弥漫着浓重的硫黄气味，冒着气泡的泥浆池和大大小小的泉眼，把我们带入一个缥缈的世界。难怪罗托鲁瓦又被人称为"硫黄之城"！

这里是新西兰北岛最负盛名的旅游胜地，它坐落在一条巨大的火山裂缝之上，地热资源异常丰富，袅袅雾气随处可见。这里的温泉大到湖泊，小到溪流，各种天然和人工的温泉池塘，遍布罗托鲁瓦的家家户户、座座酒店。

顽强的红杉树

进入罗托鲁瓦，我们先来到红森林。

据导游说，这片森林是从北美引进的红杉品种，植于1901年，目的是为了测试不同于本土的外来森林物种作为商业种植是否适合在这里生长。

面对红森林，可以用"惊叹"两个字来形容。高大的红杉树，就像列队的士兵，排列整齐，昂首挺拔。几株格外粗壮的红杉，错落在森林之中，颇具大将风度，就像士兵中的指挥官。红森林公园入口的那棵红杉树，几个成年人伸开双臂合力围抱还不能完全抱住它。底层的植物是蕨类，叶子很茂盛，那是新西兰的国树。还有一棵奇异的红杉树让我们惊奇不已，其顽强的生命力令人咂舌！不知为什么，红杉倒地而卧，根茎暴露，但红杉树不仅没有枯死，反而从树干上长出6棵参天大树，棵棵挺拔粗壮，好不壮观！有不少市民和游人在这里漫步，这个天然的大氧吧，真是身体吐故纳新的最佳场所。

导游介绍说，新西兰约于一亿年前与大陆分离，许多原始的动植物得以在孤立的环境中存活和演化。除了独特的植物和动物之外，这里还有地形多变的壮丽自然景观。从冈瓦纳古陆分离之后，那些原始的物种便在新西兰这块独立的土地上繁衍。著名的自然学家大卫·贝拉米称这里是"摩亚方舟"，"摩亚"还用来称呼来自新西兰所特有的巨大步行鸟——恐鸟，但现在已灭绝。

自从人类开始在新西兰定居以来，已经使许多原生物种消失，近年来新西兰政府加大了自然保护的力度，情况已经有很大的改善。保护措施包括消灭野生动物保护区的有害生物，建立了13座国家公园、3座海洋公园、数百个自然保护区和生态区、一个海洋与湿地保护网络，以及重点保护特别的河流与湖泊。新西兰总计约有30%的国土为保护区。虽然，经过人类1000多年的砍伐，新西兰仍有1/4的国土上覆盖着茂

罗托鲁瓦红森林

这就是那棵卧倒在地树干上长出6棵
参天大树的奇特之树

罗托鲁瓦红森林的蕨类植物

银蕨树叶片未长开之前呈卷曲状

密的原始森林。

新西兰森林是温和、常绿的雨林，其中有巨大的树蕨、藤类和附生植物。

在毛利传说之中，银蕨原本是在海洋里生长的，其后被移植来到新西兰的森林里安了家。从前的毛利猎人都是靠银蕨亮闪闪的树叶背面来认路回家的。因为，只要将其叶子翻过来，银色的一面便会反射星月的光辉，照亮穿越森林的路径。

新西兰人认为，银蕨象征勇敢坚定、开拓进取，能够体现新西兰的民族精神，故此这种植物成了新西兰的独特标志和荣誉代表，成为国树。

其实，中国也有这种植物，我们的山区普遍出产这种形态的袋装野菜，吃到嘴里有些爽滑。但我还没有见过长成树木的蕨类植物，而且，新西兰竟把蕨类植物尊为国树。这种树长得十分像雨伞，直直的树干上方长出伞一般的枝叶。叶子由宽慢慢变窄，长度可达两米。叶片未长开之前成卷曲状，顶端像一个个小圆球，非常漂亮。

银蕨标志在新西兰流行已有近百年历史。第二次世界大战时期，曾作为新西兰编制军队的标志。1999年亚太经济合作组织峰会上，各成员国的领导人身穿会议主办方新西兰为他们准备的特制服装：蓝黑色的夹克，胸前赫然绣着一片银白色的银蕨叶。20世纪初期，银蕨标志扩展到商业和对外贸易领域……至今，银蕨标志以各种形式色系被广泛应用并成为新西兰国家的注册商标。

据资料介绍，蕨类植物是高等植物中较低级的一类。银蕨在分类学上属蕨类植物门——真蕨亚门——桫椤科。桫椤科是蕨类植物中一个十分独特的类群。蕨类植物一般为草本，但桫椤的绝大多数种类具有树状的直立茎，呈乔木状，大型羽叶子簇生于茎干的顶端，形成伞状，故又称为树蕨。

在地质历史上，在银杏还没有出世的古生代石炭纪（距今约3.55亿年），蕨类植物就是地球上的"统治者"，高大的蕨类树木，如鳞木、芦木、封印木、种子蕨等覆盖着地球表面，高达20~40多米的大树比比皆是。地壳无情的变迁，使多数蕨类树木都埋于地下，成了我们今天的煤炭。中国华北大煤田，主要就是由这些蕨类树木的残骸演变来的。

到了中生代的侏罗纪（2.05亿年前），随着巨型爬行动物恐龙的兴起，这时蕨类中桫椤这一支也应运而生。由于侏罗纪时的气候已变得温暖、潮湿，所以桫椤长得高大挺拔，高可达20多米，叶子都生长在树干的顶端，好像一把把巨大的绿伞。尽管桫椤如此高大，但它仍是身躯高大、颈细脖长的食草恐龙的美味食品。后来由于地质变迁和气候变化，特别是受第四纪冰期的影响，大量动植物种类绝灭，生长区也大幅度收缩，最后仅残存于热带和亚热带中某些环境特别适宜的"避难所"。基于上述原因，人们誉桫椤为"活化石"。

新西兰的蕨类植物多达190多种，遍布热带雨林、河岸、树干、岩缝、甚至屋顶。其中有的高度可达10米。

我腿疼走不快，也走不远，老杨陪着我渐渐和大部队拉开了距离。走得慢也有好处，可以细细地欣赏，林间小路两边挺拔的红树和如伞的蕨类植物，都是拍特写的好素材。老杨不太善于构图取景，看我拍啥他就拍啥。树上的叶子，裸露的树根，林间的蓝天，残根的青苔……逐一收入我们的镜头。不到10分钟，大部队原路返回，我们反倒成了"排头兵"。

会吐唾沫的羊驼

午饭后，我们驱车前往爱歌顿农场。

爱歌顿农场始建于1971年，占地160公顷，在栏1200只羊和120头牛。游客在此可亲身体验农场生活。

农场建立之初，即开始向公众表演剪羊毛。1972年，曾5次获得世界剪羊毛比赛冠军的伊万·博文加入爱歌顿农场。1975年，农场增加了牛的表演。1980年，一场大火烧毁了整个农场。在农场还散发着焦土之气时，伊万·博文以其新西兰人特有的坚定意志，在农场附近的山坡上继续进行表演。1998年，伊万·博文以其为新西兰旅游和社区做出的贡献，获得了女王的嘉奖。

1983年开始，农场创始人的后辈们接手农场，以先进的管理经验经营，农场逐步走向世界，在日本的发展尤其顺利。1986~1991年，农场参加了新西兰旅游局、新西兰商会等机构联合举办的海外巡回演出，极为成功。1994年，农场获得新西兰旅游奖。1996年，农场在日本千叶县建立了东京爱歌顿农场并取得较好的业绩。

在农场换乘拖拉机带动的游览观光车，继续向牧场深处进发。远远地我们就看见成群的黄牛、黑牛、花牛向我们漫步走来。真是有趣极了，这些牛一点不怕人，围在我们观光车的左右，很有礼貌地向游客们点头致意，还摆出各种造型等待你慢慢拍照，前面、侧面、后面，差不多都拍好了，它们才甩着尾巴缓缓离去。

农场里的"牛主人"彬彬有礼、热情好客

第二站来到羊的领地，这里我们看到了温顺的绵羊、肥硕美丽的诺羊，以及似羊似驼的羊驼，这里还有酷似鸵鸟的鸸鹋。

游客们可以用压缩后的干草饲料，零距离地给它们喂食。它们毛茸茸的嘴唇和又湿又热的舌头接触到我们的手心，感觉麻麻的、痒痒的，我们条件反射般缩回了手臂。该不会咬到我们吧？

可爱的动物们极为敏感，当它们感觉你没有诚意和耐心对待它们时，它们会马上离你而去。我们壮着胆子坚持把手中的美食递到它们的嘴边，它们才与我们又亲近起来，任凭你轻轻地抚摸它们头顶、脖子上松软的皮毛。

导游告诉我们，羊驼很聪明，喜欢你时才肯吃你喂它的食物，如果讨厌你，你还不知趣，死皮赖脸地追赶它，惹急了的羊驼会联合起来吐你一身又臭又粘的唾沫。今天，有好几只羊驼吃了我们喂的

在爱歌顿农场喂羊驼

食物，看来羊驼还是挺喜欢我们的。

羊驼别名美洲驼、无峰驼、驼羊。曾分布在南美的西部和南部，是南美4种骆驼形动物中最有名的一种，早在1000多年前就被驯化，是西半球被人驯化成驮兽的唯一一种动物。羊驼的身高有1.2米左右，体重70～140千克，身上长着优质而浓密的长毛。

羊驼喜欢栖息在海拔高的草原和高原上，最高海拔可达5000米。羊驼喜欢小群生活在一起，一般5～10只。雌兽由一只壮年雄兽带领，群内的雌兽们都非常忠于头兽，一旦头兽被敌害所伤，它们并不逃跑，而是聚在头兽身边用鼻子拱它，试图让它站起来一起走。狡猾的人类就是利用它们这一特点，一次可捕杀一群羊驼。羊驼从不到树林和多岩的地方去，主要以草为食。羊驼性情机警，视觉、听觉、嗅觉均很敏锐，奔跑速度也很快，每小时可达55公里，这些为它们在开阔地带生活，逃避敌害起到了至关重要的作用。

羊驼一般在每年的8～9月交配，孕期10～11个月，幼仔出生后即可奔跑，雄性幼仔长大后即被赶出群体，另组成年轻的雄兽群，直到性成熟后再另外与雌兽组成新的群体。羊驼的寿命可达20年，羊驼对于当地的原住民来说可谓全身是宝，几乎100%被原住民人利用。正是这些原因，当地人长期以来一直捕杀羊驼，特别是在16世纪中期西班牙人来到这里后，开始大规模捕杀羊驼，给羊驼带来了几近灭绝的厄运。到了16世纪后期，野生羊驼已在人类不知不觉的捕杀中全部灭绝了。目前，世界上的羊驼全部是1000多年前驯化羊驼繁殖的后代。

羊驼有着长长的脖颈，美丽的大眼睛和色泽亮丽的绒毛，因其皮毛具有极高的经济价值，而被誉为"安第斯山脉上走动的黄金"。

羊驼毛色泽美丽，比亚洲的开司米羊毛还细。用天然色的羊驼毛绒织出的衣物色泽鲜艳，永不褪色。当地牧民利用这一特点，进行优化改良，培育出棕色、咖啡色、黄褐色、黑色、白色等各种毛色的羊驼，制造出各式各样的衣物和装饰品。羊驼毛衣物不仅质地轻柔、保暖，而且纤维抗拉强度可以与化纤媲美，因而越来越受广大消费者的青睐。

羊驼两年即可长成成羊，但出生一年后即可剪毛，平均每年产毛2～2.5千克。产毛期平均10～12年，饲养得法的可达15～17年。当今羊驼毛的市价升至每千克385美元，而开司米羊毛每千克才110美元。在欧洲市场，一件用羊驼毛特制的大衣售价最高可达2.5万美元。

参观的过程中，我们团的游客有人把羊驼称为驼羊。

这种可爱的动物，到底叫羊驼还是驼羊？我这一问，导游也含糊了，他说，好像叫什么都行。回到家里，我终于在网上查到相关信息，作者名叫王冬，是一名酷爱动物并酷爱写动物的大学生物老师。他在文章中介绍：

鉴于羊驼，即南美洲骆驼的复杂身世，有必要追溯一下骆驼家族的家谱。

一般认为，现存的骆驼科动物有6种，它们的祖先最早生活在北美洲，大约在1200万年前实现了分家：一支向北"走西口"跨过白令陆桥来到欧亚大陆，并开拓到北非一带，这一支叫作骆驼族，现存双峰驼和单峰驼两个物种；另一支祖先"下南洋"，从北美洲的大草原来到南美洲安第斯山区，这一支被称为羊驼族。

羊驼的原生地在安第斯山区，现今的秘鲁、智利、厄瓜多尔和玻利维亚海拔3500～5000米的山地是它的故乡。有资料称，早在6000年前当地人就驯化了它们，直到欧洲人来到这片大陆之前，羊驼和后文中将会提到的驼羊是南美洲仅有的两种家畜。羊驼看起来跟大绵羊很相似，成年后身高1.1～1.4米，遍身长毛。当然，继承了骆驼家族传统的它们，有着比绵羊长得多的脖子和一双"明眸善睐"的大眼睛，如果你仔细观察的话，会发现，羊驼那配上长长睫毛的大眼睛绝对是动物界中最传神的眼睛。

羊驼在当地原住民的生活中扮演着极其重要的角色，它们的毛被用来编织绳子、寝具、毛衣、手套、帽子、袜子，还有著名的大披风，它们的肉则是人们食物中主要的动物蛋白来源。欧洲人来到美洲后，羊驼也跟着遭殃了，原本数量庞大的羊驼种群几乎被捕杀殆尽，仅有少数羊驼在一些人迹罕至的地区幸存了下来。

羊驼像其他骆驼一样，脾气好极了，如果是熟人，它会很配合地跟你亲昵。不过，如果是生客，我劝你还是要慢慢接近才是，因为这种可爱的动物有一手独门绝技，那就是"啐"你。如果你运气好，它只啐你一口唾沫，如果不幸，命中你脸的会是一团热气腾腾的绿色化学武器。那是没有完全消化的草加上它们的胃液，气味绝对会让你终生难忘。不过别看羊驼爱啐人，其实它们是相当爱干净的动物，它们天生会在远离草场的某地集中排便。

羊驼在南美还有3个表亲：驼羊（Lamn glama）、原驼（Lamaguanicoe）和骆马

（Vicugna vicugna）。很多时候人们羊驼、驼羊乱叫一气，其实它们是需要仔细甄别的。驼羊是另一种被驯化的南美骆驼，它比羊驼更修长，更像传统意义上的骆驼，成年驼羊的身高1.6～1.8米，身上的毛比羊驼短。此外，原驼和骆马是野生品种，它们的体态长得也很相似，都是栗色的短毛，精干的身材，其中原驼稍大，成年的有1.2米高，而骆马是最小的骆驼科物种，成年的骆马身高不超过1米。有人图省事儿，干脆通称它们为美洲驼。

直到最近，分子生物学研究才把它们的身世调查清楚，根据最新的DNA（脱氧核糖核酸）研究，大约在1040万年前，美洲骆驼的祖先发生了分化，现今羊驼的祖先同其他3个物种的祖先分道扬镳；约640万年前骆马从羊驼那一支里分离出来，现在羊驼和骆马共同属于骆马属。另外的一支一直到约140万年前才发生分裂，原驼和驼羊成为两个物种，这两者被划归驼羊属。

我国农业专家赴澳大利亚实地考察后认为，羊驼也能适应我国的自然环境。2002年我国从澳大利亚引进了这种动物，目前一头羊驼幼畜的价格大概是1万元人民币左右。

酷似鸵鸟的鸸鹋

当我们的环保车在路边停靠时，鸸鹋们大摇大摆地踱步而来，甚至把头伸进车窗，对我们表示亲热。当然，我们也决不会亏待这群热情的"迎宾者"，大家纷纷拿出面包、香肠及饼干和巧克力来答谢鸸鹋。

鸸鹋，又名澳洲鸵鸟，它能堂而皇之地走上国徽，得益于它是澳大利亚最大的鸟，是澳大利亚的象征性动物之一。鸸鹋不仅是世界最大的陆地鸟之一，也是世界上最古老的鸟种之一，是鸟纲鹤鸵目鸸鹋科唯一的生存种类。产于澳洲森林中，吃树叶和野果。是仅次于鸵鸟的最大鸟类。

这个很像鸵鸟的大鸟其实是鸸鹋

鸸鹋形似非洲沙漠中的鸵鸟，但没有鸵鸟高大，体高约1.5米，嘴短而扁，羽毛灰色或褐色，翅膀退化，足3趾，腿长擅长奔跑，时速可达70公里，并可连续飞跑上百公里之遥。鸸鹋虽有双翅，但羽毛纤细，副羽甚发达，头、颈有羽毛，同鸵鸟一样已完全退化无法飞翔。

鸸鹋喜爱生活在草原、森林和沙漠地带，全身披着褐色的羽毛，生活中或出双入对，或三五成群，极少见有踽踽独行的。成年雌性鸸鹋要比雄性大，体重数十千克不等。鸸鹋终生配对，成熟期长达3年。成年雌鸸鹋只在每年的11月至翌年的4月产蛋，每次7～15枚，孵卵的责任则由雄鸟来承担。在整个孵化期间，雄性在长达两个半月的时间里几乎不吃不喝，表现出极强的"父爱"，它们完全靠消耗自身体内的脂肪来维持生命，直到小鸸鹋破壳而出。每次孵化后，雄性体重会降低许多，雏鸟出壳后，仍由父亲照料近两个月。

鸸鹋很友善，若不激怒它，它从不啄人，一旦受到伤害时，鸸鹋会用3趾的大脚踢人。平日里它们以野草、种子、果实等植物及昆虫、蜥蜴等小动物为食。它能泅水，耐饥渴，可以从容渡过宽阔湍急的河流。数十万年的地质和气候变迁，仍无法改变它们最初形成的原始形态，这种神奇的适应能力在自然界的进化史上是极为罕见的。这一现象令动物学家们深感困惑。鸸鹋易于饲养，被广泛引入其他国家。

第三站是鹿场和奇异果园。据说，当地原来并没有养鹿，引进中国的梅花鹿和美洲的马鹿杂交，才培育出高大健壮的新西兰独有的红鹿。奇异果在新西兰非常有名，在爱歌顿农场有大片的奇异果园。其实，奇异果的祖先就是中国的猕猴桃，1907年才传入新西兰，经过改良，现在新西兰的奇异果论个而不是论斤卖。

在奇异果园里，绝对新鲜的奇异果饮料以及纯天然的蜂蜜任人随意品尝。正当我们一边听介绍，一边品尝农场特制的蜂蜜和果茶时，天气突变，风雨吹打得游客们无心继续参观下去，纷纷逃上车来躲雨，导游还放下了车上的草帘挡雨。一群鸸鹋不畏风雨，追随着观光游览车一路相送。这群充满灵

一群鸸鹋不畏风雨，追随着观光游览车一路相送

性的鸸鹋们多么令人感动啊！我们不顾风雨抢拍了这令人动容的一幕。

当我们到达农场大门时，天空放晴，风住了，雨也停了，我们在爱歌顿农场的各项活动也都结束了。不幸的是，我们光顾着体验当饲养员的快乐，竟踩了两脚绿色的粪便而浑然不知，上车前我们冲洗了好半天，也冲不干净深陷在旅游鞋底的牛屎。最后，还是拿起专用于刷鞋的铁刷子才将鞋底刷洗干净。可惜鞋子已经完全湿透，哈哈！这就是寻求快乐所付出的代价。

公园和宾馆里都有免费的温泉

彩虹鳟鱼公园，距罗托鲁亚只有5公里，坐落于原始森林之中。公园的前身是仙女泉，早在100多年前的1898年就开始接待游客。这里的溪流是鳟鱼的家园，这种新西兰特有的鳟鱼，身上有鲜艳的色彩，在阳光照耀下熠熠生辉。泉水溪流与外面的湖水相连，鳟鱼可自由进出，成为水中的常客以致公园更名为彩虹泉。

这里林木茂密，郁郁葱葱，掩映着一池池清澈见底的热泉。导游告诉我们，这些大大小小的温泉池，就是随时供走累了的游客们泡脚小憩的，并建议大家坐下来泡泡脚。于是乎团友们欢呼雀跃，迅速围坐一圈，脱鞋、脱袜，纷纷把脚丫伸到热气腾腾的泉水之中，一个个好不惬意！

天色渐晚，夕阳余晖洒在罗托鲁瓦湖上，湖水平静，碧波微荡，远山上漂浮着一抹白色的长云，间或有游船或水上飞机划过如镜的湖面，风景绝对养眼。湖边上水草茂密，成群的虹鳟鱼穿行其中，还有10多只高傲的红嘴黑天鹅和美丽的野鸭子，

幽静的彩虹鳟鱼公园

在彩虹公园里泡温泉做足疗

罗托鲁瓦湖宁静的傍晚

美丽的红嘴黑天鹅在湖中舞蹈

不停地抖动着光亮的双翅在舞蹈，颇具诗情画意。这个湖是罗托鲁瓦16个湖泊中面积最大的，也是由火山喷发后而形成的，湖中央有一个"莫科亚"火山岛。

导游提示我们，在新西兰到处都可以看到虹鳟鱼，可在罗托鲁瓦的餐桌和市场上你们看到虹鳟鱼的身影了吗？大家只顾欣赏奇观异景，谁也没有注意到这个问题。

导游自己揭秘说："新西兰法律规定，鳟鱼不能买卖。所以，想吃鳟鱼，除非自己钓。而且，每人每次只允许钓不小于30厘米长的大鳟鱼4条，如果钓到小于30厘米长的鳟鱼，必须放回湖里，如果多钓或违反了规定都要罚款。这也是新西兰人可持续发展观的具体体现吧。

晚上，我们入住温泉宾馆，迎接我们的是弥漫了半边天空的火烧云。遗憾的是，本来可以享受优惠的自费活动套票，包括参观《指环王》电影外场地、地热温泉和毛利人迎接国宾表演，一共才100纽币（等于只用两项活动的价钱，却可以参加3个项目活动），可是只有3个人报名，故而告吹。

因为是大连老乡，刘导悄悄地找到我说："于阿姨，我只带你去泡最好的温泉，而且不收费。你千万不要告诉其他团友！"面对热情的小老乡，我婉言谢绝。心想，人家辛苦一天了，又当司机又当导游，怎好再麻烦人家。

听同屋的皮导说，宾馆庭院内也有温泉游泳池，只是室外的，天气有些凉。我独自换上泳衣，然后用大浴巾将自己包裹严实，来到后院花园中的游泳池。还好，水面冒着热气，还有淡淡的硫黄气味。肯定是温泉了！我游到泳池的另一端，果然，这边有个小池子，汩汩地冒着气泡。嘿，还真是温泉的泉眼，水温还挺高的，但并不烫手。早知如此何必舍近求远呢？我尽情地舒展身体，放慢节奏，一个人尽情地享受罗托鲁瓦爽滑的温泉。游了一会儿，我索性爬到小温泉池内，一动不动地泡在热泉里。硫黄的气息把我带回到童年时光。

那时，我还没有上小学呢，家就住在温泉疗养院，整个院区大大小小的温泉，遍布于室内室外。不同温度的温泉池、泥浆池，就是这种味道。看到别的小朋友光着小脚丫到处走，很是羡慕。

一天中午，趁着父母午休，便偷偷溜出家门，脱下鞋子光着脚丫，踩在泥沙铺就的小路上，那开心劲儿就别提了。可是刚刚踏上桥面，就觉得烫脚，没走几步就烫得受不了了，只好连蹦带跳原路返回。

如今，自己也是年近60岁的人了，父亲早已过世，80岁的老母亲经常腿痛，如果能一同洗洗温泉，那该多好啊！对！下次再回大连，一定带着老妈专程去泡泡温泉，尽尽女儿的孝心。为了让头发也能泡泡浸满硫黄的温泉，我仰面朝天，一动不动地漂在水面上。含有硫黄的温泉，可以安神、止痒、促进血液循环，治疗关节痛。期待今晚一定能睡个好觉。可惜不知老杨他们住在哪个房间，不花钱的温泉，怎么没人来享受呀？竟然连刘导都不知道？不过，既然酒店里有温泉，想必房间洗澡也会是温泉之水。

在毛利人住宅小区漫步

第二天早餐后，离出发时间还有一个半小时，我们便在温泉宾馆周围的毛利人居住区漫步。

清晨的小区里，我们见到差不多一样漂亮的住宅，一样整洁的街道，一样修剪过的草坪，家家门前鲜花灿烂。有一种高大的灌木，甚至高过住宅的屋顶，粉白、鲜红色的大花朵类似中国的牡丹花，开得格外繁茂艳丽。

从踏上新西兰的国土那一刻开始，我们所到之处，都清洁清静，可见人人爱护环境。尤其今日的我们所看到的毛利人居住区，几乎是一尘不染。看来文明时尚已成为当地居民生活的自觉行动。别看毛利人是当地的原住民，他们对废弃物的处理也非常讲究，每个街区都有指定的时间进行废物收集，每家每户都把废弃物分门别类包装好，放置在垃圾箱内，等废物收集公司来收集。大街小巷里绝对看不到乱扔

的垃圾污物。

　　金色的阳光温柔地洒满绿草如茵的儿童活动中心，却看不到几个晨练的罗托鲁瓦人，在这令人陶醉的环境里，我们情不自禁地伸展身躯，活动老胳膊老腿儿，还煞有介事地比画起了太极拳。老杨老顽童般荡起了小朋友的秋千。多么宁静的一个早晨啊！与我们为伴的只有几只在树丛中歌唱的小鸟。

　　走着走着，我们进了一条死胡同。正东张西望地寻路，一个小别墅里走出一个皮肤黝黑、膀大腰圆的毛利壮汉，嘴里不知说些什么。我赶紧说了一句"Morning!"然后用手势告诉他，我们住在温泉宾馆，散步迷路了。他友好地为我们指了路。我们互道"Bye!Bye!"当我们走到公交站时，一位毛利妇女主动打招呼："Kia Ora（凯奥拉）!"这是昨天导游刚刚教过我们表示"你好"！"欢迎!"的毛利语。我们也马上用这句话和她打了招呼。

在来新西兰时导游告诉我们，不要单独行动，尤其在罗托鲁瓦毛利人聚集的地方，以免和脾气急躁、性格倔强的毛利人发生不愉快。但在罗托鲁瓦短短两天时间里，我们所接触到的毛利人却让人感到和蔼可亲、热情善良而礼貌有加。

感受毛利人的文化习俗

9点15分，我们乘车直奔此次旅行的最后一个景点，这便是坐落在罗托鲁瓦市中心不远的奥希内穆图毛利文化村，这个村是整个新西兰毛利文化的中心。

毛利人也是波利尼西亚人的一支，和远在夏威夷的原住民竟然同宗，想到他们在上千年前，就划着独木舟漂洋跨海几千海里来到陌生的新西兰，开辟生存发展的疆土，我们心中顿生敬意。

导游在带领我们前往毛利人文化村的路上，教给大家几句简单的毛利人问候语，"您好"是"喀哦如娃"！大家异口同声跟着学。导游还介绍了毛利人迎接客人的最高礼遇——"鼻吻"。

毛利人是新西兰的少数民族，属蒙古人种和澳大利亚人种的混合类型。毛利人信仰多神，崇拜领袖，有祭司和巫师，禁忌甚多。相传其祖先在10世纪后自波利尼西亚中部的社会群岛迁来。后与当地原住民美拉尼西亚人通婚，因此，在体质特征上与其他波利尼西亚人略有不同。

1642年12月，第一个欧洲人塔斯曼到达新西兰海岸，和一个毛利人部落在南岛发生战斗，离去时，这个地区大部分未经勘查。1769～1770年，库克船长环绕南北两个主要岛屿航行，写出了有关毛利人情况和新西兰适合开拓为殖民地的报告。其后，猎捕鲸鱼、海豹的人和其他寻求暴利的欧洲人，在这里最先受到毛利人的欢迎。随着滑膛枪、疾病、西方农业文明和传教士的传入，毛利人的文化和社会结构开始解体。到了18世纪30年代末，新西兰与欧洲建立了联系，因而许多欧洲移民来到这里。

毛利人开始了与欧洲人的交易，交换枪支弹药及衣物等。白人也开始来向毛利人买地，砍伐开垦。1840年，200个毛利领袖同英国政府签订了《怀唐伊条约》，新西兰从这时候就合法地成为大英帝国的殖民地之一。

据说，新西兰的毛利人在英国人入侵前约近20万，分为50个部落，有部落联盟。

社会以父系大家族公社为单位，采用夏威夷式亲属制度，即伯叔父与生父同一称呼，伯叔母和生母同一称呼，侄甥与儿女同一称呼。经济以农业为主，刀耕火种；一部分人从事渔猎和采集；手工业发达。殖民时期毛利人惨遭屠杀，人口一度锐减。

从18世纪60～70年代之间，许多毛利人感觉到西方帝国主义的威胁及侵略性，他们就不愿意再继续卖土地给英国政府，有几个部族就在奥克兰南边的怀卡托地区联合起来，成立他们自己的王国并反抗英国殖民政府，引起十年的"新西兰土地战争"或称"毛利土地战争"。当然，西方先进的枪与大炮很容易就胜过毛利人的石器文化，但在1864年的战争当中，一些毛利反抗者在一个叫"帕"的地方第一次使用堑壕战的战术。英国殖民政府军队用大炮轰炸那个"帕"后，认为他们已经胜利了便大举前进，其实，那些毛利反抗者已经躲在了堑壕底下，等英国军队到来，10分钟内就有上百个白人被打死。

所有战斗于1872年结束，但毛利人的大片土地被没收，毛利族的社会已被永远瓦解。"国王运动"的支持者退却到北岛中西部的国王领地。1881年前，这个地区一直对欧洲人封闭，并仍由毛利人控制，1881年才出让给政府。

1907年新西兰独立后，民族权利受到尊重，毛利人人口数量逐渐回升。现代毛利人已接受英裔新西兰人的影响，社会、经济和文化均已发生变化，多会讲英语，许多人进入城市当雇工。部落界限已被打破，民族意识开始形成，随即民族文化得到了复兴和发展。

20世纪后半叶，约占新西兰总人口9%的毛利人，其中几乎80%为城市居民。城市化意味着充分接受城市文化和增加与欧洲血统的新西兰人的接触。毛利人和欧洲人之间的通婚率稳步增长。然而从经济方面来看，在从事地位较低、工资较少职业的人们中，毛利人所占比例仍大于欧洲人。这种情况主要是毛利人所受教育较少的结果造成的。为了提高他们的教育水准，1961年，新西兰政府设立了毛利人教育基金会。虽然这个团体获得了一些成功，但大多数毛利儿童的教育成绩仍然比其他新西兰儿童低，因此毛利人很少能从事地位较高的职业。不过在所有等级的工作中，都有一些为数不多的毛利人，他们在工作中也很少受到歧视。

毛利人对国家建设有贡献，他们在教育上的成就，渐渐地改变了种族制度下的旧貌，因而从科学、法律、文学等领域毕业的学生日渐增加。

今天，生活于城市的毛利人，依然继承了毛利人的传统文化。他们对族人聚首的时刻，特别是葬礼尤为重视，分散各地的家人都非常珍惜这种会面的难得时刻，总是趁机回乡。毛利人相信，一旦离开人世，便会与祖先会合，并凭着他们赐给的神灵，赋予子孙精神力量与指引。所以，毛利人极重视他们的传家宝物，如权杖、绿玉项链等，深信它们蕴藏着祖先的灵气。他们会将这些家传之宝一代一代传给世代子孙。

崇尚图腾的毛利人

在罗托鲁瓦毛利文化中心，我们时刻能感觉到毛利文化的存在，无论是独木舟上，还是村口、门口、集会场所及周围建筑物上，都可以看到图腾雕刻，充分显示了毛利人将雕刻艺术融入日常生活中的文化特征。据说，毛利人迁徙到新西兰，成为这里最古老的原住民时，没有文字，他们以口头传说和在木头上刻记号的方式记载历史，由此形成独特的毛利人木雕。

除了木雕，毛利人的石雕工艺也非常出众，最著名的是在新西兰绿石上雕刻的提基神像（波利尼西亚神话中的神秘男人，被认为是波利尼西亚第一个男子），该绿石被毛利文化视为护身符。

新西兰毛利人欢迎客人的仪式很特别，毛利男女整齐地排列两队，在一阵沉寂之后，走出一位赤膊光脚的中年男士，先是一声洪亮的吆喝，接着引吭高歌。年轻的姑娘们翩翩起舞，周围的人则低声伴唱。歌停舞罢，他们就一个个走过来同客人行"碰鼻礼"，鼻尖对鼻尖，互碰3次，而后欢迎会进入高潮。

还有一种"挑战式"欢迎仪式：欢迎者全部是民族装扮，为首的赤膊光足，系着草裙，脸上画了脸谱，手持长矛，一面吆喝，一面向客人挥舞过来，并不时地吐舌头。临近客人时，将一把剑或是绿叶

毛利人的木雕门

枝条投在地上。这时，客人必须把它拾起来，恭敬地捧着，直到对方舞毕，再双手奉还。这是最古老的迎宾礼，也最为隆重。

毛利人在音乐和舞蹈方面极有天赋，他们把从传教士那里学到的赞美歌旋律及和声，经过巧妙的组合，发展成毛利人明朗欢快的独有旋律。与夏威夷草裙舞类似的毛利歌舞，深受各国游客们的青睐，其中最精彩的就是战舞。

这种舞蹈是毛利人将音乐、节奏、歌曲、舞蹈和肢体语言融于一体的、富有力量感的表演。舞者猛烈扭动身躯，双目圆睁，皱眉吐舌，像是一头怪兽在恫吓敌方。战舞的歌词并不固定，不同的族群有各自的战舞歌词。现时最广为人知的，是新西兰橄榄球队在比赛前表演的战舞歌词。歌词大意是：我死！我死！我活！我活！——我死！我死！我活！我活！——这是毛发浓密的男人——抓到太阳，让它再次亮起来，向上爬！再向上爬！

"传说新西兰的毛利人是世界著名的吃人族，这是真的吗？"我问导游。"是有这样的传说，但已经非常遥远了，那是200多年前的事情了！可是现代的毛利人仍然为他们有这样悍勇的祖先感到自豪。"

3层牛头状图腾搭建的毛利文化村大门

村口的大门是由3层牛头状图腾搭建的，连接大门的圆形广场中间是一块巨大的玉石，周围矗立着十几根粗大的柱子，雕有记述阿拉瓦部族历史的精美图案。柱子越往上越细，顶端呈尖部向上的平行四边形，下面粗大的部分雕刻着历任毛利头领的脸谱。1963年这里被政府辟为公园。

毛利文化村的圆形广场

脸谱是等级和地位的象征

为什么毛利人的首领这么在意脸谱呢？

毛利人是一个建立在血亲关系和土地占有基础上的部族社会。他们的外貌兼备东、西方人特色；性格大多纯朴憨厚，生活随遇而安。形体硕大、悍勇强壮，黑发棕肤、厚唇短鼻。北岛的奥克兰、罗托鲁瓦等地都是毛利人聚居地。他们社会分工严格，每个人做些什么事，都有明确的规定：男人种地，收粮食；女人则做饭，编织用具，纺线织布。毛利人对自己的家族历史非常重视，从不忘记自己的族谱，他们落脚新西兰之后，至今已经记下20多代家谱。

毛利人宗教的最大特点就是崇拜首领，他们把首领当作神。不仅首领本人不许别人随便接近，就是他住的房子，用的东西，包括吃的食品，普通人也不能动。要是谁动了，就要受到处罚，严重者甚至可能被处死。

毛利人首领的脸谱，有着特殊的意义，那斑斓的脸谱是毛利人等级和地位的象征，记载他的家庭，甚至一生的成就功绩。毛利人的脸谱不同于中国京剧的脸谱是画上去的，他们的脸谱是刺青，是用文身的方法一点一点刺上去的。

据考古证明，毛利人文身的历史已超过千年，是世界各地原住民的"文身鼻祖"。他们那种独特的刺青，不仅仅是艺术，更是波利尼西亚刺青文化中最具身份象征的一种显示和外化。

早在1769年，詹姆斯·库克船长在塔希提岛探险时，就知道当地岛民称文身为"击打"。自此以后，文身在欧洲人中广为流传，特别是那些具有高风险的职业，如水手和矿工们，更爱将锚或者矿工灯纹饰在前臂，作为护身符。

远古时代的人类大多崇尚图腾，文身就是人体美化及彩绘的延伸，也是原始人类保有永久性标志的皮肤化妆。大致可分瘢纹、烙纹、黥纹3种。毛利人多以黥纹来表示部落的标志，身上的黥纹越多，表示其地位越尊贵。

早期的毛利人因衣着简陋，只以亚麻织物蔽体，故难以分辨身份等级。文身便是他们想出来辨别身份的聪明办法。图腾花纹的内容、数量、色彩也成了判别他们身份的重要表征。

毛利人视头部为身体最重要部位，在脸部纹上精美的图案最能彰显其身份。文身图腾象征着个人出身、阶级、权力的不同，有如现代人的身份证或护照，也可视为"脸部精美条形码"。比如一位身披斗篷大衣，满脸刺青的酋长，便能马上被认出是位首领。如果不被尊重，对他就是极大的侮辱，会导致报复行为。

因此，德高望重的酋长和战士，一定做全面刺青。越有权力地位的酋长，脸上刺青越多。左脸代表父系祖先，右脸代表母系祖先，但并非所有部落都一样，只要细心观察，就会发觉每个毛利人的文身图案都各有特色。图腾就是写在脸上的故事，不但象征文身者的神圣身份，也从中显示其所属部落及家族历史。

女性有刺青者也表示其身份尊贵。传统上，毛利女性只允许纹在嘴唇、下巴周围或鼻孔；早期的基督教传教士曾试图阻止她们文身，但毛利女性仍在其嘴唇及下巴部位保留黥纹；据说可以防止皮肤变皱并保持年轻。一般毛利女性认为：纹全蓝色的嘴唇是女性美的象征，这种习俗一直保留到20世纪80年代。毛利勇士则视文身为人生不同阶段的标志，他们认为刺青图腾不但可以突出其本身的英勇气概，而且会对异性产生更强的吸引力。

毛利人的脸谱

毛利人脸部常见的刺青纹以波浪形曲线构成，多数从青春期就已开始，伴随着许多仪式而进行。在正式文身前要遵从一定程序，首先文身者要了解其中重要含义，经过部落长老及家人允许及支持，最后由长老决定图腾式样。正式进行刺青时，可能历时数月才告完成，而且多不使用麻醉药。因此，文身者会感到极度痛楚，懦弱者是无法坚持下来的。

毛利人刺青的方法，是将鲨鱼牙齿或动物骨刺固定在木棒上，然后蘸上各种颜色染料（颜料通常是燃烧过的烤里木松脂或食草毛虫），再用小锤敲击文身者的浅层皮肤。纹脸比较费时，故技术好的文身家在开始文身前，会仔细研究受纹者的骨架结构。文身时用弯针将皮肤挑起，然后将烟灰灌入切口处。全部纹好后再涂上色料，伤痕愈合后便会形成精美的文身。

由于文身过程漫长，文身者要经常将卡拉卡树叶覆盖在肿胀的伤口处，借此加快愈合。在战争频繁时期，进行文身的战士几乎没法等待伤口愈合就得上战场。在文身过程中，他们常以吹奏笛类音乐和咏唱歌诗等来缓解疼痛。文身者还得严格遵从一些禁忌，特别是纹脸时，文身者不得咬食坚硬食物，只能以木制漏斗吞食流质食物和水。在伤口愈合前，绝不能让肿胀的皮肤受到污染，故文身者严禁任何身体接触的亲密行为。

在某种程度上，波利尼西亚的文明大大影响了毛利人的文身文化。在欧洲人统治下，毛利人已经失去了祖先的土地。他们预见，终有一天将会失去一切，因此，总想通过独特的文身图案，赎回他们的精神灵性。因此，要是一般非毛利人不知就里地纹上某个毛利部落的图腾，就等于侵犯了毛利人的身份及私有权，也触伤了他们心灵深处的痛处。

我第一次知道有文身之说，还是儿时看小人书中，抗金名将岳飞之母为岳飞在背后刺字"精忠报国"。那时的文身，中国人称之为"刺青"，古时曾经作为一种刑罚，在犯人脸上刺字做记号。

而就在前不久，本人仅在辽宁一个小小的山城汽车站上，就亲眼看到一个刚刚花掉7600多元（还是友情折后价），做完文身的小伙子，光着膀子，肩背部还留有新鲜的血迹。

交谈中，小伙子说："文身是一种体现美感的时尚。"随着历史的进程，当今文身术花样翻新，遍布世界各地，既是追求返璞归真，又是追求前卫时尚，并时髦地称之为"体绘"，是一种集艺术、文化、医学、心理学于一身的美容潮流。

新西兰的奇异鸟

跟着刘导我们顺路到了奇异鸟馆。

奇异鸟又称几维鸟，学名为鹬鸵。属于《华盛顿公约》附录中的一级保护动物。它只在夜间出没，白天睡觉，我们能否看到奇异鸟全凭运气。因为奇异鸟怕光，所以馆内漆黑一片，我们深一脚浅一脚地向前摸索，走在前面的刘导示意我们不要大声说话，以免奇异鸟受到惊吓。

奇异鸟馆真是奇异，这么黑，上哪里去看奇异鸟？！过了好一会儿，眼睛慢慢适应了黑暗的环境。刘导突然停了下来，他压低嗓门用手指着一片灌木丛说："仔细看，这里有一只。"我们瞪大眼睛在昏暗中寻找着难得一见的新西兰国鸟。

隐隐约约我们看到两只像鸡一样，但肥胖臃肿的小动物，蹒跚地走动着。这就是奇异鸟！刘导告诉我们，这种鸟视力极差，由于几乎没有任何自我保护能力，加上雌鸟身形很小，体内的鸟蛋超大，每只生蛋的雌鸟几乎都会因生蛋而亡。所以，奇异鸟现在已经所剩无几。

奇异鸟也是新西兰的国家标志。新西兰国鸟——奇异鸟，是新西兰的特有鸟类，因其尖锐奇异的叫声而得名。

奇异鸟的身材小而粗短，有一个细长而尖的喙，腿部强壮，羽毛细如毛发，由于翅膀退化，因此无法飞行。奇异鸟胆小怕光，会选择较为隐蔽的地方挖地穴筑巢，每天睡眠时间可长达20个小时。奇异鸟大部分的活动都在夜间进行，寿命可达30年左右，算是很长寿的鸟类。

奇异鸟嗅觉敏锐，藏在土中10厘米深以下的虫子它们都能闻到气味，并用长长的尖嘴掏出来吃掉。奇异鸟喜欢吃泥土中的蚯蚓、昆虫、蜘蛛和其他无脊椎动物，亦会在河涧觅食鳗鱼、淡水螯虾、两栖类动物，还喜欢吃各种果实。一夫一妻制的奇异鸟家庭，恩爱和睦，夫妻关系可长达20年之久，即使配偶死亡也不会再娶或再嫁。主要的繁殖季节是在每年的6月至翌年3月，但奇异鸟妈妈只管下蛋，孵化的重任则由奇异鸟爸爸完成。也许，因为奇异鸟的蛋十分巨

因奇异鸟的"家宅"光线太暗，所以，只好在图片介绍上拍下了新西兰奇异鸟

奇异鸟的蛋十分巨大，相当于雌鸟体重的1/3

大（约半千克，相当于雌鸟体重的1/3）奇异鸟妈妈体能消耗透支，让奇异鸟爸爸十分心疼，故而代劳吧！

新西兰和澳大利亚基于地缘关系，在过去千万年均被海洋隔开，远离其他大陆，因此新西兰没有受到来自其他陆地的食肉动物侵扰，使得这片与世隔绝的岛屿一度成为鸟类的天堂，许多独特的鸟类也得以在此繁衍，尤其是一些不会飞行的鸟，更是其他大陆所没有的。

但自毛利人以及后来的欧洲人相继发现这块处女地以来，他们带来的外来物种，如鼠、狗、羊、牛、马、猫等，不仅逐渐变成强势动物，也改变了新西兰的生态平衡。加上人类开垦活动、城市建设等，破坏和侵犯原本鸟类的栖息地，已使四十余种鸟类走上灭绝之路。如巨型恐鸟，站起来高达4米，现在只能在博物馆看到它的骨骼标本；还有新西兰鹰，有着如虎爪一样大的利爪，曾是世界上最大的老鹰，但也难逃灭绝的命运。所幸，动物保护越来越受重视，例如棕色奇异鸟，小斑点奇异鸟，在斯图尔特岛和少数的森林、国家公园都还可以看到它们的踪迹。

看到奇异鸟之后，我们心中不禁揣度，新西兰人为什么会把这种丧失自我保护能力的鸟作为国鸟？只是因为它们珍贵稀少吗？

发生在间歇泉的惊险一幕

离开奇异鸟馆，一路美景奇观时时吸引我们驻足拍照，突然听到"嘭"的一声巨响，"间歇泉开始喷泉了！"刘导说："你们真够幸运的，刚来就开始喷泉了，有好些旅游团白白苦等，就是难得和间歇喷泉会面。"不远处地面上不断向周边散发着水雾，中间冒出了一个巨大的水柱，飘过来的硫黄味道越来越浓。

我们急不可待地举起相机，导游说，"转弯就到跟前了，现场更壮观！"我不顾腿疼，一拐一拐地跟着导游往前赶。在间歇泉的身后，还有几个小喷泉也同时向外面喷射着热水热气，这就是世界著名的"波胡图"间歇地热喷泉。

水柱笔直喷射，高30余米，加上风的助力，水气向四周扩散，似白莲盛开，又像花蕊吐雾。在阳光的照射下，彩虹飞溅，光耀天空，气势非凡。泉眼周边白色的石灰岩层层堆砌，形成一个壮观的莲花仙台。喷出的泉水回落到洁白晶莹的莲花瓣

罗托鲁瓦间歇泉喷发出巨大的水柱

上，顺着花瓣的间隙，流入深谷大大小小灰色的岩浆池中，不时冒出透明的气泡。大自然的鬼斧神工，怎会设计出如此奇妙的动感雕塑群！我和老杨交换着位子，通过相机的定格，把自己的形象永远融入罗托鲁瓦的奇妙世界中。

据介绍，新西兰是世界地热资源最丰富的国家之一，沸泉、间歇泉、喷气孔、沸泥塘遍地皆是，热泉数量超过1000个，有的最高温度达307摄氏度。怀曼古间歇泉是世界上喷水最高的泉，1904年有记录显示，该泉喷水柱高度达到457米，比世界上当时最高的西亚斯摩天大楼还高14米。可惜的是1917年发生强喷后，随之停息至今。长210千米，宽48千米的北岛，是世界三大地热区之一，北岛中心的"罗托鲁瓦——陶波地热区"有"太平洋温泉奇境"之美誉。

奇境之一是温泉遍地。在罗托鲁瓦城里，大路边的石缝和小花园内，随处可见地下冒出的白色蒸气，空气中弥漫着一股淡淡的硫黄味。罗托鲁瓦的住宿设施数量和种类非常多，从野外旅行者旅馆到高级宾馆，从汽车旅馆到一般的旅社，大都有各种

最美的风景在路上　澳非篇

不同形式的温泉浴和利用温泉采暖的暖气。

奇境之二是泥浆翻腾像蛙跳。当地还有一个恩加莫卡亚科泥潭，沸腾的泥浆上下翻腾，犹如青蛙跳跃，被人称为"蛙池"。游人可以在这里洗个泥巴澡，把热乎乎的含有丰富矿物质的泥巴涂满全身，泥巴晾干后再一块块剥掉，然后再去浸泡清水温泉，让紧绷的皮肤在温热的泉水中变得润滑光泽，全身每个毛孔都会感到十分舒畅。据说，这种泥巴澡可以治疗风湿病和皮肤病，还有非常好的美容效果。

罗托鲁瓦的"蛙池"

奇境之三是间歇泉喷发高。罗托鲁瓦附近的波胡图的间歇泉，每小时喷气一次，平均喷高20米，喷发时热气腾腾，隆隆作响。波胡图边有个温泉池，水面能高能低，变低就是喷出热泉的前兆。当地还有专门采集这种泥浆制造火山泥面膜出口全世界的工厂，罗托鲁瓦不但是新西兰温泉的象征，更是全球SPA的象征，是世界上最早的SPA胜地。

奇境之四是北岛东北部那片世界独一无二的"热水沙滩"。走在沙滩上，让游客自己挖个沙坑，并用挖出来的沙子筑成一道堤坝，然后，舒适地躺在自己建造的"温泉池"里，享受地热、阳光、大海与蓝天。

奇境之五是地热蒸全羊。从罗托鲁瓦到陶波湖这一著名的地热带中，有一个威拉凯地热发电厂和汤加里罗公园，这里是一派世界独有的一片火山园林风光，火山灰铺成的银灰色的"沙漠之路"，冒着雾气的火山口湖碧波荡漾，湖中有岛，婀娜多姿。湖边有地热泉，近看银流旋滚，嘶嘶作响，游人用几根木条架成地热蒸笼，即可蒸熟包括全羊之类的食品。

奇境之六是毛利人的"夯吉"烤炉。毛利人在地热喷气孔上安放木条，做成"夯吉"，然后将土豆、生米和生肉等放在上面，覆盖蒸笼，不一会儿饭菜即熟。使用十分便捷。公园为方便游人，随时出租"夯吉"，并出售生食品让游客自己去烤制，品尝地道的毛利食品。

可惜的是有些奇境不在我们的行程计划之内，我们无缘一见，只能靠各自的想象力去享受了。

酷爱照相的那位北京大姐，也被这奇妙的大自然景象惊呆了，因为拍照的事，刚刚与她的游伴发生口角，闹得不欢而散。所以，这会儿急着喊老杨帮她拍照。正在验收拍照效果的老杨，顺手把他手中的相机递给我，便侧身挤过。由于近距离拍照的便桥桥面很窄，匆忙间老杨的背包撞掉了我手中的相机。相机先是掉在桥面上，接着就一个跟头翻入桥下。眼看着相机落到热水流淌的湿地沙滩上，然后顺着岩浆池的斜坡滚入冒着热气的岩浆中。我急得恨不能跟着跳下去。几乎带着哭腔大叫："相机！相机！相机掉到桥下去了！！"

老杨得知这一消息后，先是一脸的惊愕："完了！完了！全完了！一路上辛辛苦苦拍摄的上千张照片，走过的景点全报销了！根本无法弥补！！"我非常理解他此时的心情，其实，我比他还着急。因为是交到我的手上之后才被撞掉的呀！还真不如把自己撞下去好呢！

平时我习惯把相机带子套在手腕上，只是刚才那位大姐喊得太急，老杨验收完画面交给我之后，我还没有来得及套上相机带子，相机就被撞掉了。又不好埋怨万分惋惜的老杨，我沮丧至极，一心要下去把相机从岩浆池中捞上来。情急之中，我用自己的相机拍下相机落地的位子，以便打捞。

刘导赶忙跑过来劝阻我说："于阿姨，您千万不能下去，下边地热岩浆有100多摄氏度呢！还是找当地毛利工作人员想办法，相机肯定是报废了，但只要能捞出相机，储存卡估计还能保住！""相机可以包赔！关键是赔不起里面的照片！桥下有路，我能下去的。"我决心已定。

刘导边拉边劝说："我也能下去，但在这里只能听毛利人的，新西兰法律规定，除他们外，任何人都不准到桥下去。"刘导再三嘱咐后，马上找公园管理处的毛利人去了。老杨虽然焦躁不安，但却紧紧拉住我的胳膊，生怕我真的到桥下去。人要出了安全问题那可不得了呀！

等待了不到5分钟，觉得比5年还要漫长。刘导带着一位粗壮的毛利人走过来，用英语对话，描述一下相机掉落的位置。毛利人是位大姐，一头短短的卷发，一身枯草黄色的工作服，她不太灵活地挪动着肥胖的身体，顺着桥下的小路，艰难地滑到岩浆池旁，用特制的厚底翻毛皮靴，试了试岩浆河滩地面的承受程度，马上脚窝里渗出浅浅的水印。她又换了一个相对坚实的地方，用树枝在泥浆池里轻轻地探索一番，然后蹲下身体，用手试试水温，猛地一捞，那个黑色的相机被拎出了水面。

"啊！胜利了！胜利了！"相机捞出来就是第一步胜利！我用相机记录了打捞落水相机的整个过程。刘导等在桥下的大斜坡上，想把毛利大姐拉上来。刚拉了一把，毛利大姐摇摇头，说了一句什么话，刘导回头对我们说，"毛利大姐说她太重，会把我也拽下去的！"这时我、老杨和刘导3人合力，一起把毛利大姐拽了上来。

我们鞠躬作揖，千恩万谢，和毛利大姐亲切拥抱，也不足以表达我们的谢意。善良质朴的毛利大姐，善良帅气的刘导，都给我们留下终生难忘的记忆。我情不自禁地亲吻了可爱的小老乡刘导，要不是他找到了毛利大姐，老杨的相机肯定完蛋了。照片或许能够保住！不然的话自己的罪过可大了，终生难补！尽管责任不全在我。

一颗悬着的心终于落地，打开相机储存卡仔细察看，储存卡完好无损，竟连湿都没湿。可是索尼相机的储存卡与其他型号的相机不能通用，上千张照片到底是否真的没有受到损害，一时还无法验证。相机看来报废无疑了，里面灌满了泥水，我尽可能地擦呀甩呀，心想死马当活马医。刘导体贴地说："于阿姨，储存卡估计没问题的，不信的话，

毛利大姐正欲从地热池塘中捞出落水的相机

刘导欲将毛利大姐奋力拉上岸来

拿到失而复得的照相机，我们激动地与毛利大姐拥抱并合影留念。

毛利人的原始居所及石灶

毛利族长的食品屋

毛利人晾晒的鱼干

毛利人聚会的红色会堂内大厅

下午回到奥克兰,我带你们找一个索尼相机专售柜试试看!"

只要珍贵的照片能保存下来就好,老杨一扫脸上的阴云,在毛利人早期居住的村庄前,欣喜地高呼:"感谢啊!上帝!感谢啊!刘导!!感谢啊!亲爱的毛利大姐!!!"

经历了刚才的险情,我紧张的心情还一时放松不下来,总是跟不上参观的队伍。刚才着急喊老杨为她拍照的那位北京大姐,此后竟有意躲避我们,一句抱歉的话都没说过,生怕我们找她"追究"责任。还好,相机风波之后,她再也不找我们拍照了,也不与她的游伴吵嘴了!

徜徉在早期毛利人居住的大本营,我们领略了毛利人的生活和文化:用蒲草和棕榈树枝搭成的小草屋简陋低矮,身在其中不能直腰;离地很高,带有高脚支架的食物贮藏室;独特的石灶烧烤炉,实用的晒鱼架;类似我国云南傣族的竹楼建筑的工具室;毛利人聚会议政专用的红色会堂;精致华贵,外形好似佛龛的族长食品屋;还有奔放粗犷的歌舞;精雕细琢的图腾艺术;更有那与现代接轨的漂亮花园洋楼;各类工厂、牧场、加工厂以及历史博物馆和文化研究中心……

罗托鲁瓦是毛利人历史文化荟萃的地方,毛利人源远流长的历史,别具一格的文化工艺,极富特色的民族格调,洋溢着质朴自然的民族风情,值得我们久久品味。

原本不想买保健品的我，在毛利人开办的加工中心，一下子就买了价值万元人民币以上的新西兰保健品，为感谢可敬的毛利大姐和可爱的大连小老乡，我愿做出一点小小的贡献。

回到奥克兰，刘导带我们直奔开设在大商场的索尼柜台。刘导和那里的销售人员很熟，说明意图，工作人员很痛快地从玻璃柜子里拿出一款崭新索尼相机，经检测，以往十几天里拍下的照片一幅幅清晰呈现，让我们快速重温了一路风情。

冥冥中，我们觉得今天的意外，还真的有点蹊跷，相机在此次新西兰之旅的最后一个景点，拍完新西兰最具代表性、最壮观的"间歇泉"之后，掉进地热岩浆池中，竟然还能让毛利大姐打捞上来，而且储存卡毫发无损。也许，是上帝有意这样安排，为的是让我们对善良友好的毛利人，有一个零距离的了解，有一个永远难忘的记忆。

度过了新西兰的最后一夜，第二天上午没有安排，收拾好行装后，只待11点午餐后直奔机场返回北京。上午很轻松，吃过早餐，我们没有马上离开餐厅，而是在餐厅外的露天阳台上流连，最后欣赏一下奥克兰的湖光山色。

不到11时，刘导就把我们带到了富丽华酒店，自助午餐非常丰盛，近百个品种让人眼花缭乱。可惜，离早餐的时间太近，谁也吃不下多少。

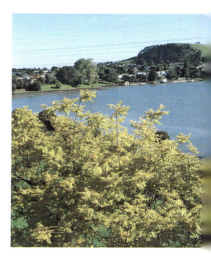

奥克兰酒店阳台上的湖光山色

去机场前，小老乡导游另有接团任务，我们不得不提前一会儿告别了。到了奥克兰机场，不知姓名的司机建议我们拍下机场的外景，他说奥克兰机场的帆船外形很有特色。只是为了拍这个外景，我们又得不辞辛苦地跑到机场的停车场。的确，机场的造型简洁素雅，就像大海波浪中航行的帆船，在蔚蓝的天空下，两叶白色的风帆格外醒目。真是名副其实的"帆船之都"，连机场都设计成帆船的形状！

原本计划下午两点起飞的飞机，延迟半小时才登机，14：55，终于起飞。

飞机上坐得无聊，为打发时间，我们开始算账，鹿产

新西兰奥克兰机场

品、蜂胶、牛初乳等所花的纽币大概合多少人民币？在澳大利亚自费项目活动，花去的澳元大概合多少人民币？算来算去，还是搞不清每瓶牛初乳、蜂胶、鹿鞭、鹿尾、鹿胶的单价是多少。看来这辈子我是不能从事会计之类的行业了。算账，是我最不擅长的行当，竟然在这漫长的旅途中成为打发时间的最好办法。

漫长的飞行让我腰疼难忍，勉强躺在两个座椅上伸伸腰，就这样一会儿歪，一会儿站，一会儿坐，总算在晚上9点时分熬到了香港机场。

接待我们的又是一位大连女士，高高的个子，白净的脸上架一幅深色边框眼镜，话语中带出浓浓的"海蛎子"味。此行澳新整个旅途中6位地导中，竟有3位是大连人，由此看来，我们家乡人出门闯世界的比例颇高！晚上我们入住在李嘉诚开办的四星级帝都酒店。洗澡后肚子饿得咕咕直叫，我拿出最后的"库存"——三块巧克力和一块饼干与同室的皮导分享。

途经香港的见闻

早晨7点起床，导游把我们领到美食店品尝早茶。

早茶店的生意很火，服务员忙得来回一溜小跑，但服务态度还是有点生硬，说话简单，毫无表情，往餐桌上摆餐具的动作很重。

早茶后去维多利亚港湾，参观星光大道、会展中心、金融中心。天气大雾，阳光也显得朦朦胧胧，气温闷热潮湿。在星光大道香港电影明星李小龙武功造型的雕塑前，我们也摆出一个酷似李小龙武功造型的动作，好像自己也当上了武打明星。

香港维多利亚港湾

在香港，只安排了20分钟星光大道的观光时间，为了多看一点风光，我们走得稍稍远了一点，看表还剩5分钟时间集合，我们连跑带颠地回到了集合地点，嗨，老了老了还是不改军人作风。自己都觉得好笑，迟到几分钟又能咋地！下面的时间只是去光顾3家购物店呀！

珠宝店让人感觉最为难受，购物竟是一种被挟持的过程。进店门先被贴上一个标志，证明你是哪个团的，说白了是用来证明你是哪个导游带来的。然后听产品介绍，接下来被带入珠宝大厅，服务员们过度的主动和热情，让你透不过气来。

面对不想买东西的旅客，她们说："你不想买东西，难道还没有进店看一看的勇气吗？"对光看不买的旅客，她们又说："你干吗不试试钻戒，一个女人没有一个钻戒，很没面子的。"如果你说有钻戒了，她们便说："应该不断更新啦！留着钱没有用嘛！"你走到哪她们跟到哪，换了五六个柜台，导购小姐还在跟着你。我们感觉自己就像一个被导购小姐追逼的"在逃犯"。最后，我们躲进了洗手间，才把紧跟不舍的"尾巴"甩掉。

珠宝店的导购员，是我们所见过的国内外最"执着"、最"难缠"的导购了！我们的香港导游也够坦率，直白地要我们多买，说是游客购物和她的奖金挂钩。见大家都不作声，她便语重心长地"开导"说："你们住的酒店都是李嘉诚开办的，李嘉诚每年都为大陆捐款十几个亿，所以，你们来香港就要买东西，要支持香港的发展和建设哟！出门嘛，哪能不花钱，最后一站要把钱全部花光才好呢！"好一张能说会道的嘴巴。我们买不买东西，不知和李嘉诚捐款有什么关联？看看全团旅友谁也不为她的忽悠所动，导游气愤地甩出一句话："以后干脆不接北京和上海的团了！"

手表店的感觉还好，人家介绍完产品，就请游客上楼随便转转，欣赏名表，而不是缠着客人购买。宽敞豪华的环境，恰到好处的导购，有一种被尊重的感觉，和在前一个珠宝店的感觉形成强烈的反差。在浪琴和欧米茄柜台，我们一看价钱，都在万元和几万元以上。记得小时候爸爸的那块欧米茄才600多人民币；自己刚参军时爸爸送的浪琴手表才400多人民币，当时自己还嫌表盘太大，不太喜欢。谁知，现在的价格竟涨了20多倍。

两个专卖店里，我们这个团谁都没有花出一分钱，我们车上的导游无奈地说："都说带北京、上海的团不爱买东西，我今天碰到的团干脆就不买东西！"看导游不像先前那样咄咄逼人，在最后一个礼品店里，我特意买了意大利的无糖黑巧克力，还买了1000多元的日本化妆品，总算对这位老乡导游有个交代了。没想到大家都上车之后，导游还是对大家唠叨："这次来了4个团，数我带的团业绩最差，北京人就是不肯花银子，看看北京周边的购买力，一个河北人一下子就买了4万多元的东西。"

天哪！这是导游吗？怎么就这样赤裸裸地埋怨游客呀？是本来就这素质，还是来香港之后受到金钱至上观念的影响而产生的变化？导游留给我们的印象变得模糊不清。她那句"在香港谁有钱谁就是爷！谁没钱谁就是孙子！"深深刺伤了我们的心。北京一位姓赵的大姐反唇相讥："我们北京人挣钱是不多，但我们有精神生活，你们有吗？！"

我想，这好比是两股道上跑的车，追求不同，根本说不到一块儿。我们很欣赏澳大利亚和新西兰人安逸的生活方式，尤其是新西兰人，几乎是生活在陶渊明笔下所描绘的环境里，这是自然生态下，最有益身心的健康环境。

开车前，导游又开始推销旅游纪念品，迪士尼游乐园钥匙链一套（5个）100元人民币。我觉得自己已经为她做过贡献了，不想再买什么。可她说这是帮开车的老师傅卖的，我便二话没说，从背包里拿出了钱包，老杨也爽快地购买了两套，其他团友也纷纷解囊相购。的确，香港的老人是值得同情的，据说开车的老师傅已经年近70岁了，可他还在工作，如果不是生活所迫，到了这等年龄，是应当在家中安享晚年的。导游虽然金钱至上，可对司机老师傅，我们不能没有同情心。

下午两点整，我们就被送到了机场，我们抓紧时间在候机的长椅上躺了近一个小时，然后顺利登机。到了起飞时间却又被告知"北京大雪，班机不能按时起飞，大概要等候3小时后再听通知。如有不愿等待的旅客可以申请更换航班。"大家纷纷行动，有打电话通知家人的，还有取行李下飞机的。

我的家人发来短信说，北京大雪已停。这下我们心里有底了，耐心等待吧，只是起飞时间早晚的问题了。因为我们的位子就在机翼旁边，很快就见工作人员打开行李舱，把装好的行李集装箱一个个地运下飞机，然后由行李车拉走。有一个集装箱直接在飞机下由工作人员打开，查到几件相关的行李后，不是一件件搬动行李，而是就势一推，或者直接从大约几米高的集装箱上扒拉下来，一个红色的行李箱落地之后翻了3个跟头才停下来。这应该算是野蛮装卸吧！

空姐儿发过小茶点之后，飞机上的秩序好多了，旅客都回到了自己的座位上。大概过了两个小时，拉走的5个行李集装箱也被拉回来了，重新被自动升降机运回行李舱。这种机械化的运作省时省力，只几分钟的工夫，6个行李集装箱统统被塞进飞机主体舱下的"肚子"里。

飞机在晚上7点30分接到起飞通知，还好，如果不出状况的话，两个小时以后，就能见到灯光璀璨的北京城了。

旷世非洲

　　如果一定要用一个字概括非洲的话，那么选项之一恐怕就是一个"旷"字。非洲几乎与"旷"字亲缘不解，血缘不分——旷野，旷世，旷古，旷达，旷荡……非洲之"旷"，蕴含了太多的非洲意蕴，囊括了太多的非洲元素，燃放了太多的非洲烈焰。

　　展现在我们眼前的，是一个旷野非洲。撒哈拉大沙漠，非洲大草原，散落非洲各国40多座各具规模各具形态各具特色的国家野生动物园。那是众生皆欢的动物天堂，那是艳淡皆勃的植物王国，那是人兽和谐的自由天堂。在非洲旷野里，任你驰骋，任你远眺，任你想象，那种宏阔和雄奇，那种辽阔和气势，那种浩阔和磅礴，世界上还有哪一块大陆能与之相比？

　　浮现在我们眼前的，是一个旷世非洲。据说人类的祖先源于非洲。你如果有幸到非洲各地走走，你一定会自我颠覆过去不知何时不知如何形成的陈旧印象——非洲，无非狂野而已。但狂野的表象背后，却是非洲族群性格悠远亘古的热情释放，却是非洲民众智慧叠加的热烈喷发，却是非洲民族情感奔放的强烈表达。不信，你去观摩非洲的舞蹈，你去体味非洲的音乐，你去观赏非洲的建筑……

显现在我们眼前的，是一个旷达非洲。不是说人类两相对立的族群和阶级利益，不可调和，不可共处，不可和谐吗？那么你去看看南部非洲，你去听听曼德拉，你去品品"金砖国家"之一的今日南非，她会给你以巨大而深刻的历史启示：人类不同族群为了各自的利益，除了血腥搏杀、置对方于死地之外，就没有别的路径了吗？为什么独一无二的曼德拉偏偏出现在非洲？曼德拉是非洲形象和非洲代表，我们所应崇敬的，不应只是曼德拉，而应是曼德拉所代言的整个非洲。

凸显在我们眼前的，是一个旷古非洲。说起非洲，必然要说到埃及；说到埃及，必然要说到金字塔。埃及90多座金字塔中，最著名的胡夫金字塔，其上凝聚的远古埃及人的智慧之广之丰之深之厚，今日智者都难以破解，难以理解，难以消解。我们对其应该汗颜，还是应该崇敬？这种旷古之象和旷古之谜，如果我们不到现场去走一走，不到实地去触一触，不到实物前去摸一摸，你不觉得白来人世间一趟吗？

"旷"字为轴的非洲，"旷"字为核的非洲，"旷"字为魂的非洲，正等待你去光顾。也许，你比先人比前人比他人，会享有更多，发现更多，破解更多。

Chapter 2

迢递远昔万重烟
——埃南散记

此行的路线还是老伴儿帮我策划的，他说，古埃及有7000年的文明史，南非是非洲发展最快的国家。这两国的地理位置都在非洲的边缘，一个在非洲的东北边，一个在非洲的最南端，如果在非洲只选择两个具有代表性的国家看一看，应当首推埃及和南非。

　　就这样我约孙承在2010年3月31日踏上了埃南之旅。

　　当天上午近11点时，孙承由沈阳到达北京。晚上，我老伴儿请我们吃邓家菜，既为了给孙承接风，也是为我们非洲之旅钱行。

　　0点35分，飞机准时起飞，前往第一站开罗。凌晨1点左右，飞机上开始供消夜——鱼肉米饭和小点心。为了保存体力，我们努力吃下这出发后的第一顿饭。漫长的夜航实在难耐，旅客大多睡着了，有个老外干脆躺在机舱安全门的地上，像只大对虾一样蜷缩在一角。我也想这样，可惜我的座位附近没有任何宽敞一点的地方。

　　大约北京时间4点，一位胖胖的小伙子在我的座位旁边晃了几下，慢慢倒下了。我仔细一看，小伙子面色煞白，呼之不应。我急忙给予急救，手掐人中穴位。不一会儿他睁开了眼睛，反应还是迟钝，我拍拍他的脸蛋："小伙子！怎么了？哪里不舒服？"

　　他迟疑地看看我："脑袋晕，就站不住了。"哦，是中国人，可以对话就方便了。"以往有什么病吗？""没有。下午在西单献血了。怕血里脂肪太多，中午没敢吃饭。"献了多少血?""400毫升。""男士一下献出400毫升鲜血,不少了,难怪头晕,多喝点糖水扩充血容量就会好的。"没有红糖水,就多喝点饮料吧。我赶紧给他要了一杯饮料让他喝下。他想上卫生间,我劝他先多躺一会儿,渐渐地小伙子脸上缓过血色来。

这时,机上的工作人员也赶来了,一个黑皮肤的小伙子,粗鲁地把我推向一边,拎起中国小伙子的双腿,大概想用体位的变化来缓解晕厥,我想告诉他中国小伙子的情况,可惜谁也听不懂谁的话。看他焦急的样子,猜他也是挺有责任感的人。

看看中国小伙子已无大碍,我就坐回到座位上。机上的工作人员忙碌着,一会儿来一个人,一会儿又来一个机长模样的人,一会儿又来一个拿血压计和听诊器的人。语言不能交流,只好比比画画,中国小伙子有点急了,好像说了句什么"English"之类的话,中国小伙子会讲英语,机上人员找来一个会说英语的人,经过他的翻译,埃航的工作人员终于结束了这场对中国旅客的急救。

幸好遇到的是中国人,不然,我的急救行为也许会更加尴尬。难怪人们都说,外语就是通行证!

★ 法老的国度

对距今约有4500年历史,堪称人类建筑史奇迹的金字塔,我们向往几十年之久。为了这次旅行的效果,我们特意查阅了相关资料,脑海里对埃及有了一个大概的印象。

埃及是举世闻名的四大文明古国之一,素有"世界名胜古迹博物馆"之称。埃及历史悠久,公元前3200年就出现奴隶制的统一国家。但在漫长的历史中,埃及曾多次遭受外来入侵,先后被波斯人、希腊人、罗马人、阿拉伯人和土耳其人所征服。19世纪末,埃及被英军占领,成为英国的"保护国"。1952年,以纳赛尔为首的"自由军官组织"推翻了法鲁克王朝,掌握了国家政权,结束了外国人统治埃及的历史。1953年,埃及共和国宣布成立,1971年改名为阿拉伯埃及共和国。

埃及地跨亚、非两洲,大部分领土位于非洲东北部,只有扼欧、亚、非三洲交通要冲的苏伊士运河以东的西奈半岛位于亚洲西南部。埃及是典型的沙漠之国,全境96％为沙漠,面积100多万平方公里。但是却有着约2900公里的海岸线。

世界最长的河流尼罗河从南到北贯穿埃及1350公里，被称为埃及的"生命之河"。尼罗河两岸形成的狭长河谷和入海处形成的三角洲，是埃及最富饶的地区。虽然，这片地区仅占国土面积的4%，却聚居着全国99%的人口。

在埃及，伊斯兰教为国教，不同宗教的人之间是不可以通婚的。首都开罗，是阿拉伯和非洲国家人口最多的城市。

以亚历山大的名义

到达开罗机场下飞机的第一件事，就是给家里报平安。

走近开罗海关时，孙承发现相机套不见了。下飞机时我还回头看了座位，什么也没有，一位河北老兄的毛衣还是我捡到后物归原主的。孙承固执地沿路往回找了一趟，未见相机套的踪影。这是一个重要提醒，要是护照丢了，想回国都难了！

排了3次队，被埃及人呼来喊去，足足等了两个小时都没有入关，最后，所有其他肤色的人都走了，导游又把我们的护照收齐，统一办理入关手续。真是应了老伴儿的话，"旅游就是遭罪!"

出了海关，我们登上一辆旅游大巴，直奔亚历山大市。

亚历山大是埃及的历史名城，位于尼罗河三角洲西北部，享有"地中海明珠"的美誉。

17位游客在大巴上坐得宽宽松松，比飞机上舒服多了。导游是位成熟的埃及女性，名叫努拉，年近40，身材偏胖，白白的皮肤，大大的眼睛，长得很漂亮。她曾在开罗大学学习3年中文，又到中国的安徽大学学了一年中文。虽然说中文仍然有点南腔北调，但还听得懂。对我们来说这已经很幸运了，中国领队早就给我们打了招呼，埃及不允许任何外国人做他们的地导，所以，在埃及，中文翻译的水平普遍都不是很理想。

一路上我们沿着撒哈拉沙漠公路行驶，努拉向我们简要介绍了埃及和亚历山大的历史和概况。

努拉说，在埃及，亚历山大这个城市相当于中国的上海，美丽繁荣，现有居民约334万，是埃及的第二大城市和亚历山大港省的省会。亚历山大港是埃及在地中海

亚历山大市容

亚历山大市的"塔桥"

岸的一个港口，也是埃及最重要的海港。尼罗河多支的、现已干枯的入海口位于亚历山大港东1900米处，古城卡诺珀斯的遗迹就在那里。亚历山大港始建于公元前332年，是据其奠基人亚历山大大帝的名字命名的，全世界叫亚历山大的城市共有40多个。

亚历山大大帝可是个不得了的人物。《西方战略思想史》一书中，作者把亚历山大与中国的项羽、韩信和刘邦加以对照："相比言之，项羽长于战斗，韩信长于战术，刘邦长于大战略，亚历山大则似乎是三者兼而有之。""亚历山大的伟大几乎是无法用语言来形容的。"就连傲慢的西方著名军事家、政治家、统帅拿破仑，都对亚历山大敬佩有加，"我对于亚历山大最羡慕的地方，不是他的那些战役，而是他的政治意识，他具有一种能赢得人民好感的能力。"

亚历山大于公元前356年7月出生在马其顿首都派拉，由于母亲奥林匹娅斯个性专横独断，行事又神秘莫测，甚至有野史记载说她喜欢与蛇共眠，这使她令丈夫腓力二世厌弃。但她对儿子亚历山大的影响非常大，远征期间的亚历山大常常会写信给母亲叙述自己的所见所闻。

当时有记载证明，人们普遍相信亚历山大是天神宙斯之子。据当时马其顿四散传播的预言和后来阿蒙神谕的显示，亚历山大出世之前，奥林匹娅斯梦见雷电，而派拉市区有一座女神殿失火焚毁，附近人心惶惶，几个占卜师都说这是大灾难来临的前兆。有一人放言说："在女神殿的焚毁日，已有一个男孩在同日诞生，此儿以后将要灭亡亚洲。"

据普鲁塔克记载，公元前344年，一名色萨利的卖马人带来了一匹价值高达13塔伦特的骏马，腓力二世手下所有最优秀的驯马人都试图驯服它，但都失败了。小亚历山大向他的父亲说，如果他能驯服这匹马，就要求父亲将马作为礼物送给他。腓力二世对此嗤之以鼻，认为他无视对年长者应有的礼仪，但还是同意了这个赌局。

亚历山大首先将马头牵往背向阳光的一边，然后轻轻地抚摸它，培养信任感，然后突然上马，骑着马奔向远方。原来亚历山大早就用他那敏锐的洞察力发现这匹马害怕看见自己的影子，最后他给那马起名为布塞法洛斯。当亚历山大骑着马回来的时候，腓力二世兴奋得热泪盈眶，他当即便说："我的儿子，找一个适合你的王国吧，马其顿太小了。"

亚历山大的成长受荷马的《伊利亚特》及其中人物阿基里斯和海格力斯影响很深（他的父母王系各自认为自己是海格力斯和阿基里斯的后代）。亚历山大的启蒙教育是由他母系的近亲莱昂尼达斯和阿卡纳尼亚人莱西马库斯负责的，前者更为关键，他培养了小亚历山大坚忍和节制的性格，为亚历山大的成长开了个好头。后来为了让桀骜不驯的亚历山大获得更多学识上的教育及引导，腓力二世聘请了希腊哲学家亚里士多德做他和其他马其顿王国贵族子弟在米埃札的导师。亚里士多德给予亚历山大完整的口才和文学训练，并且激发了他对科学、医学和哲学的兴趣。亚历山大童年早期就显示出在音乐和马术上的才华。

公元前340年，腓力二世着手远征拜占庭，他觉得是时候让亚历山大锻炼一下了，于是他留下16岁的亚历山大在马其顿主持国政。亚历山大代父主政期间并非无所事事，因为腓力二世的暂时离开，使得马其顿原本不稳定的北部边境发生了密底人的叛乱。亚历山大初次上阵就充分展现他的天赋大败敌人，一直进军到对方的城市，并且驱散了当地人，重新组织移民，并将敌方城市重新命名为亚历山大波利斯。公元前339年，他又参与了父亲发起的北方战役，洗劫了出尔反尔的西徐亚人的领地，从中他的军事智慧得到了进一步历练。

真正的挑战发生在公元前338年，这一年由于腓力二世在拜占庭受挫，希腊城邦中产生了反马其顿的大叛乱，为此，雅典和底比斯两大城邦结成了同盟，准备随时对抗腓力二世。腓力二世不可能漠视这个行动，于是双方展开了一场决定希腊命运的战役——喀罗尼亚战役。这次战役中亚历山大发挥了极其重要的作用，他作为联军的左翼总指挥，瞅准时机果断地突入联军的缝隙，全歼了闻名希腊的最强悍战队底比斯圣队，并且从背后直接打击了敌人，使马其顿人获得了极为关键的胜利。此年亚历山大才18岁，他的军事天才得以充分展示。

但是亚历山大此后的地位并不牢固，因为他的母亲奥林匹娅斯和他的父亲腓力二世发生了矛盾，原因是腓力二世爱上了阿塔拉斯的女儿克莉奥佩特拉。亚历山大不可能不对此事产生反感，在一次聚会上，他甚至直接和腓力二世产生了矛盾，险些被腓力二世所杀。此后，他不得不逃出马其顿，躲到北方的伊里利亚暂避风头。

腓力二世的亲信和朋友科林斯人迪马拉图斯从中调解，他善意地提醒腓力二世这样下去可能带来的风险。理智的腓力二世接受了忠告，结束了父子对峙的局面。但是，腓力二世和亚历山大父子之间的矛盾并没有随之完全缓和。腓力二世参加女儿的婚礼时，突然被他的旧友保萨尼阿斯刺杀身亡，于是亚历山大的时代来临了。

太阳神阿蒙之子

史书记载，亚历山大20岁时，被马其顿的重臣兼外交家安提帕特推举为新国王。利用在派拉的优势，亚历山大通过腓力二世的葬礼和减少税收的政策，赢得了马其顿人民和军队的支持。他以参与暗杀腓力二世的罪名处死埃罗普斯的两个儿子——一个是当时被腓力二世派遣东征于小亚细亚的阿塔拉斯，一个是同有继位权的阿明塔斯。他的母亲奥林匹娅斯则杀掉了克莉奥佩特拉及其也有继位权的儿子，亚历山大于是成了马其顿王族中唯一健全的男性继承人。

被迫与腓力二世结盟的雅典和仇恨腓力二世的底比斯，把腓力二世被刺看作是重新赢得独立的机会，开始展现出政局不稳定的迹象。为了赢得希腊同盟的承认，公元前336年末，亚历山大带领军队采取表面议和却暗度陈仓的策略，进入原被腓力二世统治的特萨利，他被承认为特萨利新的世袭统治者。亚历山大之后南下，底比斯投降，雅典也再次臣服。

亚历山大登位时，马其顿的国库正值资金紧缺。公元前335年，亚历山大在科林斯重新得到除斯巴达之外的希腊城邦同盟的支持，出征马其顿北部色雷斯。为东征小亚细亚稳固北部防线，并报复公元前338年当地特里巴利部落对腓力二世部队的偷袭和对战利品的盗窃，在多瑙河打败了特里巴利。

就在这一时期，雅典和当地强权底比斯，利用亚历山大死于多瑙河的谣言再次谋反。亚历山大从伊利里亚绕过马其顿，只用14天便到达底比斯。他与希腊同盟国彻底摧毁了底比斯，消除了威胁马其顿的三大希腊势力之一（另两个为雅典、斯巴达），把该国分给盟国，并让大部分底比斯邦民沦为奴隶。以军力支持底比斯的领袖阿卡狄亚随之被处死，已被封锁港口的雅典随后也放弃抵抗。不到两年时间，亚历山大就稳固了他在希腊的地位，给了所有反对他的人一个下马威。此后他东征时，后方只发生过一次有规模的骚乱。

希腊与波斯的敌对行为始于公元前6世纪，当时位于小亚细亚的自由希腊城邦沦陷于向西扩张的波斯王国。借父亲被波斯人刺杀和"解放小亚细亚希腊城邦"的名义，公元前334年亚历山大出征小亚细亚。

在小亚细亚，亚历山大和小部分部队首先访问了特洛伊，他和他从童年起就情谊深厚的亲友海菲斯提恩，分别祭奠了阿基里斯和《伊利亚特》中提及的阿基里斯的亲友帕特洛克罗斯。随后亚历山大与将军帕曼纽带领的其余部队会合，继续向波斯地方总督的要塞进军。

亚历山大在格拉尼库斯战役中亲自率领近卫骑兵"伙伴骑兵"队，领先与波斯骑兵交战，两位波斯总督被亚历山大和他的"伙伴骑兵"队杀死。亚历山大的头盔和帽缨被一位波斯总督的战斧劈掉。另外一位波斯总督在亚历山大身后偷袭时被亚历山大的部将克利图斯杀死。为恐吓服务于波斯人的希腊雇佣兵，亚历山大让部队屠杀了大部分希腊雇佣兵，其余则被押回马其顿强迫劳动。他将300领波斯铠甲作为给雅典娜的祭品送回雅典卫城，留下这样的字句："来自亚历山大，腓力之子，和希腊人（除了斯巴达人）的奉献，从居住在亚细亚的野蛮人手中夺取。"

虽然与波斯部队相比敌众我寡，尽管存在许多不利因素，亚历山大仍对波斯军队致以一系列毁灭性的打击，最终取得了胜利。他的成功有三个主要原因。第一，腓力二世留给他的军队比波斯军队训练有素。第二，亚历山大是一位杰出的天才将领。第三，亚历山大本人具有英勇无畏的精神。虽然每场战斗初期亚历山大只在后方坐镇指挥，但一旦部队发动决定性进攻，他必身先士卒。这种冒险的战术使他屡次受伤，但士兵们感受到亚历山大与他们生死与共的精神，士气受到极大的鼓舞。

此战之后，他发现波斯强大的海军对他的后勤补给制造了严重困扰，但是当时希腊又没有足够强大的舰队来挑战波斯的制海权。因此，他决定采取一个笨办法，从陆地上攻占所有的东地中海港口和基地。亚历山大从今天的土耳其地区出发，一路征战南下叙利亚、巴勒斯坦，直抵埃及。

亚历山大首先率领部队攻克了小亚细亚，消灭了驻守在那里兵力不强的波斯部队；随后向叙利亚北部挺进，途中，波斯皇帝大流士御驾亲征，从亚洲腹地征调几十万大军出现在亚历山大的背后，企图切断马其顿军的供应线。

亚历山大回身面对大流士的优势兵力，发起了伊苏斯战役。波斯军的素质远不如马其顿军，此战几乎全歼波斯军，大流士皇帝落荒而逃。为了巩固侧翼，亚历山大并没有穷追，而是回身继续向南征服地中海沿岸港口。经过7个月的艰难围攻，攻克了腓尼基的岛屿城邦推罗城（在今黎巴嫩）。在围攻推罗期间，亚历山大收到波斯皇帝的一封书笺，信中说，为了达成和平协议，他愿把半个波斯帝国割让给亚历山大。

攻克推罗之后，亚历山大继续南进。经过两个月的围攻，埃及一箭未发，自动投降。接着亚历山大在埃及停留一段时间，让军队稍有喘息之机，并建立了今天埃及著名的港口城市亚历山大。在那里年仅24岁的亚历山大被誉为法老，被称为"太阳神阿蒙之子"。

经过在埃及的休整，亚历山大随后率军返回亚洲，北上向波斯腹地进发，和大流士清算总账。在阿贝拉会战（又称高加米拉会战）中，亚历山大的4万步兵和7千骑兵，面对大流士御驾亲征召集的波斯帝国各部族倾国之兵，结果却是古老而庞大的波斯帝国一战崩溃，大流士逃出战场。

取得这场胜利之后，亚历山大率军进入巴比伦和波斯的两座都城：苏萨和波斯波利斯。亚历山大随后展开了他的长途奔袭，从波塞波利斯到埃克巴达那，然后再到拉伽，穿过里海门，经过长时间的急行军，终于追上了敌人。波斯军为了防止国王大流士三世（并非大流士大帝）向亚历山大投降，大流士手下的军官暗杀了他们的国王，时年公元前330年。亚历山大击败了大流士的继承人柏萨斯，并将他斩首，经过3年奋战，攻克了整个伊朗东部地区，并继续向中亚推进。

亚历山大进入了波斯帝国的东部行省，处死了当地的代表反叛的柏萨斯之后，却陷入了斯皮塔米尼斯领导的东部游击战中。亚历山大意识到事情的严重性，对其展开军事上的围捕，并且对当地的叛乱势力进行残酷镇压。斯皮塔米尼斯与亚历山大周旋了一段时间后，终于被亚历山大指派埋伏在当地的部将科纳斯完全击溃，被当地人献出后处死。

主要对手被消灭后，亚历山大着手镇压各地的叛乱，在索格迪亚纳岩的战役中展现了他所率部队的山地作战能力，俘虏了当地的贵族和反叛首领阿克雅提斯的家眷，并且一改其在此地区的残酷风格，接纳战俘，并且打算正式迎娶阿克雅提斯的女儿罗克珊娜。阿克雅提斯得知消息后，亲自上门投降，自此东方行省的战役彻底结束，前往印度的道路已经没有障碍。

这时，亚历山大已经征服了整个波斯，本可以返回家园，重新筹划他的新领土。但是更大的征服欲望使亚历山大贪婪地继续挥军进入印度。进军到印度河以东的海达斯佩斯河，和前来抗击的印度国王波拉斯夹河对峙，打了他四大会战的最后一战：海达斯佩斯会战，彻底击溃了波拉斯的军队。

因为钦佩波拉斯的勇敢，也为了赢得当地人的拥护，亚历山大战后义释被俘的波拉斯，仍然让他作印度国王。尽管波拉斯的两个儿子和一个孙子在战场上阵亡，波拉斯本人此后仍然对亚历山大死心塌地地效忠。此时，亚历山大手下的军队已经厌战，亚历山大不得不停止远征，开始西归，途中他击败了不服从他的部落，还派人进行了一系列探险活动，包括查明印度河入海口，寻找波斯湾，并绘制海岸地形图，还想查清里海究竟是海还是湖，等等。

回波斯的第二年，亚历山大用了近一年的时间，对他的帝国和军队进行改编，这是一次重大的改编。亚历山大从小就认为，希腊民族代表了唯一真正的开化民族，而所有非希腊民族都是野蛮民族。这当然是在整个希腊世界流行的观点，亚里士多德也有这种看法。尽管亚历山大已经彻底打败了波斯军队，但是他逐渐认识到，波斯人根本就不是野蛮人，他们与希腊人一样具有智慧和才能，一样值得尊敬。因此，他产生了将其帝国的两部分融于一体的设想，由此创造了合二而一的希腊波斯民族共和王国——当然是他自己当最高统治者。

据说，亚历山大确实想让波斯人、希腊人和马其顿人结成同等地位的伙伴。为了实现这一计划，他把大量的波斯部队编入自己的部队，还为此举行了一次盛大的"东西方联合"宴会。在宴会上，几千名马其顿士兵同亚洲妇女正式结成夫妻。亚历山大从前与一位亚洲公主结过婚，这次却娶了个达赖利斯的女儿为妻。

显然，亚历山大企图利用这支改编的军队再开展征服活动。但是，公元前323年6月初，亚历山大在巴比伦突然病倒，高烧不退，10天后就死去了，当时还不满33岁。

"让最强者继承"引发的帝国崩溃

长期以来，人们对亚历山大的死因有不断的猜测和争议。大多数历史资料记载，亚历山大在巴比伦的一次痛饮后，得了疟疾，除此之外，伤寒也可能是另外一个凶手。还有理论认为他死于嚏根草中毒，密谋者可能包括他的妻子罗克珊娜，他的部将安提帕特以及他的老师亚里士多德。但是下毒的理论被Robin Lane Fox（《亚历山大传》的作者）所质疑，因为当时的古希腊缺乏作用时间长的毒药。

美国疾病控制和预防中心在2004年7月号《新型传染疾病》杂志里刊登了几篇论文，讨论了"亚历山大死于西尼罗河病毒"的说法。

亚历山大并未留下帝位的合法继承者，与他最亲近的是一位昏弱无能的异母兄弟。传说，当他的朋友在他临死前要求他指定一位继承人时，他含糊地说："让最强者继承。"于是他死后，他的将领们企图瓜分这个帝国，引发了一些年轻军官对这种安排的不满，继而发生一连串的战争，在这场斗争中，亚历山大的母亲、妻子和孩子都横遭杀身之祸。

亚历山大死后，他的帝国被部下们继承和分裂。开始还保持了帝国形式上的统一，不久统治各块领地的首领们就陷入公开的争斗。最终，他们于公元前301年在弗里基亚的伊浦苏斯之役后结束了争斗。由3位胜利者托勒密、塞琉古、安提柯一世（独眼）瓜分了亚历山大帝国的版图，开启了希腊化时代。除了马其顿本土和最远的印度以外，亚洲部分由部将塞琉古继承，这就是后世和罗马的庞培、克拉苏等征战不休的塞琉古帝国。埃及由部将托勒密继承，这就是埃及的托勒密王朝，直传到后世和恺撒结婚的埃及艳后克莉奥佩特拉为止。

亚历山大的远征使希腊文明在中东和中亚繁盛发展，以及大夏——犍陀罗艺术在印度次大陆的发展，在文化上也产生了深远的影响。

这么一个才智过人的伟大人物，去世后却留下了许多不解之谜。亚历山大石棺被窃，迄今下落不明；亚历山大为何没有指定合法继承者，使得马其顿帝国迅速瓦解；他爱护和慰藉俘虏的敌人，却凶暴残忍，亲手杀死了亲密朋友和救命恩人。

后人这样评价亚历山大：亚历山大是历史上最富有戏剧性的人物，他的经历和个性一直是力量的源泉。作为战士，他智勇双全；作为将军，他无与伦比。在十多年的奋战中，他从未打过一次败仗。

然而，他还是亚里士多德的弟子，是一位智慧非凡的人。他珍爱荷马的诗歌。他认识到了非希腊人不一定是野蛮人，这确实表现出他远比当时的大多数希腊思想家更具有远见卓识。

一般认为，亚历山大是位颇受人喜爱的人物。同拿破仑一样，亚历山大对他的同代人有着极其广泛的影响。从长远来看，亚历山大征服所带来的最重要的影响，是使希腊和中东的开化民族开始相互密切往来，因此，极大地丰富了这两个民族的文化。

亚历山大在世期间及其死后不久，希腊文化迅速传入伊朗、美索不达米亚、叙利亚、竹地尔和埃及；而亚历山大执政以前的希腊文化仅以缓慢的速度传入这些地区。亚历山大还把希腊的影响波及以前从未到达的印度和中亚地区。文化的影响绝不是单向传播的事，在希腊文化时代（亚历山大征服后的几百年间），东方思想，特别是东方宗教思想就已传入希腊世界。就是这种希腊文化——主要指具有希腊特征但也深受东方影响的文化，最终对罗马产生了影响。

亚历山大在其征战生涯中，建立了20多座城市。其中最著名的是埃及亚历山大市，它很快便成为当时世界主要的城市之一，一个著名的学术和文化中心。还有几个城市如阿富汗的赫拉特和坎大哈也发展为重要的城市。

作为当时马其顿帝国埃及行省的总督所在地，亚历山大大帝死后，埃及总督托勒密在亚历山大建立了托勒密王朝，加冕为托勒密一世。亚历山大成为埃及王国的首都，并很快就成为古希腊文化中最大的城市。在西方古代史的记载中其规模和财富仅次于罗马，但埃及的伊斯兰教统治者，确定了开罗为埃及的新首都后，亚历山大市的地位不断下降，在奥斯曼帝国末期，它几乎沦为一个小渔村。但纵观历史，亚历山大是古代欧洲与东方贸易的中心和文化交流的枢纽，第二次世界大战后发展迅速，现为世界著名的棉花市场，也是埃及重要的纺织工业基地。

"灯塔的鼻祖"消失了

在前往亚历山大灯塔遗址参观之前，我们先来到埃及的夏宫。

早就听说埃及有座著名的夏宫，我国多位国家领导人访问埃及时曾下榻此宫。

夏宫也叫蒙塔扎宫花园，1952年前一直是王室家族的消夏避暑地，现今海滨已向游人和垂钓者开放。园内有法鲁克国王行宫，现为埃及国宾馆。赫迪夫·阿拔斯二世在世纪之交所建的这座土耳其融合佛罗伦萨风格的建筑物，是王室避暑地。

我们来得不巧，王宫周围搭着架子，好像正在进行外墙维修，不对公众开放。我们隔着大铁门，顶着强光拍照，也看不清自己被照成了什么样，模模糊糊有个人影在镜头里就是了。导游努拉让我们注意看频频出现的主体字母F。

亚历山大夏宫

据说，一个报喜的人告诉福阿德国王，字母F将给他的家庭带来好运。从此，他和他的家人给他们的子孙命名都以F开头。1951年福阿德国王的儿子法鲁克与娜瑞曼结婚，却没有依此传统为他们的儿子起名，说来蹊跷，6个月后法鲁克就被废黜了。

亚历山大市属亚热带地中海式气候，春、秋常有沙暴，每次可持续数小时至数天。我们到来的季节正值春天，朗朗晴空，艳阳高照，大街小巷人流涌动，少男少女们脸上写满了快乐。海边的迷人风光，让我们这些来自中国的游客们兴奋异常，全然不顾强烈的紫外线辐射，迫不及待地投入摄影的竞赛中。

亚历山大城边有一座法罗斯岛，岛屿长2600米、宽400～500米，岛上有一块长230米、宽200米的巨石，举世闻名的亚历山大灯塔就建在这里。

亚历山大灯塔是当时世界上最大的灯塔，也是现代灯塔的鼻祖。这座被称为世界七大奇迹之一的灯塔，是由希腊的建筑师索斯查图斯设计，由埃及国王托勒密二世普图莱梅·菲莱代夫主持建筑完成的。作为古代少有的非宗教建筑，亚历山大灯塔的作用一是航海导航的需要，二是炫耀亚历山大国王的赫赫战功。

亚历山大灯塔的建立源于一场海难。公元前280年，一艘埃及的王室迎亲喜船，驶入亚历山大港时触礁沉没了，船上的王室亲友及从欧洲娶来的新娘，全部葬身海底。这一悲剧震惊了埃及朝野上下。埃及国王托勒密二世下令在最大港口的入口处修建导航灯塔。经过40年的努力，灯塔终于竣工。

亚历山大灯塔气势非凡、巧夺天工，塔高120米，加上塔基，整个高度约135米。

塔楼有3层：第一层是方形结构，高60米，里面有300多个大小不等的房间，用来作燃料库、机房和工作人员的寝室；第二层是八角形结构，高15米；第三层是圆形结构，上面用8米高的八根石柱围绕在圆顶灯楼。灯楼上面，矗立着8米高的太阳神赫利俄斯站立姿态的青铜雕像。整个塔身都是用白色大理石砌成，石缝全用熔铅黏合，十分牢固。

灯塔内部呈螺旋状阶梯上升，聪明的设计师还采用反光的原理，利用后方镜收集光线，然后用镜面把灯光反射到更远的海面上。白天则依靠阳光反射，晚上便以火光照耀大海，塔顶火炬发出的火光，在距离它60公里的海面上都可看见。

亚历山大灯塔在其完整存在的1500多年间，一直为水手们指引进港的路线。它也是古代世界七大奇迹中第六个消失的奇迹。亚历山大城多次发生地震，大部分房舍坍毁，灯塔却仍岿然屹立。然而1302年和1375年的两次大地震，使得亚历山大城遭到毁灭，灯塔亦没能幸免。随着地层沉陷，法罗斯岛连同附近海岸地区慢慢沉入海底。1978～1979年，美国和埃及的考古专家历尽艰辛，从城东海港的水下找到灯塔的遗骸。并发现了公元3世纪地震时没入海底的一批文物。

亚历山大灯塔毁灭以后，埃及国王玛姆路克苏丹为了抵抗外来侵略、保卫埃及及其海岸线，下令在灯塔原址上用灯塔倒塌的废砖，修建了一座城堡，并以他本人的名字命名。埃及独立之后，城堡改成了航海博物馆，展出模型、壁画、油画等，介绍自1万年前从草船开始的埃及造船史和航海史。这座城堡也因此与开罗古城堡并称为埃及两大中世纪古城堡。

巍峨的米色城堡，依傍着地中海蔚蓝的海水，格外醒目壮观。在城堡旁边的市场上，一群群年轻的姑娘小伙子热情地和我们打招呼，看见我们的镜头对准他们，便摆出各种造型让我们拍摄。嘴里不断用英语重复"中国！北京！"有几个年轻人还大胆地约我们合影。两个非常美丽的当地姑娘合影后看了照片，高兴得拍手跳起来。后来，在一家当地特色餐厅门口，再次与她们巧遇，两个小姑娘像老朋友一样打着招呼跑过来，其中一

航海博物馆入口

位不小心被自己的长裙绊倒。我连忙跑过去把她扶起，姑娘笑呵呵地抱住我，就像亲密的老朋友一样。于是我们再次留下了难忘的镜头。

"拯救"古老的图书馆

我的游伴孙承是位文化人，我呢，算个所谓新闻人吧，天性迷恋文化，喜欢各种各样的图书馆，虽然不可能每到一地便去图书馆内细览一番，但看看其外观形象，也是一种视觉享受。

眼前的亚历山大图书馆，矗立在托勒密王朝时期图书馆的旧址上，造型比较奇特，在阳光下格外耀眼。图书馆主体建筑为圆柱体，顶部是半圆形穹顶，会议厅是金字塔形。圆柱、金字塔和穹顶巧妙结合，浑然一体，多姿多彩的几何形状勾勒出该馆的悠久历史。

这座图书馆始建于托勒密一世（约公元前367～公元前283年），盛于二世和三世，是世界上最古老的图书馆之一。馆内收藏了贯穿公元前400～公元前300时期的手稿，拥有最丰富的古籍收藏，曾经像亚历山大灯塔一样驰名于世。它存在了近800年，其藏书之多，对人类文明贡献之大，是古代其他图书馆所无法比拟的。

可惜的是，这座举世闻名的古代文化中心屡遭灾难。公元前47年，尤利乌斯·恺撒和他的军队，攻占亚历山大城时，火烧停泊在港口里的托勒密王朝船队，火势蔓延到城里，使图书馆里的70万卷图书付之一炬。人们在300多年间千辛万苦植下的一方精神绿洲，在野蛮的践踏下转眼化作荒漠。大火烧掉了一个图书馆，实际上是结束了一个时代的灿烂文明。

它曾是人类文明世界的太阳，它与亚历山大灯塔一起，是亚历山大城各项成就的最高代表。又过了400多年，罗马皇帝狄奥多西二世下令关闭所有的异教教堂和寺庙，图书馆又一次被焚烧，而且唯一能解读古代文字的埃及祭司阶层被驱散。从此，所有的古籍、古碑再没人能够解读了，埃及古代文明就此中断，难以为继。

在6世纪和7世纪的两次大火中，亚历山大城再次被焚，图书馆在一次次灾难中消失得无影无踪。侵略者和独裁者总是在掠夺了人们赖以栖身的家园之后，再摧毁人们用以安顿心与魂的精神殿堂，这种双层剥夺，把民众抛进了贫穷和愚昧的深渊，社会历史的车轮也由此被推出了前进的常轨。至此，亚历山大作为世界文化中心辉煌不再；埃及又一次回到黑暗中蹒跚而行。

亚历山大人没有泯灭的文化传承需求，促使他们提出重修图书馆，他们的计划马上得到世人的认可，并付诸实施。这里有历史学家穆斯塔法·阿卫迪著述《亚历山大古代图书馆：经历与命运》一书所付出的心血，有亚历山大大学校长奔波的汗水，也有当今埃及政府的明智，最终修复亚历山大图书馆成为一项跨国践行的宏大计划。

德国提供了图书高科技调阅系统，挪威提供了阅览室的书柜桌椅，意大利提供了修复书籍的工作室，日本提供了视听设备，法国提供了2000种科学刊物、数万册书籍和信息系统，挪威的整体场馆设计在评选中获胜而被采用。

图书馆外围的花岗岩质地的文化墙上，镌刻着包括汉字在内的世界上50种最古老语言的文字、字母和符号，凸显了古老文明的源远流长。

这是一座让埃及人感到骄傲的图书馆，因为她不仅属于埃及，也属于全世界。埃及希望"复活"的亚历山大图书馆仍能成为世界上最大的图书馆之一，并专门收藏埃及的古代珍贵手稿和世界各地的著名图书。这一问题在世界各国的大力捐助下也得到了解决。

亚历山大新图书馆

现在的亚历山大图书馆是1995年后重建的，占地4万平方米，它不仅是埃及的重点建筑项目，也是联合国教科文组织在世界范围内实施的重大科研和建筑项目之一，它的造型是从77个国家的设计方案中优选的。

当年，亚历山大图书馆是亚历山大文化繁荣发展的导航灯塔，吸引着那个时代最伟大的诗人、思想家、科学家聚集这里，吸引着人类的各种声音飞越高山大海抵达这里，从而融汇成人类发展史上最壮阔的文明交响曲。就这样，亚历山大市在成为文化科学中心之时，也成了埃及的政治经济中心，它在文化的包罗万象中发展成一个人才荟萃、四通八达的国际都市，从而把古埃及辉煌的文明推向一个新的巅峰。

庞贝石柱的由来

大巴车离开美丽整洁的海滨大道，跟着轰隆隆的老式有轨电车，在石砌马路上拐进了老城区。一座浅色高墙内便是庞贝石柱遗址。

老城区轰隆隆的老式有轨电车

"金字塔"装饰起来的海滨大道

亚历山大庞贝石柱

午后的气温已经很高，我们纷纷脱去厚厚的外套，还是感觉很热，下飞机便直奔亚历山大，也没来得及换T恤衫。听完讲解，有体力的继续爬上遗址高处，我为了后面的旅程保存体力，便坐下来面对高高的石柱注目凝视。

石柱始建于297年，耸立在亚历山大城西南角。孤峙于塞拉皮姆寺废墟上的庞贝石柱，高达26.85米，直指蓝天。它的真名就是闻名遐迩的萨瓦里石柱，"萨瓦里"，阿拉伯语意为"桅杆"。

石柱由柱基、柱身、柱顶三部分组成，重约500吨。柱身呈圆柱形，上部直径2.3米，下部直径2.7米，由一整块红色花岗石凿成。柱顶为古罗马科林斯式，饰有爵床花图案。石柱的石料采自上埃及的阿斯旺，由平底船经尼罗河及其支流运抵亚历山大。石柱的竖立方法是：在柱基四周垒土成凹形，然后把它拽入凹形中央的柱基上，借助垒土的坡度让石柱逐渐竖直，竖好后清除四周垒土。

据说，阿拉伯人于641年占领亚历山大，远望这根石柱耸立于400根石柱构成的柱廊中央，状如帆船桅杆，因而得名。罗马皇帝戴克里先统治期间，驻守亚历山大的大将艾赫里叛乱，戴克里先亲率大军远征讨伐，围城8个月，残酷镇压。当时城内饿殍遍地，瘟疫流行。戴克里先调来粮食，赈济灾民，安抚百姓。297年，埃及执政长官波思吐莫斯在赛拉比斯神庙的广场中央立了这根石柱，以示感恩戴德。柱基西侧石壁上刻有4行字，至今依稀可辨："为战无不胜的亚历山大监护神，公正的戴克里先皇帝，波思吐莫斯谨立此柱"。

千百年来亚历山大经历了沧海桑田，经历多次大地震，庞贝石柱则奇迹般保存了下来，成为亚历山大城市的标志性建筑。石柱附近座卧着两尊狮身人面雕塑，好似石柱忠实的守卫者。据传说，十字军将士误认为古罗马大将庞贝（公元前106～公元前48年）被恺撒击败，逃到埃及，死于埃及人之手，其骨灰存于柱顶骨灰罐里，故欧美人士至今仍以"庞贝柱"称之。

腿痛不便上台阶，但我又不甘心跑了这么远来了干坐着，于是我独自沿缓坡而下，来到石柱右下方的一小块洼地。洼地有地下室，地道石门完好，可直达石柱下面。地面附近排列着不少巨大的埃及石雕。

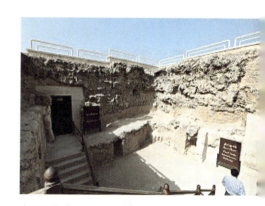

庞贝石柱遗址中的地下室

据资料介绍，1895年，有人在洼地的岩洞里发现了一尊赛拉比斯神像，现在亚历山大希腊罗马博物馆里展出。神像由黑色闪石岩雕成，呈牛犊形，两角之间有一日轮，两耳朝前张开如喇叭，好像是在倾听人民的呼声。传说这里曾是赛拉比斯神庙的附属图书馆。另一说法是，这里曾是古代亚历山大图书馆的分馆，公元47年，位于海滨市藏书70万册的亚历山大图书馆被战火损毁，部分纸莎草纸图书即迁移此馆。

谁也不知道这种浑身长刺的大树叫什么名字

在等车的地方，我们发现一种大树，树身长满又尖又硬的短刺，就连当地导游也不知这种浑身带刺的大树叫什么名字。

在返回开罗的路上，努拉指着路上小货车的车牌，教我们认识真正的阿拉伯数字。原来，现在通用的阿拉伯数字，是由一位印度人在阿拉伯发明的，全世界的人都生活在误区当中。真正的阿拉伯数字其实是这样写的：1像感叹号，去掉下面的点；

开罗公路上的小货车

埃及导游努拉（右）夸大家都是好学生

2像＜；3像带一撇的W；4像反写的3；5像0；6像7；7像V；8像倒过来写的V；9就是9；10就是一个实心的圆点。很快大家就记住了，努拉夸大家都是好学生。

夜游尼罗河

晚上是自费项目——夜游尼罗河。

我以为大家累了一天一夜了，不会有谁报名。没想到大家的兴致都很高，我也参加了。不然自己在车里等大家也是怪难受的。记得小时候看过一部英国大片《尼罗河惨案》，那时起，尼罗河的名字就在我的脑海里留下深深的烙印。

夜幕下的开罗尼罗河码头

尼罗河全长6671公里，是世界上流程最长的河流，位于非洲东北部，是一条国际性的河流，发源于非洲东北部布隆迪高原（还有人认为，尼罗河发源于卢旺达境内的纽恩威热带雨林），流经布隆迪、卢旺达、坦桑尼亚、乌干达、南苏丹、苏丹和埃及等国，最后注入地中海。干流自卡盖拉河源头至入海口，支流流经肯尼亚、埃塞俄比亚和刚果（金）、厄立特里亚等国的部分地区。流域面积约335万平方公里，占非洲大陆面积的1/9，入海口处年平均径流量810亿立方米。所跨纬度是南纬4度～北纬31度。

尼罗河是由卡盖拉河、白尼罗河、青尼罗河3条河流汇集而成，约在5300多万年前的始新世就已存在，河道曾发生多次变迁，但它总是由南向北流。在更新世（冰川世），朱巴和喀土穆之间曾是一个大湖，湖水由当时已经存在的青、白尼罗河补给。后来，湖水高出盆地边缘，通过喀土穆以北的峡谷，向北沿着古尼罗河流入地中海，于是便出现了现在的尼罗河水系。尼罗河流域南起东非高原，北抵地中海岸，东倚埃塞俄比亚高原，并沿红海向西北延伸，西邻刚果盆地、乍得盆地，沿马腊山脉、大吉勒夫高原和利比亚沙漠向北延伸。

鸟瞰夜色中的尼罗河

尼罗河下游谷地尼罗河三角洲，面积约2.4万平方公里，地势平坦，河渠交织，是古埃及文化的摇篮，也是现代埃及政治、经济和文化中心。至今，埃及仍有96%的人口和绝大部分工农业生产集中在这里。因此，尼罗河被埃及人称为"生命之母"。

尼罗河文明即古埃及文明，产生于约公元前3000年，每年尼罗河水的泛滥，给河谷披上一层厚厚的淤泥，使河谷区域土地极其肥沃，庄稼可以一年三熟。据希罗多德记载："那里的农夫只需等河水自行泛滥出来，流到田地上自然灌溉，灌溉后再退回河床，然后人们把种子撒在自己的土地上，把猪放进田里让它们把种子踩进泥里，以后便只是等待收获了。"的确，是尼罗河使得下游地区农业兴起，成为埃及古代著名的粮仓。

尼罗河也被称为非洲的母亲河，河水像乳汁般滋润着尼罗河两岸人民世代繁衍，然而，随着各国经济的发展，人口不断增长，人民生活水平不断提高，流域各国对水的需求与日俱增，埃及表现尤为突出，水资源的分

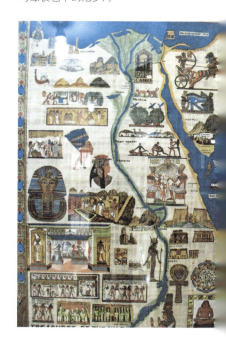

纸莎草画上的埃及"生命之河"
——尼罗河

配已逐渐成为一个国际政治问题。

经过多年谈判后，2010年5月，埃塞俄比亚、乌干达、坦桑尼亚和卢旺达在1999年"尼罗河盆地倡议"基础上签署了旨在公平合理使用水资源的"尼罗河合作框架协议"。很快，肯尼亚签署该协议。布隆迪和刚果（金）也计划在近期加入协议。新协议要求设立一个永久的尼罗河流域委员会，规定流域各国平等利用尼罗河河水，一国开发水电或灌溉项目只需得到多数流域国家同意即可。流域各国应本着平等互利的原则，加强国际合作，共同合理地开发水资源。今后只要进一步加强协商合作，存在的矛盾可望得到解决。

在埃及，尼罗河拥有精神意义。在古埃及神话中，专门有一位对尼罗河年度洪水负责的神哈比，他和埃及法老共同控制尼罗河的洪水。同时，尼罗河也被看作是生命、死亡和死后灵魂的一条通道。东方被看作是出生和生长的地方，西方则被认为是死亡的地方，每天太阳神都经历出生、死亡和再生。埃及人相信要获得死后再生，他们必须被埋葬在代表死亡的一方。所以，埃及所有的坟墓均位于尼罗河西岸。

"旋转舞"的奥秘

难得来一次尼罗河，我相信不会再有惨案发生，走一趟浪漫之旅也是值得的。只是坐了二十多个小时，腰酸背痛，实在太辛苦了。

大连一位四十多岁的女团友发愁地说：我都60个小时没挨床了，腿肿得老粗！床——一个多么温馨舒适的地方啊！相信大家此时都恨不得马上卧倒，哪怕是躺一张草席都行！其实，我的腿也已经肿得像面包了，一按一个大坑。都是自己愿意来的，"周瑜打黄盖，一个愿打，一个愿挨"，找谁诉苦呀！

我的"保镖"孙承还真是尽职尽责，背着两个背包，上船上楼对我都是又拽又拉，下楼梯时，我只能倒退下法，引出许多人好奇的目光，一位上海口音的中国游客奇怪地嘟囔："不晓得这是练的什么功？！"我也不加解释，反正在国外谁也不认识我，怎么方便怎么来吧！60美元的自助晚宴很是丰盛，但是合我胃口的只有水果。

尼罗河的夜晚很宁静，两岸璀璨的灯火让古老的城市更加神秘。餐厅里的文艺演出拉开了序幕，旋转舞、肚皮舞都非常精彩，让我们大开眼界。

埃及的旋转舞，也叫"大袍舞"或"转裙舞"。由于它历史悠久，舞蹈动作含义丰富，现在已成了埃及传统文化的组成部分，在一些重要的庆典活动场合，总少不了这种舞蹈。

尼罗河开罗段的夜晚

我从小就喜欢舞蹈，至今也不曾改变这种爱好。我曾经观看过土耳其的旋转舞表演，埃及的旋转舞，却与之有着很大的区别。埃及的旋转舞音乐明快，节奏感强烈，服装艳丽，表演变化丰富，给人以更多的激情。而土耳其的旋转舞从始至终，音乐低沉舒缓，舞者表情淡然，衣着朴素，表演动作简单，给人以静穆沉思之感。

当游船大厅里节奏明快的音乐响起时，只见一个穿着色彩斑斓舞衣的男子健步登上台来。随着音乐节奏翩然旋转起来，整个人看上去像个巨大的陀螺在转动，速度由慢到快，速度加快时，连舞者套在腰间的彩裙也跟着飞扬起来，像一把张开了的大花伞。随着旋转的速度越来越快，整个人也仿佛飞了起来。舞者一边旋转，还一边变换花样，只见他腰间的彩裙在旋转中变换出一个个不同的图案：或水平，或垂直，或左右，或上下……如幻如梦。舞者还会将衣裙高高抛到空中，又立即接住，由于整个过程动作很迅速，舞蹈在扣人心弦中充满魔术般的魅力。舞蹈到达高潮的时候，整个裙子都上下大幅度地翻飞旋转，舞者的头部完全被裙子遮挡，几乎成了"盲舞"，观众看到的只是一个色彩艳丽、高速旋转的巨大"陀螺"。当旋转的速度达到一定程度，彩色"陀螺"竟被舞者分为上下两层，上面那层盘旋上升，开始是倒伞状，伞尖越升越高，竟然升到舞者头上，最后达到高举的两只手上，上下齐舞，就像两层旋转的花朵。

据阿拉伯学者考证，旋转舞发源于13世纪土耳其中部的科尼亚，由当时伊斯兰教的哲学家所创，目的是为了冥想，即通过单一的旋转动作，使人达到静心冥思和接近安拉（穆斯林教徒的真主）的境界。他们认为，旋转的动作本身就蕴涵着诸多伊斯兰教的精神真谛。地球每天的运转最初就起源于一个点，最终也将回归到这个点上，以此作为一切的终结和归宿，所以，宇宙的运动形式就是旋转。不停地旋转，寓意地球日复一日地运转。跳旋转舞时，舞者旋转的方向都呈逆时针方向，此外，还要以左脚为圆心不停地旋转，这寓意着世间万物生生不息。而旋转的速度越来越快，则象征舞者在朗朗乾坤中距离安拉越来越近。

在我看来，埃及的旋转舞与土耳其旋转舞最大的不同在于，一种是娱乐，一种同时也是宗教仪式。

土耳其科尼亚的宗教仪式开始的时候，4位乐师身披黑袍走进，表情严肃，把手深藏在衣袍之内，缓缓拿起乐器，先是长者低声吟唱，接着其他人手中的苇笛响起，悲婉哀怨，随着和声的加入，5位舞者走上圆台。一系列的行礼之后，他们由一位长者引导，纷纷向台前的象征师傅的黑色高帽敬礼，双手抱胸，头斜枕肩，开始旋转。5圈之后，他们飞旋的白袍在乐音中飞舞，幽暗的灯光下仿佛盛开的白莲花。

旋转舞者起舞时右手向上，表示接受神的赐福，以及神带来的力量；头偏向右侧，表示丢掉自我，完全接受神的安排；左手向下半垂，表示将神赐的力量传给大地和其他神的子民。舞者不停地旋转，长袍高高飘起，仿佛平稳的桌面，他们往往要旋转直至头昏脑胀，因为他们相信，在半昏迷的状态中，最能够接近神灵。

接下来的肚皮舞，更吸引游客们的眼球。演出服很像比基尼泳装的外面罩上一块薄纱。

肚皮舞是较为女性化的舞蹈，其特色是舞者随着变化万千的快速节奏摆动臀部和腹部，舞姿优美，变化多端，格外彰显阿拉伯风情，以神秘性感著称。

肚皮舞原名为"东方舞蹈"。土耳其称肚皮舞为"郭碧卡当司"。1893年在芝加哥举办的世界博览会上，来自埃及的肚皮舞在大道乐园表演时，引起轰动，很快风行全美，至今已风靡世界各地。

至于肚皮舞是何时开始的，据说早在3500年前古埃及壁画上就有类似今天看到的肚皮舞，但不同的地区，不同的国家，有不同的传说和故事。传说肚皮舞是怀孕待产的母亲为了能顺利分娩，学习蛇行之曲线摆动，摇摆自己的身体，将运动重点集中在腹部。后加入阿拉伯音乐的节拍，果真有助于顺利生产，于是蔚然成风，逐渐演变成大众娱乐的肚皮舞。

希腊人认为，肚皮舞和古时候的宗教仪式有很大的关联。沙特阿拉伯人则认为，肚皮舞是女性不对外公开的神秘宗教仪式。还有一种传说，肚皮舞是身心合一的修身养性之舞，是神圣、崇高的宫廷舞，一如西方的芭蕾舞。不管何种传说，肚皮舞经历不同的国家，不同的文化，长时间的演变而成为不同风格的舞蹈，已成为中东地区可贵的文化资产。

埃及现代肚皮舞很强调对肌肉的控制，动作幅度比较小。土耳其肚皮舞穿着比较暴露，华丽奔放，动作幅度较大。黎巴嫩的肚皮舞则是介于现代埃及和土耳其风格之间的一种肚皮舞流派。

游船大厅中激动人心的美妙旋律，各色人种欢快的舞步，祥和、平等、友好的笑脸，神奇地赶跑了我们周身的倦意，大家都融入这快乐的氛围中。60美元花得真值！虽然在国内看到这个自费项目的报价是55美元。

舞者很是辛苦，持续舞动达半小时以上，转遍全餐厅的每个角落，而且边舞边与游客合影，专门的摄影师卖力地为顾客拍照，然后拿着照片向顾客收费，好像是每张40美元。我们团一位青海的老先生，搂着肚皮舞的女演员照相时，十分开心，等到收美元时竟然跑掉了。害得埃及豪华游轮上的摄影师，拿着他和肚皮舞演员的玉照到处找他。

当然，我和孙承也有幸被肚皮舞演员搂着肩膀拍了一张3人合影，孙承乖乖地交了40美元。但我却没收了照片，笑言，照片放我这里保管比较好，免得回到家里被媳妇看到要挨骂，被同事看到，会传出什么"佳话"的，他毕竟是一级报社的头儿呀！

舞者边舞边与游客合影

我和同屋的曾大姐睡眠都不好，聊到凌晨过后还不困，她吃上安眠药便鼾声大作，我用劳保耳塞堵住耳朵，也不能挡住她的呼噜声。曾大姐夜间醒来时还问我："我打呼噜了！影响你吧？要不你先睡，我不睡了。"话音刚落，曾大姐又呼噜起来。尽管她很内疚，也无济于事，因为根本无法控制自己。总不能两个人都不睡吧！？我干脆打开床头灯，依在床头写游记。怎么说也比在飞机上舒服多了，毕竟可以伸伸腰腿儿，我以此安抚自己焦躁的心情。

令人赞叹的古埃及博物馆

早餐自助有全世界大同之感，非洲、欧洲、澳洲、亚洲差不多少，食品几乎都是一样的，只是非洲、澳洲多点热带水果而已。冲燕麦粥时我没有找到热水和热奶，干脆就用热咖啡泡燕麦，还能省下空间装水果。孙承也学着我的吃法如法炮制，不过他喜欢吃的却是肉和点心。出门在外怎么吃不必太讲究，保存体力是第一位的。

上午，我们参观古埃及博物馆，博物馆坐落在开罗市中心的解放广场，1902年建成开馆，是世界上最著名、规模最大的古埃及文物博物馆。

由于等待参观的时间较长，不少团友提出要去卫生间。努拉导游说，展馆里才有卫生间，只能进去参观才能去。这可难坏了大家，能忍受的还好说，多憋一会儿也无所谓，有的则开始坐立不安。终于，一位大姐急了，对导游说："要不就赶快进去，要不就赶紧给找个地方，这么大个博物馆总不会让游客随地大小便吧！"导游这才把这位大姐领到一家咖啡店，解了燃眉之急。

古埃及博物馆收藏了古埃及从史前时期至希腊、罗马时期的雕像、绘画、金银器皿、珠宝、工艺品、棺木、石碑、纸莎草文书等共30余万件珍贵文物，其中大多数展品的历史超过3000年。

博物馆分为两层，包括100余个展厅和一个大型图书馆。博物馆入口的设计融入了古埃及艺术的特征：大门的外廓是一个圆形拱门，拱门两侧的壁龛中各有一个将法老形象欧式化的浮雕，其中一个持纸莎草，另一个持莲花，分别象征古代埃及的

开罗古埃及博物馆

博物馆广场展出的古埃及象形文字石雕

南北方。博物馆的花园中，摆放着许多
著名埃及学者的塑像以及斯芬克斯像、
方尖碑、石刻等室外展品的缩小版。

　　博物馆最著名的展品是图坦卡蒙墓
出土的珍宝，包括人形金棺、金椁室、
金御座、王后金冠及其他王室用具。图
坦卡蒙金棺是用450磅纯金制成，是人
类历史上最精致、最伟大的金制品。年
轻的图坦卡蒙王在19岁时死去，用3层
棺匣来装殓王身。开罗的埃及国家博物
馆馆藏有最内层和最外层的棺匣。金棺
雕刻细腻，具有极高的美学价值。图坦
卡蒙包金木制的御座也金光闪闪，镶着
各种宝石及玻璃，座椅的正面两侧各有
一个金制的狮子头，扶手为蛇首鹰身的
雕像，分别代表上下埃及的王权。御座
的靠背上有一幅王室家庭生活的画面，
王后含情脉脉地抚摸御座上的国王，两
人目光相对，氛围和美温馨。

　　图坦卡蒙并不是古埃及历史上功绩
辉煌的法老，但却是最为闻名的埃及法
老王。其最为卓著的原因是——他的坟

博物馆展出的古埃及人物石雕

浮雕中的法老一个持纸莎草，另一个持莲花

墓在3000多年的时间内从未被盗，直到被英国探险家哈瓦德·卡特在卡尔纳冯伯爵
的支持下发现他的墓葬，并挖掘出大量珍宝，从而震惊了西方世界。

　　这位年轻法老王当初绝对想象不到，他死后深藏于帝王谷的深谷中，还是没有
摆脱世人的侵扰，竟于他安睡了30多个世纪之后，被人们当作对古埃及文化的重大
发现而重见天日。

　　1922年，图坦卡蒙的陵墓被考古学家们发现，这是古埃及唯一保存完好未遭盗

劫的国王之墓。考古学家们发现了令人惊讶的大量珍品，包括家具、雕像、武器、王杖、包金战车等。家具主要是许多贴金并且装饰华丽的箱子，大小不等，内有大量衣物、珠宝、文书等。

埃及纸莎草画——图坦卡蒙纯金人形棺

图坦卡蒙的棺材最为引人注目，它的最内层是纯金人形棺，内装图坦卡蒙王的木乃伊。木乃伊是古埃及人最著名的创造，他们把死人尸体的内脏掏出，然后把整个尸体浸在一种干燥剂中脱水，再把尸体紧紧捆扎，就制成了能保存数千年的木乃伊。

图坦卡蒙王木乃伊的头部，罩着依他面容制成的纯金面罩约重10.23千克。金棺外是二层贴金的人形木棺，外面是由一整块石英石雕成的内棺，再往外则是4层木棺。整个棺材由8层构成。图坦卡蒙王墓的发现，使现代的人们了解了古埃及的繁荣与奢华，也解决了许多考古学和人类学上的难题。

图坦卡蒙登基时，大金字塔就已经有1250年的历史了。图坦卡蒙的石棺与陪葬品原本是他一个前辈准备用的。因为谁也没想到他死得这么早，临时来不及特别为他准备，只好先拿别人的给他用了。他的陵墓在他死时还没修好，后来被宰相阿伊看中，所以，图坦卡蒙死后只是葬在一个很小的地方。虽然有些委屈，但坏事变成了好事，以至他的墓成为唯一没被盗过的陵墓。

这座陵墓由前室、墓室、耳室及库室组成。除墓室外，所有的地方都放满了家具、器皿、箱匣等各类器物，其中包括墓主人的宝库。墓中的每件器物，都以金银珠玉装饰而成。墓室中还发现了两尊真人大小的乌木镀金雕像，学者们认为这就是图坦卡蒙的形象。这两尊雕像生动逼真、栩栩如生，充分反映了古代艺术家们高超的技术和丰富的想象力。在8年的挖掘过程中，人们在墓中发现了2000多件文物，奇珍异宝非常丰富。

图坦卡蒙的木乃伊由3个人形棺与5个外廓层层保护，每一个的大小恰好卡进另一个，手工技艺相当精细。最内一层的人形棺由22K金打造，重110.9千克，依当前市价来算大约是150万美元。最外一层的外廓大到可以用作中型汽车的车库。

图坦卡蒙的坟墓中有一个小型急救箱，里面除了一些急救药品外，还有绷带和类似治疗骨折时用的吊带。据卡特估算，图坦卡蒙的墓中大约有350公升的珍贵油品，大多存放在一些石头瓶里。图坦卡蒙并不孤单，他坟墓里还有两个流产的女婴陪伴着他。

图坦卡蒙酷爱时尚。在他坟墓中发现了大批衣物，衣物旁有一个依他体型而做成的木制模特儿。另外还发现了图坦卡蒙洗礼时用的围巾，质料好，手工又细。图坦卡蒙大约有100双鞋，有皮做的，有木头做的，也有柳条编的，甚至还有黄金做的。

图坦卡蒙的黄金面具

图坦卡蒙墓中大约有30多种品牌的酒，其中有一种是"图坦卡蒙牌葡萄酒"，上面还标有年份，葡萄产地及制造商。墓中还有30只用来打猎的回力棒。

除了金棺和金面具外，墓中还有王座和雪花石膏罐。其中的雪花石膏罐最耐人寻味，4个雪花石膏罐子，盖子上是图坦卡蒙头像，里面竟然放着小法老的肝、肺、胃和肠子。

卡特花了大约5年的时间来挖掘图坦卡蒙的坟墓，花了8年时间清理他的墓室，又花了将近10年时间为坟墓里发现的约5000件的陪葬品编目。不过在他有生之年，他从未把这些惊人发现整理成册印制发行。

在二层展厅的一角，许多人在排队买票，导游告诉我们，这是法老木乃伊展馆。这里是不能去的，我想起了传说中的法老咒语。

"谁要是干扰了法老的安宁，死亡就会降临到他的头上"。这是古埃及第18王朝法老图坦卡蒙国王陵墓上镌刻的墓志铭。

有资料介绍说，古埃及法老的神秘咒语盛行于20世纪20年代，1922年英国考古学家卡特及其同伴进入图坦卡蒙的墓穴，此后一直到1935年，与图坦卡蒙陵墓发掘工作直接或者间接相关的21名工作人员先后死于非命，这些人中包括主要发掘人卡特的助手、秘书及其家属等，这个咒语的传说就不胫而走。

这个神秘而恐怖的"法老咒语"不仅给作家以创作灵感，更让考古学家着迷。事实真的如此吗？能不能用科学解释那些看似神秘的现象呢？据说埃及古文物学会秘书长、考古学权威哈瓦斯博士正全力撰写一部新书，全面驳斥"法老咒语"。他在书中披露，"法老咒语"所寓意的其实是一种可以致癌的氡气。

埃及科学家哈瓦斯每次发掘陵墓时都要在墓室墙壁上钻一个通气孔，等陵墓内的腐败空气向外排放数小时之后再进入。由于经验丰富，在过去30年的职业生涯里，哈瓦斯虽然屡屡"惊动法老神灵"，时至今日他依然健在。

即便如此，我仍然对陵墓存有敬畏之心，原因是我的亲身经历。新婚度假时，我曾经和夫君一起参观北京清十三陵的地下宫殿，当晚夫君就发高烧，3天不退；一次出差湖南，参观马王堆女尸后，出门上车时头颈部被车门撞伤。没有咒语的情况下，也时有意外，何况留下咒语的法老木乃伊，我是不敢去打扰的。孙承见我不去也跟着响应。其实他根本不知我是为什么不看木乃伊。

法老陵墓的各种随葬品，琳琅满目，大的有几乎占一个房间的石雕，小的则不及手指尖的饰物，金、银、石、玉、木、草、皮，应有尽有。7000年的古埃及文化令人震撼，游荡在博物馆内就仿佛栖身于神话世界。参观的游客，人头攒动，拥挤不堪，各导游根本无法带领自己的团队正常行进，只好不时举起手来，召集自己的队伍。

这么多世界级的文物，堆积在这小小的空间里，我的感觉不像是在参观博物馆，倒像是进入了古法老陪葬品仓库，这对埃及文物的保护是极为不利的，不知埃及有关当局及博物馆的人是怎么想的？

还有一个奇怪的事情，博物馆的卫生间是收费的，花钱买了博物馆的门票，上卫生间还要单交1埃币，而且卫生间的味道不是很好，不知隔壁沉睡了几千年的法老们是否会有不满。

让时间惧怕的金字塔

谁都知道，埃及金字塔是最令人倾心向往的，我们也不例外，愈是亲身踏上金字塔的地界，这种感觉便愈加强烈。

金字塔是古埃及奴隶制国王的陵墓。这些统治者在历史上被称为"法老"。古代埃及人脑海里有一个根深蒂固的"来世观念"，他们把冥世看作尘世生活的延续。因此修建自己冥世的住所被这些法老看成自己生前的一件大事。

古代世界七大奇迹中的其他六大奇迹大都已毁损，而代表着古代文明灿烂成就的金字塔，依然矗立在大地之上。因此，埃及人有俗语称："人们怕时间，时间却怕金字塔。"

午餐后，大巴顶着撒哈拉沙漠的烈日，来到此行最重要的名胜——吉萨大金字塔的脚下。虽然，埋在地下几千年的法老们已经移居"别宫"，但前来参观的各国游客络绎不绝。巨大的金字塔下，密密麻麻的人群显得零星稀落而渺小。当地身着阿拉伯长袍，头戴各色阿拉伯方巾，皮肤黝黑的埃及人，热情相邀各色皮肤的游客骑骆驼拍照、购买纪念品，或者坐上高大的骆驼，摇摇晃晃地进入沙漠腹地，去体验撒哈拉沙漠的黄沙和灼热。

骆驼及它们的主人在烈日下等待游客的光顾

导游一再嘱咐我们，不要单独跟他们走，一定要集体活动，接受服务要事先谈好价钱，防止稀里糊涂跟着人家进入沙漠腹地后，前不着村后不着店地宰你没商量！

看到仰慕已久的金字塔，亢奋之情让我过完安检之后，拿起相机就走，竟忘记了自己的背包。还好，在我感觉少点什么的时候，"保镖"孙承从另一个安检口过来，发现我身上没有背包，已经迅速替我取回。

这可是严重过失，护照和所有的证件、钱款都在背包里，要是真的丢了，回国都困难了！"保镖"却开起玩笑："我们的包都丢

埃及沙漠驼队

了才好呢！这样就可以留在埃及了。"

难不成我们也要留在埃及续写《撒哈拉日记》？坦白地说，这种地方短期观光还可以，如果长久居住，我还真喜欢不起来。这个世界上最大的沙漠，我还是从三毛的笔下有所了解的。通过三毛的书，我喜欢上了三毛。她不算漂亮，她的作品却很有魅力，她用文字和心血描绘出一个灿烂多彩的撒哈拉大沙漠。

三毛曾说："不能解释的，属于前身回忆似的乡愁，就莫名其妙、毫无保留地交给了那一片陌生的大地。"她有荷西相伴，并在撒哈拉大沙漠里发自内心地爱上了荷西，留下了内心的充实，而我，只是撒哈拉的匆匆过客，也许今生只此一次。

我喜欢旅游，喜欢三毛的"人的一世，也不过是一个又一个24小时的叠积，在这样宝贵的光阴里，我必须明白自己的选择"。虽然不能像三毛那样走遍全世界，但我不想放弃对见识的追求，只要我能动，我就坚持迈出国门，看世界，游山水，走出八万里路云和月。

我们绕到3座金字塔的后面，撒哈拉沙漠强烈的阳光为大沙漠披上了神秘的光晕，远远望去，胡夫金字塔、哈夫拉金字塔、以及门卡乌拉金字塔，缥缥缈缈，与大沙漠浑然一体，却不同于大漠沙丘的柔韧连绵，带棱见角的金字塔威严坚韧，直指苍天，屹立于漫漫荒漠几千年，不得不让人叹服！

埃及金字塔是埃及古代奴隶社会的方锥形国王陵墓，是世界一大奇观，数量众多，分布广泛，开罗西南尼罗河西古城孟菲斯一带最为集中。吉萨南郊8公里处利比亚沙漠中的3座最大，也最为著名，人称吉萨金字塔。

其中第四王朝法老胡夫的陵墓最大，大约建于公元前27世纪，高146.5米，相当于现代40层高的摩天大厦，底边各长230米，三角面斜度52度，塔底面积5.29万平方米，由230万块每块重约2.5吨的大石块叠砌而成，占地5.39万平方米。

胡夫金字塔的建成时间距今4700多年，随着岁月的流逝，在雨雪风沙的击打之下，今天的胡夫金字塔已经不复当年的雄姿，现在的胡夫金字塔的高度仅为138米，底边的长度则为220米，尽管如此，它仍然不失为世界之最，它高高矗立在蓝天白云与满目黄沙之间，蔚为壮观，世间仅见。

据说，这座金字塔的建成共动用了约10万人，花费差不多30年的时间才得以竣工。该金字塔内部的通道对外开放，设计精巧，计算精密，令世人赞叹。有学者估计，如果用火车装运金字塔的石料，大约要用60万节车皮；如果把这些石头凿碎，铺成一条一尺宽的道路，大约可以绕地球一周。

胡夫金字塔南侧有著名的太阳船博物馆，当年胡夫的儿子用太阳船把胡夫的木乃伊运到金字塔安葬，然后将船拆开埋于地下。该馆是在出土太阳船的原址上修建的。船体为纯木结构，用绳索捆绑而成。

让时间惧怕的埃及金字塔

第二座金字塔是胡夫的儿子哈夫拉国王的陵墓，建于约公元前2650年，比前者低3米，现高为133.5米。其建筑形式更加完美壮观，塔前建有庙宇等附属建筑和著名的狮身人面斯芬克斯像。狮身人面像的面容参照哈夫拉而做，身体为狮子，高22米，长57米，雕像的一个耳朵就有两米高。整个雕像除狮爪外，全部由一块天然岩石雕成。这尊雕像远比我想象的要大出许多，但由于石质疏松，且经历了4000多年的岁月，整个雕像风化严重，面部严重破损，鼻子已经塌下。有人说是马姆鲁克（中世纪服务于阿拉伯哈里发的奴隶兵）

斯芬克斯静静地守护在金字塔前已有几千年

把它当作靶子练习射击所致，也有人说是18世纪拿破仑入侵埃及时炮击留下的痕迹。

第三座金字塔属胡夫的孙子门卡乌拉国王，建于公元前2600年左右。当时正是第四王朝衰落时期，金字塔的建筑也开始被缩水。门卡乌拉金字塔的高度突然降低到66米。

有人做过这样的测算，3座金字塔的石块，可在法国国境四周建造一道高3米，厚30厘米的围墙。金字塔每一石块紧密相连，休想找到缝隙，连刀尖都插不进，让人不得不佩服古埃及的度量及工程技术。迄今为止，埃及共发现金字塔96座。

世界上除埃及的金字塔外，还有著名的玛雅金字塔、阿兹特克金字塔（太阳金字塔、月亮金字塔）等。但它们的用途都与埃及金字塔不同。

出人意料的数字巧合

我们徘徊游走在各具特色的金字塔前，脑子里想象和品咂着古埃及人无与伦比的天赋和智慧。更为令人吃惊的奇迹，并不是金字塔的雄壮身姿，而是发生在胡夫金字塔上的数字"巧合"。

在一份资料里，我们看到这样的文字——人们到现在已经知道，由于地球的形状是椭圆形的，因而从地球到太阳的距离，也就在14624万公里到15136万公里之间，人们因此将地球与太阳之间的平均距离14659万公里定为一个天文度量单位；如果现在把胡夫金字塔当初的高度146.59米乘以10亿，其结果不正好是14659万公里吗？事实上，这个数字很难说是出于巧合，因为胡夫金字塔的子午线，正好把地球上的陆地与海洋分成相等的两半。难道说埃及人在远古时代就能够进行如此精确的天文与地理测量吗？

出乎人们意料之外的数字"巧合"还在不断地出现，早在拿破仑大军进入埃及的时候，法国人从胡夫金字塔的顶点引出一条正北方向的延长线，尼罗河三角洲就被对等地分成两半。现在，人们可以将那条假想中的线再继续向北延伸到北极，就会看到延长线只偏离北极的极点6.5公里，考虑到北极极点的位置在不断地变动这一实际情况，可以想象，很可能在当年建造胡夫金字塔的时候，那条延长线正好与北极极点相重合。

除了这些有关天文地理的数字以外，胡夫金字塔的底部面积如果除以其高度的两倍，得到的商为3.14159，这就是圆周率的精确值，它的精确度远远超过希腊人算出的圆周率3.1428，与中国的祖冲之算出的圆周率在3.1415926～3.1415927之间相比，几乎是完全一致的。同时，胡夫金字塔内部的直角三角形厅室，各边之比为3∶4∶5，体现了勾股定理的数值。此外，胡夫金字塔的总重量约为6000万吨，如果乘以10的15次方，正好是地球的重量！

所有这一切，都合情合理地表明这些数字的"巧合"其实并非是偶然的，这种数字与建筑之间完美地结合在一起的金字塔现象，也许有可能是古代埃及人智慧的结晶。事实上，胡夫金字塔的奇异之处，早已超出了人们的想象力。这样，以胡夫金字塔为典型的大金字塔现象，对于地球人来说，也许始终是一个难解之谜。

说起古埃及文明，人们脑海里第一反应便是金字塔。其实，金字塔只是埃及古王朝的遗迹，除了蜚声世界的金字塔外，埃及中王朝与新王朝时期还有一处神秘的墓地——"帝王谷"。

帝王谷就坐落于离底比斯遗址不远处的一片荒无人烟的石灰岩峡谷中。在那断崖底下，就是古代埃及新王国时期（约公元前1560年~前1070年）安葬法老们的地点。

帝王谷是一个充满神秘色彩的地方，据说始于法老图特摩斯一世（约公元前1539~前1514年）。图特摩斯有感于先人的陵寝大都不免遭受盗墓人的侵害，便把自己的陵墓同殡葬礼堂分开。这在埃及法老中是没有先例的，他的墓地距礼堂将近1.6公里，在底比斯山西麓隐蔽的断崖下，开凿了一条坡度很陡峭的隧道作为墓穴，并将遗体（木乃伊）放在那里。从此以后的500年间，法老们就不断地在这个山谷里，沿用这种方式构筑自己的岩穴陵墓。后来希腊人看到那通往墓室的长长的隧道，觉得很像牧童吹的长笛，就把这种岩穴陵墓叫作"笛穴"。

几个世纪以来，法老们就在尼罗河西岸的这些峭壁上开凿墓室，用来安放他们显贵的遗体，同时，还建有许多巨大的柱廊和神庙。所以，这里曾经是一处雄伟的墓葬群，一共有60多座国王陵墓，埋葬着埃及第17王朝到第20王朝期间的64位法老，其中有图特摩斯三世、阿蒙霍特普二世、塞提一世、拉美西斯二世等最著名的法老。

这些陵墓中最大的一座是第19王朝塞提一世之墓，从入口到最后的墓室，水平距离210米，垂直下降的距离是45米，巨大的岩石洞被挖成地下宫殿，墙壁和天花板布满壁画，装饰华丽，令人难以想象。墓穴入口往往开在半山腰，有细小通道通向墓穴深处，通道两壁的图案和象形文字至今仍十分清晰。

帝王谷众多的法老墓穴，无声地展示给前来拜访的人们。昔日的法老们，无论生前地位多么显赫，家私多么富有，到头来连自己的墓穴以及"木乃伊"，都要成为埃及人民共有的文化资源。沉睡的法老们绝不会想到，建造在荒芜沙漠上的金字塔，岩石中的墓穴，都会成为举世闻名的旅游胜地，埃及的古老文明不仅是埃及人的文化财

我们摸到了金字塔尖

富和精神财富，而且已经成为今日埃及子民经济发展的重要来源之一。

走近金字塔，站在让时间惧怕的金字塔下，摸一摸金字塔巨大的石块，靠一靠金字塔坚硬的石墙，听一听金字塔洞穴下面的声息，与金字塔的交流，被喧闹的游人、奔跑的骆驼、埃及小贩的叫卖声淹没了。一位热情快乐的埃及小伙子，用手比画着，建议我们摆几个造型，我立刻懂得了他的意图，我们拍出了几张非常有创意的照片——依托金字塔沉思、拥抱金字塔、亲吻金字塔、手提金字塔。

开罗的夕阳

孙承为感谢他的创意，想送给他1美元作为答谢，可他从孙承掏出的一大把美元中，一定要拿5美元作为酬谢。这个傻保镖，导游已经嘱咐过，不要一下拿出许多钱，这下子不好办了，语言不通，埃及人一个劲地掰着手指数，1、2、3、4、5，非要5美元不可，孙承怕破坏我们游玩的好兴致，满足了这个机敏可爱又有些贪心的埃及小伙子。事后导游告诉我们，给他1美元足够了！孙承则自我安慰说，我们的照片拍得很精彩，物有所值！

古埃及最早的首都

古埃及最早的金字塔，起源于孟菲斯的阶梯金字塔。导游今天就要带我们前往孟菲斯。

孟菲斯是埃及最古老的首都，从公元前3100年前起就在此定都长达800年之久。当时是全世界最壮丽的伟大都市，离开罗市不到30公里。

途经孟菲斯农村，河边垃圾乱堆，河水乌黑，随处可见骑着小毛驴的埃及农民，沿街的房屋虽然有些破旧，但大门和院墙上仍然布满鲜花。小河的对岸坐落着不少干净漂亮的花园洋房。

大巴车离开开罗，大约行驶了1个小时，缓缓爬上了几个高坡，把我们载到了孟菲斯郊区，黄沙漫漫，寸草不长的撒哈拉沙漠纵深地带——萨卡拉墓地。颜色略深

孟菲斯的草帽凉亭　　　　　　　　　　孟菲斯沙漠中的绿洲

于沙漠的残墙碎石，轮廓清晰的阶梯金字塔，仍然高高屹立于沙漠之中。

仔细观察，6个阶梯的台阶棱角圆钝，好像酥松的墙体，随时能被大风吹散。塔身周围搭起了脚手架，看来阶梯金字塔大修在即。这就是第三王朝第二代法老祖塞尔的六层阶梯金字塔，是当时的建筑师伊姆胡特所建，为埃及历史上第一座大规模的砌石结构陵墓。

最初，祖塞尔墓是按马斯塔巴设计建筑的，是一座边长62.5米，高9.7米的方形平顶墓。伊姆胡特为了体现法老的威严，将这座马斯塔巴地上建筑的四周向外扩大，又加盖了5层。最终形成了6层的马斯塔巴重叠而逐层向上缩小的阶梯式金字塔，塔高60米，矩形底基东西长121米、南北宽109米。底部结构错综复杂，有深25米、宽8米的竖井，井底是墓室，整座阶梯金字塔用采自阿斯旺的花岗岩建成。

与其他同类金字塔的结构相比较，中间的竖井是其主要特点。与金字塔相配套的，还有一些附属的建筑物，包括围墙在内，形成了一个金字塔群体建筑。围墙南

孟菲斯阶梯金字塔　　　　　　　　　　孟菲斯圆柱大厅遗址

孟菲斯正在挖掘的古墓现场

北长544米，东西宽277米，高度超过10米。围墙内的庭院中，有很多石雕遗迹。附属建筑物还包括圆柱大厅、南宫、北宫、露天大厅、祭祀庙等。

据说，这块宽7公里，长15公里的巨大墓群差不多被使用了3000年，因为太过广大，至今大部分还都没有被发掘。如果说金字塔是法老们的坟墓，撒哈拉沙漠就是金字塔的坟墓。因为在这里不仅可以看阶梯金字塔，还可以看弯曲金字塔，以及许多破损倒塌的红色金字塔、白色金字塔等。看完这里的金字塔之后，有关吉萨金字塔是外星人建造的传言，不攻自破。这些在大金字塔设计成功之前的种种金字塔，正是古埃及人探索精神和深邃智慧的见证。

在萨卡拉墓地中，除显赫的从马斯塔巴演进而来的阶梯金字塔外，还有众多的不起眼的马斯塔巴。"马斯塔巴"是阿拉伯文的音译，意为石凳，是古埃及王国之前贵族的墓葬形式。坟墓多用泥石建造，呈梯形六面体状，分地下墓穴和地上祭堂两部分。墓中一般有众多墓室，不仅用于放置死者尸体，还放置陪葬者尸体。此外还有用于放置食物、用具和衣物的墓室，进入古王国时期后，国王开始使用金字塔取代马斯塔巴作为墓葬形式。

法老祖塞尔的阶梯金字塔，是阶梯金字塔建筑的发端。他的后继者胡尼王在美杜姆又建筑了一座8层的阶梯金字塔，他把各阶梯之间用石块填平，并且外面覆盖上优质的石灰石，形成了有倾斜面的角锥体的"真正"意义上的金字塔，美杜姆的金字塔高约92米，边长144米，完成了由阶梯金字塔向锥形金字塔的转变。

我们徜徉在距今5000多年历史的古墓群中，静静体会人类智慧的伟大创造过程。一个头戴软布礼帽的小伙子，走过来向我们兜售埃及钱币和邮票以及纸莎草书签。

绘有精美埃及法老画面和古埃及象形文字的纸莎草书签，深深地吸引了我们，我们一下子就买了10套，作为赠送朋友的小礼物。

已经成交好几套纪念品的阿拉伯小伙子，还是不放过我和孙承，不断向我们兜售其他东西。在遗址石柱中间，他要为我们拍照，我接受在吉萨金字塔拍照的教训，赶紧说，"没有美元！"阿拉伯小伙似乎听懂了我的话，摆手表示不要美元。果然，为我们拍了照片后没有要钱。但他要求与我合影，我欣然同意。孙承拍照后给他看，他高兴得手舞足蹈。我指挥他和孙承合影，他依然高兴。旁边一个埃及小伙子羡慕地看着我们，也要加入合影，拍摄时，两个阿拉伯小伙子竟然对我做亲吻状。孙承在一边急了，"我还没这待遇呢！不行！不行！倒给10美元也不行！"

倒给10美元也不能吻

中国领队康先生在炎炎的烈日下，捡起几块被风化了的石块，小心地装入衣袋。我不解地看着他，这是干吗？很快，疑问不答自解。这里的每一块石头都是无价之宝！历经古埃及岁月的沧桑，证明7000年古埃及的文明，我马上也挑选几个小石块，3个小的自己留着，两个稍大一点地给了孙承。一是怕沉，二是怕埃及人发现了不允许外带。

尼罗河盛产的纸莎草

在开罗近郊的纸莎草画店参观时，作画的老师曾给我们看过纸莎草，这是埃及特有的一种植物，形状似芦苇，盛产于尼罗河三角洲，茎呈三角形，高约5米，头部成散状，很是好看。用近根部直径6～8厘米的那段作为制纸的原料，先是去掉外皮，再用小刀顺生长方向切割成长条，用木槌击打，使草汁渗出，浸泡数日捞出，横竖编排成正方形或长方形，然后压干水分

加工晾干后就做成了纸莎草纸

使之干燥，这些纸莎草条就永久地粘在一起了。最后用浮石擦亮，即可使用。埃及博物馆内展出的法老陵寝出土文物中，有纸莎草做成的床和书画，至今色彩艳丽，几千年了还鲜亮如初。

孟菲斯餐厅的迎宾仪式　　　　　　　　　　　　　　　　埃及烤饼

　　中午，我们在孟菲斯的农村，吃到了当地特色风味烤肉，在大排档门口，3位阿拉伯艺人用热情的歌舞欢迎我们的到来。特色烤肉量很大，我只尝了几小块，烤饼很好吃，我们都吃了不少。

　　埃及的"秦始皇"

　　下午，我们来到了孟菲斯博物馆，这里可以算得上是全世界最袖珍的博物馆了，但照样需要买票。

孟菲斯的袖珍博物馆

　　博物馆花园中几尊高大石雕多有残损，园子中心的狮身人面斯芬克斯像高4米以上，由一整块80吨重的岩石雕成，虽然不可同吉萨金字塔前的那座狮身人面斯芬克斯像相比，但它面部五官清晰完整，十分秀美。靠近植物院墙的地方，有一排卖纪念品的小商亭。这里的工艺品做工十分精致。

　　展厅里只有一尊没有双腿的拉美西

斯二世雕像躺在地上。

我们来到展厅二层观察台，听导游介绍说，这座雕像原约14米高，由整块石灰岩雕成，相当精美。在一场地震中，雕像的双腿及左手折断。虽历经3200多年的岁月，但雕像上的象形文字都还清晰可见。展厅周边还站立着几尊小石雕，有些残破但还算精美。

博物馆庭院中的狮身人面斯芬克斯像面部清秀，保存完好

传说，拉美西斯二世在埃及的地位相当于中国的秦始皇，但是他要比秦始皇早了一千多年的时间。他是埃及执政时间最长的法老，不仅统一了北部三角洲和南部谷地，而且第一个与外敌赫梯族人之间缔结了和平条约，从而成为对埃及做出最大贡献的国王。

博物馆精美的工艺品

拉美西斯二世，全名乌瑟玛瑞·塞特潘利·拉美斯·米亚蒙（公元前1304～前1237年执政），生于埃及孟菲斯，父亲塞提一世娶了一位将军的女儿图雅为王后，生有两男两女。但大儿子很小的时候就夭折了，拉美西斯二世顺理成章地登上王位，成为埃及第19王朝的法老。

拉美西斯二世的人生充满传奇，一直为后人所称颂——古埃及历史上最著名的法老，最强大的国王，战无不胜的将军，和蔼可亲的父亲，不知疲倦的建设者等。直至今日，他依然享有这些美誉。敌人惧怕他，臣民爱戴他，神灵保佑他，历史记载他。生活在古埃及第19王朝的拉美西斯二世，在人类历史上留下了不可磨灭的印迹，古埃及因他而更加辉煌。

有记载写道：拉美西斯二世的故事向我们展示了他辉煌的人生，他细腻的感情世界，他树立自身形象的过人本领，以及他如永恒史诗般的遗体。在他所统治的67年里，成就了埃及被颠覆前的最后繁荣。

拉美西斯二世很小的时候就开始在"法老学校"学习：10岁时在军中任职，15岁时父亲带他参战，以培养他将来成为一位智勇双全的国王。拉美西斯二世聪明过人，没有花费太长时间就学会了很多东西，特别是作为国王所必需的两项技能：以军事手段征服敌方和建造王宫。无论是在征战，还是在建筑方面，他都取得了成功。如今的埃及，没有一处土地不留下他的足迹。

大概在拉美西斯二世25岁时，他的父亲去世，但他已经拥有了足够的雄心和顽强的自我意识，他要让自己的壮举超越所有的前辈。拉美西斯二世执政期间进行了一系列的远征，他恢复了埃及对巴勒斯坦的统治。他在叙利亚与同时代的另一强大帝国赫梯族王国发生利益冲突，双方在公元前1286年发生了一次著名的卡叠什战役。

拉美西斯二世与赫梯族人之间的冲突，起因于对叙利亚的绝对控制权。公元前1275年，拉美西斯二世法老率军朝奥龙特河谷进发以征服卡叠什，这是赫梯族在叙利亚建立的一座重镇。拉美西斯二世率领两万埃及士兵和200辆战车投入战斗。这些兵力被分为4支部队，其名称分别为阿蒙、布塔、拉和塞特。这次战争的目标是叙利亚北部的土地，对手则是穆瓦塔里什国王，他有1万名士兵和3500多辆战车。

在靠近奥龙特河的地方，法老的军队抓获了两名自称是赫梯族逃兵的人，他们说有重要情报要通报给埃及人。这两人被带到了拉美西斯二世面前后谎称：穆瓦塔里什的部队距离此地很远，法老可以轻而易举地攻下城池。

拉美西斯二世此时已视卡叠什如囊中之物，未等大部队集结完毕即独自率领阿蒙支队冲向靠近卡叠什的平原地带并在此宿营。直到当他的卫兵抓到敌军先头部队的两名士兵时，拉美西斯二世才意识到，自己已经陷进了敌人的包围圈，但为时已晚。躲在城堡内的赫梯族人突然发起进攻，措手不及的法老军队溃不成军，四下逃窜，只有拉美西斯二世带领贴身侍卫奋力抵挡赫梯族人的进攻。

撰写有关拉美西斯二世专著的作者弗朗克·齐米诺说："多亏有两件出乎意料的事情，才让拉美西斯二世得以全身而退。首先，赫梯族士兵攻进了埃及军队的营地之后，立即忙着抢夺财物，却把乘胜追击法老军的事儿忘在了脑后；其次，法老军的后续部队及时赶了上来，救助了拉美西斯二世及其士兵。"

这时，整个战局被彻底扭转，本该轻易取胜的赫梯族人身困险境，接近黄昏时分，双方停战。晚上，埃及其他支队的士兵也赶来增援法老。最后由于拉美西斯二世军队的猛烈攻击，以及赫梯族人国内动乱，内外同时干扰，赫梯族人只好被迫提出议和。

弗朗克·齐米诺在相关著作中写道："真实情况可能并非完全如此。穆瓦塔里什虽说失去了许多辆重型战车，但他的士兵几乎毫发未损。但对拉美西斯二世来说，赫梯族人的突袭使他至少损失了一个支队。"战事的结果是一次平局，这迫使拉美西斯二世放弃了攻取卡叠什的打算。拉美西斯二世法老借助自己的宣传工具，把这次几乎要葬送其前程的征战，变成了在一位伟大领袖领导下的英雄壮举。

拉美西斯二世用新的表现手法，把这次战争刻在了诸多神庙上。阿布·辛拜勒神庙描绘卡叠什之战的浮雕中，以前叠放条纹装饰的表面用来表现激动人心的场景，营造出更富戏剧性的动感场面。浮雕中刻画的拉美西斯二世与战车的形象可以让人了解到这种全新的风格。人们对画面细节中的"四只手臂"有着多种不同的解释。有人认为多出来的两只手臂应该属于战车驾驶者，他的身躯完全被拉美西斯二世盖住了；有的人则认

孟菲斯博物馆倒地的拉美西斯二世雕像

为正如石刻文字中提到的那样，应该是拉美西斯二世召唤来的阿蒙神的手臂。最新的假设则认为，它们是拉美西斯二世本人的，创作浮雕的艺术家多画两只手臂是为了增加画面的动感。

卡叠什之战以后，埃及人与赫梯人之间的冲突一直延续到穆瓦塔里什国王去世之后，他的继位者阿图西里什与拉美西斯二世签订了人类历史上现存最早的国际条约。促使两国议和的原因是阿西里人的威胁，这个好战的民族不断骚扰两个王国。和约于公元前1269年左右在比—拉美西斯这座由他自己新建的首都签订，这个条约具有很多现代意义。

根据该条约，两国人民之间不再发动战争，在遭受敌人攻击时互相帮助，互相维护对方国王的权益，引渡在对方国家避难的犯人。拉美西斯二世命人把和平条约以楔形文字或象形文字刻在黏土墙或石墙上，记录并永久保存。这就是人类历史上，

两国通过"外交"途径解决战争冲突的第一个实例。

近代考古学者发现，埃及文本与赫梯文本的和约均被保存了下来。目前，人们找到了该条约的两个版本，一个是刻在卡纳克的石柱大厅墙上的象形文字，另一个是在挖掘赫梯族首都哈图萨废墟时发现的刻在黏土板上的巴比伦楔形文字板。

"进行宣传是他最好的武器，这在宣扬自己的王国和使命当中发挥了重要的作用。"意大利比萨大学的埃及学教授埃达·布莱西亚尼说，"大量的雕像和碑文向人们讲述了这位国王的壮举与魄力，并使他的形象流传千古，而且仍能经受时间的考验。"

弗朗克·齐米诺解释说："在古代，还没有哪一次战争能留下如此多的史料。拉美西斯二世战争归来之后，在他王宫的墙壁上，在阿布·辛拜勒神庙、卡纳克神庙和卢克索神庙里刻下了描绘战争的场景。这些巨型的艺术品分别展示了士兵、埃及人安营扎寨、战斗的场面以及被俘的士兵。当然，其中占突出地位的还是拉美西斯二世，在画面中，他只身一人击溃敌军。流传给我们的还有叙述这场战争的两首史诗，其中最重要的一首就是《潘道尔之歌》，它与庙宇中的壁画一同向人们叙述了这段历史。"

可能是出于对赫梯族军事力量的担心，拉美西斯二世下令在东北尼罗河三角洲新建一座城市为首都，并将其命名为比-拉美西斯（意为拉美西斯的家）。一个熙熙攘攘的巨大港口，色彩绚丽的房屋，十多座神庙，这一切都是为了彰显拉美西斯二世的伟大之处。

到达比-拉美西斯城的人都会赞叹这座首都非凡的美。宫殿、房屋还有拉美西斯本人的王宫，都显出绚丽的色彩。历史记录者把它描述成到处都是"美丽的阳台，铺有青金石和土耳其石的大厅"。城市的每个重要地点都有一座神庙：北面有供奉北方古老首都布托城守护神的乌托神庙，东面有亚洲女神阿斯塔尔特神庙，南面是塞特神庙，西面是阿蒙神庙。城中设有军队、官员居住区以及用于法老继位仪式的大厅；繁忙的港口内来往不断的船只载满各类物品，这使比-拉美西斯也成为王国的一个主要商业中心。但这些繁荣今天都已荡然无存，借助先于比-拉美西斯存在的首都阿瓦里斯出土的文物，人们今天才能确定这座城市的准确地址。

在2000多年的时间里，这里一直是活跃的"建筑工地"，多位法老以阿蒙神的名义大兴土木，拉美西斯二世自然也不会放过这样一个重要的宗教中心。

卡纳克的建筑群由多座宗教建筑组成，它们的修建时间跨度从中王朝一直延续到罗马帝国时代。建筑群的核心是阿蒙-拉大神庙，兴建之初被当成底比斯的神圣区域，随后又被居民们命名为"阿蒙之城"，它的附近还修建了献给战神孟特的神庙，以及供奉阿蒙之妻——女神穆特的神庙。一条长达两公里的"狮身人面像大道"将卡纳克神庙与南部的卢克索神庙连接起来，后者也用于供奉阿蒙神。尼罗河将这两座神城连接起来，在某些重大节日，阿蒙神的雕像会被装上船，在一列小船的护送下，从卡纳克运到卢克索。

酷爱建筑的法老

拉美西斯二世比古埃及任何一位其他法老都勤于大兴土木，他在位期间，下令修建的宫殿、庙宇、雕像和石碑的数量多得令人难以置信。他为什么要这样做呢？

主要是想通过气势宏伟的建筑来显示自己的权力以及彰显其在世天神的地位。为达到目的，他不惜占用一些更为古老的建筑。有些古老建筑被他修复之后刻上自己的名字，有的被他围在了以其名义修建的建筑群当中，还有的则被当成"材料库"，拆毁之后作为修建新建筑的材料。

吉萨的哈夫拉金字塔就遭此运，整块的花岗岩被拆下来用于修建位于孟菲斯的布塔大神庙。由拉美西斯二世钦定的建筑风格也被他用于显示其伟大之处。在神庙里布满了雄伟的雕像和装饰有象形文字及图案的石柱，刻满描绘宗教和战争场面的庙宇墙壁，都在歌颂国王的神圣和伟绩。

拉美西斯二世本人亲自到施工现场检查工程的进展情况，他甚至亲自前往石材的开采地去挑选最佳的材料。

有一些碑文，如刻在第八世石碑（现保存在埃及国家博物馆）上的文字，记述着拉美西斯鼓励和赞扬建筑工人们的话语。拉美西斯二世非常关心他们的生活，从不让他们缺少食物、衣服、鞋子以及新鲜的水，以便他们能专心地做好自己的工作。

拉美西斯二世为他的王后，他最爱的宠妃——奈菲尔塔利修建了一座神庙，并把一些表白的话语刻在上面，如："我对你的爱是独一无二的。当你轻轻走过我的身旁，就带走了我的心。""每天的太阳因你而升起"等，他对世人诉说着他的爱。

拉美西斯二世新建的工程中包括一座新的首都，这座新城的奢华程度与埃及另外两座大城市孟菲斯和底比斯不相上下。这座城市在这位法老当政的第五年就已初具规模，并成为他的寝宫。这座城市建在位于尼罗河三角洲东部的古阿瓦里斯城，这是让他倍感亲切的地方，因为他父亲的夏宫就修建于此。不过在此选址肯定还有其他的用意，埃及学家埃达·布莱西亚尼解释说："这里是拉美西斯二世的故乡，显然这是一个主要原因。此外还有其军事和战略意义，这座城市紧挨东部边境，经常遭到外族的入侵，因此必须严加防守；另外它还是一个连接埃及和亚洲的重要商业交汇地。"

新的首都占据着一块非常富饶的土地，这里的农田物产丰富，河流中鱼虾成群，仓库里则储满了食物。城中的居民来自王国的各个领地，如利比亚、努比亚、迦南和阿穆鲁。他们当中有不少人曾是战俘，但与埃及人保持着友好的关系，所有人都享受着这里的繁荣生活。拉美西斯二世去世后一个多世纪，当第21王朝（约公元前1069～公元前945年）的法老们决定迁都至塔尼斯城时，比一拉美西斯的光辉才黯淡下来，城里的许多财宝都被迁至新都。

在卡纳克（今天这里被看成是埃及最重要的考古圣地之一，它曾是繁荣的宗教中心，法老们在这里举行加冕仪式），拉美西斯二世也留下了他深刻的足迹。在雄伟的阿蒙—拉大神庙里，他完成了石柱大厅的修建工作，这个大厅始建于阿蒙霍普特二世（约公元前1427～公元前1392年）当政时，在霍伦贝勒王朝以及塞提一世在位时曾继续得到修建。

这座建筑是名副其实的古代建筑瑰宝：它占地5000多平方米，134根巨型石柱支撑着屋顶，尤其以中间的两排每根重达12吨的柱子最为粗大。拉美西斯二世让人用描绘庆典活动的浮雕装饰墙壁，并下令开挖一个保存至今的圣湖。湖水象征着所有形式生命的诞生地，在这里举行供奉太阳神和奥里西斯神的仪式，神职人员在每次仪式之前都要在此净身。

相邻的卢克索神庙在阿蒙霍普特三世法老（约公元前1387～公元前1348年）在位时就已完成大部分，拉美西斯二世在已有的建筑结构上又增加了一个由72根石柱支撑的走廊和一个巨大的拱门（镶有神庙大门的石制高塔），分成两排的石柱上刻满了装饰图案，拱门的墙壁上则刻有记述卡叠什之战的浮雕。在这些建筑的前面排有6尊面容与拉美西斯二世相像的巨大雕像和两座方尖碑，但卢克索神庙中现在只剩下了一座方尖碑，另一座在1836年被赠送给法国，现屹立在巴黎协和广场。

拉美西斯宫的废墟现在只有少部分建筑物还矗立在那里，但整个建筑群毫无疑问是这位法老所构想的最伟大的建筑，它位于尼罗河东岸的底比斯地区。这是一座用于殡葬的神庙，但最终的用途并不是安放拉美西斯二世的遗体，而是为了在他去世之后便于人们举行供奉他的仪式。

这座殡城周围是一座高墙，除了主殿之外，城里还有作坊、商店，甚至还有一所培养誊写员的学校。在这所学校里，考古人员发现了一些纸莎草纸书。

有趣的是，为了给自己修建这座殡城，拉美西斯二世曾命令拆下一些古建筑上的材料，这恰恰也是拉美西斯宫后来遭受到的待遇。这座本因代表拉美西斯二世的伟业并流传千古的宫殿，后来又因为别的国王要修建自己的宫殿而被部分拆除了。

阿布·辛拜勒神庙被看成是拉美西斯二世最伟大的作品，是名副其实的古代建筑瑰宝。四尊从山体岩石中凿出的巨型雕像高20米，象征着坐在宫殿大门口的法老，如今它们已经变成了埃及文明的象征。意大利著名的埃及学家之一赛尔乔·多纳多尼教授说："这真是一座令人难以置信的建筑，它将埃及古典建筑的建筑元素带入了深山中。"

这座神庙建在一个山坡上，开凿的深度有60米，它本意是供奉3位主神阿蒙、拉·哈拉凯俤、布塔，但实际上它只为一位"真神"——拉美西斯二世本人服务。

这里的神庙，除了在地面上的建筑外，还有一种在山崖开凿出来的所谓岩窟庙。典型的岩窟庙位于阿斯旺南，接近尼罗河第二瀑布，名为阿布·辛拜勒的拉美西斯二世庙。这座神庙是献给阿蒙、拉·哈拉凯俤和普照塔神的，并以之纪念拉美西斯二世本人，实际上是一座神庙和祭庙的结合体。

阿布·辛拜勒的岩窟庙依山傍岩，在峭壁斜坡上开凿洞口。大庙门面或许可以称为塔门，高32米，长36米，塔门洞口两旁雕刻有高约21米的4座拉美西斯二世坐像。

洞口内还有柱厅以及位于庙内深处的，供奉上述诸神及其本人的雕刻坐像的处所。洞窟内全长60米，每年2月21日拉美西斯二世生日，以及10月21日拉美西斯二世加冕日时，阳光可穿过60米深的庙廊，洒在拉美西斯二世的雕像上，而他周围的雕像则享受不到太阳神这份奇妙的恩赐。因此，人们称拉美西斯二世为"太阳的宠儿"，也因此这一天被称为"太阳日"。

现因建筑阿斯旺大坝，1968年开始，庙址迁移到离尼罗河201米远的65米高处，

阿布·辛拜勒神庙纸莎草画

"太阳日"也分别延后一天。3000多年过去了，这个不知是巧合还是古埃及建筑师精心计算的奇观之谜，一直未能破解。

　　阿布·辛拜勒庙附近还有一座献给他的妻子奈菲尔塔利的较小的岩窟庙哈托尔神庙。庙的正面排列六座雕像，除拉美西斯二世的四座外，还有补充描绘为哈托尔神形象的奈菲尔塔利的二座雕像。

　　阿布·辛拜勒神庙的命运却是多灾多难的，建成后不久，一场地震使它蒙受巨大损失，许多石柱和雕像断裂，受损的部分还包括神庙正面的整个上半部。大部分破损的地方随后得以修复，但当时的建筑师们却对雕像爱莫能助，只能任雕像的碎块散落附近。

　　拉美西斯二世死去几个世纪之后，这座建筑被完全荒废，沙子开始逐渐将其埋没，最终只剩下入口处巨大雕像的头部和肩膀露在外面。1813年，一位瑞士学者约翰·布克哈特发现了它，继续沉睡4年后，意大利人乔丹·贝尔佐尼开始对其进行挖掘。经过几个月的工作，最终在沙石中开辟出一条道路，于是，在历经几千年隐没之后，终于又有人能够走进这座神庙的内部。

　　又过了很久，这座被拉美西斯二世选来代表自己强大势力和神圣天命的宏伟神庙，终于面临灭顶之灾，险些永远葬身于水下。1960年，埃及总统纳赛尔下令修建阿斯旺大型水库，水库建成后将形成一个长约500公里的人工湖，可以将许多不毛之地变成良田。这是一个对于国家来说至关重要的项目，但它却会将代表埃及法老文明的许多遗迹永远沉入水底，其中就有阿布·辛拜勒神庙，这件事也使它在全世界的知名度骤然提高。

　　联合国教科文组织向世人发出了警报，并发动了一次名副其实的拯救行动，世界上113个国家伸出了援助之手，向埃及提供人力、资金和技术支持。拯救计划要将阿布·辛拜勒神庙拆成许多块，然后在离原地180米，地面抬高65米的地方再将这些碎块重新组装起来。整个工程花费了5年时间，使用了2000多名工人、成吨成吨的材料以及在考古史上从未有过的资源和技术。在整个过程中，每一块材料都被编上序号以便于重新组装。重建后的神庙和原来的方位一样，它根据星座和阿斯旺大坝建成后的尼罗河走向而定。凸显的山峰也恢复了原样，整个巨型"积木"最后总算完工了。

深得拉美西斯宠爱的"神妾"

距阿布·辛拜勒神庙不远的北边，有一间相对规模较小的山间庙宇，这是法老献给王妃奈菲尔塔利的祭庙。人们对这位王妃的出身知之甚少，只知道她来自贵族家庭，是当时太阳神庙的女祭司。

王妃的名字奈菲尔塔利，意为"最美丽的女人"，她众多的画像也证明了她的魅力。拉美西斯二世在继承王位前不久娶了她，从此就与她形影不离，无论是在宗教仪式中还是在国事活动里都能见到她。在绘画中以及其他文物上也常能看见她与丈夫亲密地依偎在一起。在政治生活中，奈菲尔塔利也发挥着重要的作用，她借助书信和礼物与希泰族的女王保持着良好的关系。

她为法老生下了六个子女：两个女儿和四个儿子，但其子都因早逝而未能继承王位。事实上，另一位王妃伊斯诺弗莱特的儿子莫尼普塔，成了拉美西斯二世的继位人。

奈菲尔塔利本应与拉美西斯一起主持阿布·辛拜勒神庙的落成典礼，但她未能成行。根据一个介于小说与历史之间的假说，奈菲尔塔莉恰恰是在这座本应与法老同享永恒的神庙门前死去的，当时她委托大女儿随父亲主持落成典礼。后来，奈菲尔塔利被隆重地安葬在王后谷。

1904年，意大利考古学家埃尔内斯托·斯基亚帕雷利发现了她的坟墓，但她的木乃伊和随葬品均已被盗。尽管如此，墓室内经过修复的精美壁画仍然让奈菲尔塔利的墓成为古埃及文明的一颗明珠。后来她的木乃伊被考古学家追回，但由于接触潮湿的空气而迅速腐化，人们始终未能看到她的本来面目。

在奈菲尔塔利的神庙上，她和拉美西斯二世的塑像是一样的高度，这在历史上可以说是绝无仅有的，恰恰突出了她地位的崇高以及拉美西斯二世对她的宠爱。

她的出现开创了"神妾"制度的先河（拉美西斯将她封为神妾）。

她极擅长化妆，用上了当时埃及不多见的腮红等物品。当然在埃及意为"纯洁"的方铅矿眼线也是必不可少的。

很多人认为，拉美西斯二世娶奈菲尔塔利为妻，是为了能更好地巩固他的王位。因为，拉美西斯家族并非正统的底比斯王族之裔，他们是来自三角洲地区的统治者。而奈菲尔塔利可能是底比斯王族的后裔。他们的结合将使拉美西斯二世拥有正统的王族血统。但是，从现有的资料来看，奈菲尔塔利可能不是王族的成员，因为在她的名字上没有出现过诸如"国王的女儿"之类的称呼。也有可能的是，奈菲尔塔利是底比斯王族某个偏妃的孩子，所以，名字上没有出现王族的记号。

无论什么原因促使拉美西斯二世娶了奈菲尔塔利，他们的婚姻终归是美满的。

有些学者认为，奈菲尔塔利王后就像第18王朝的诸多王后一样，是很有权力的——她拥有独立的权力和私人财富，并且戴着精心制作的王冠。但是，至今我们对于奈菲尔塔利作为王后的实际活动知之甚少。在婚后最初的3年里，奈菲尔塔利在各种场合扮演了很重要的角色。但是在之后的18年内，除了一封她写给海地王后的关于结束两国纷争的谈判信之外，关于她的其他记述很少被发现。

奈菲尔塔利去世后被尊为神妾（左侧）

古埃及统治者都希望能拥有很多妻子，拉美西斯二世也一样。奈菲尔塔利在拉美西斯二世统治的第24年至第30年之间去世，此后，她的后位就由伊斯诺弗莱特取代。

根据传统，奈菲尔塔利死后也被奉为女神。因为，神可以永生，而凡人是不能的。所以，古埃及的国王和王后在死后都被尊为神，进而得到普通埃及百姓的膜拜。在阿布·辛拜勒，奈菲尔塔利就作为哈托尔女神的化身，为她修建了一座宏伟的石窟庙，以得到人们的景仰。

拉美西斯二世在阿布·辛拜勒修建了两座石窟庙，奈菲尔塔莉的那座石窟庙是两座石窟庙中比较小的那座。这座石窟庙上一共雕刻了6个人物，其中4个都是拉美西斯二世本人的雕像，只有两座雕像是被奉为哈托尔女神的奈菲尔塔利像。在石窟庙内的壁画上，还画着拉美西斯二世向女神敬奉的场面。

拉美西斯二世的家庭中，曾有8位正式王后，一群数量难以考证的妃妾和100多个儿女，也同样见诸文字之中。有文字记载：拉美西斯二世不得不多次挑选王位继承人，但这样做并不是因为"宫中多事"，而是因为他活到了90多岁。当时人们的平均寿命大约只有40岁，他的许多儿女都在他之前死去。继承他王位的莫尼普塔，位列王位继承人名单中的第13位，到60岁时才得以登基。

事实上，拉美西斯二世在辞世前已经达到了自己的目的，对于臣民们来说，他已经成为一个传奇。但这位伟大的法老未曾预料到，不仅有关他人生的史诗已经名垂青史，就连那些有关他死亡的史诗也同样流芳百世。

"木乃伊"之谜

拉美西斯二世在92岁时去世，尸体被精心修饰，其奢侈程度超乎任何人的想象。经过70天，他的遗体被制成木乃伊，以一个伟大法老所能享用的最隆重的仪式下葬。当时的王位继承人，他的儿子莫尼普塔乘坐王舟，率领一支庞大的船队沿尼罗河将父亲的遗体送至底比斯。

一路上臣民百姓无不洒泪相送，向这位给他们带来太平盛世的伟大法老致敬。船队到达底比斯城后，送葬的队伍又朝开凿于帝王谷的陵墓进发，在王陵内安放的除了拉美西斯二世的棺椁之外，还有让拉美西斯二世在冥界也能过上富贵生活的无数珍宝，最后陵墓的大门被封上，以便法老能平安长眠。

但事与愿违，几十年以后，陵墓内陪葬的宝物被洗劫一空，拉美西斯二世的木乃伊也从此不得安宁。负责看守的埃及神职人员不得不多次搬动法老的木乃伊以防那些盗墓人打开木乃伊身上的绷带，偷取藏在内部的黄金饰物，大约在公元前1000年，拉美西斯二世和其他几位法老的木乃伊被藏到了底比斯附近的小城代尔巴哈里的哈特谢普苏特神庙内。

几千年过去，考古学家们一直找不到拉美西斯二世的木乃伊，最终，拉美西斯二世的木乃伊还是没有逃过盗墓者的光顾。在18世纪晚期，市场上突然出现了一大批古埃及的艺术精品。一位文物保护调查员顺藤摸瓜找到了一个盗墓家族。

1881年，拉美西斯二世的木乃伊被法国埃及学家加斯顿·马斯佩罗发现，并最终将其安放在埃及国家博物馆内。

长岛大学波斯特分校的埃及古物学者鲍伯·伯瑞尔说："很少有人进入这座坟墓，我是其中之一，这段经历非常特别。这是历史发生的地方。""这是埃及历史上最激动人心的发现。这里有不同王朝的木乃伊。人们第一次目睹了拉美西斯大帝的容貌，他也许就是《出埃及记》中描写的法老。"

拉美西斯二世的木乃伊保存完好。但埃及人从没记录下他们是怎样制作木乃伊的。伯瑞尔决定选择一具现代人的尸体，用古埃及人的方法把它制成木乃伊。

据说，古埃及人在制作木乃伊时会把尸体的大脑从鼻孔里掏出来，在尸体的腹部切开一道小口，取出全部内脏。但古埃及的木乃伊都留有心脏，因为古埃及人认为心脏是灵魂的载体。然后，古埃及的防腐工匠用一种叫"纳纯"的盐覆盖在尸体上，让尸体脱水。脱水是保存尸体最重要的一步。因为如果尸体能迅速脱水，细菌就不能使之腐烂了。

35天后，伯瑞尔的小组把那具现代人的尸体从纳纯中取出来。他们制作的木乃伊和古埃及的木乃伊几乎完全一样。伯瑞尔说："人们在制作木乃伊的过程中学到了很多东西。人们学会了使用防腐工艺，了解了制作木乃伊的全过程。人们知道了要用多少纳纯才能使尸体脱水。在这三方面人们都获益匪浅。"科学家仍在研究伯瑞尔制作的这具现代木乃伊。把它和拉美西斯二世的木乃伊进行比较，以便从中更清楚地了解古埃及人保存尸体的方法。

拉美西斯二世这位古埃及法老的木乃伊对科学家们的研究至关重要。由此现代人可以了解古埃及人的健康状况，了解古埃及最富有的国王所吃的食物……

拉美西斯二世——这位埃及最伟大的法老，由于他的木乃伊帮助现代人解开了古埃及人制作木乃伊之谜，因而成为世界十大木乃伊排行榜上的冠军。

返回开罗后，导游带领大家来到中东第一大集市——哈利利大集市游览购物，我实在太累了，申请留在车上休息，导游提醒我，"停车后车上要关掉空调的。""就算蒸桑拿，我也不下车了！"

大巴要到指定的位子才能停车，所以，我幸运地得以坐车逛大集。在车上我看到了开罗著名的爱资哈尔清真寺。

这是一所非常漂亮的清真寺，也被称为爱兹哈尔大学，位于旧城。为公元970年～972年的法蒂玛王朝所修建。最初为宗教活动的场所，975年开始讲授《可兰经》，

爱资哈尔清真寺　　　　　　开罗的哈利利大集市　　　　　　埃及工艺品

13世纪起成为伊斯兰教高级学府。占地面积1.2万平方米，宽敞的庭院三面被大厅环绕。东厅最大，由5道走廊组成；南北厅各由两道走廊组成。庭院主门右侧有建于1469年的一座尖塔，其旁矗立着一座建于1514年的双尖塔，它是该寺最壮观美丽的尖塔。现每年有几万人在此学习，他们来自埃及和其他许多伊斯兰教国家。除研究《可兰经》外，还学习阿拉伯文学、伊斯兰教法典、逻辑学、雄辩术、书法和某些自然科学课程。

等大巴车停车后，我就躺在靠后的座位上，好心的埃及老师傅，并没有停掉车内的空调，让我舒舒服服地躺了足有40多分钟。

大约5点钟，大巴接上了观光购物的团友们。孙承差一点回不来，他一个人走迷路了，又不会外语。正在焦急中，过来两位中国上海团的游客，在他们的帮助下孙承得以返回。他采购了不少埃及礼品，还给我带回一个精致的小金字塔，我非常喜爱。

埃及香精与法国香水

在金老鹰香精宫，我们又一次大长见识。

据说，人类最早的香水就是埃及人发明的可菲神香。从现存文物与文献的记载来看，古埃及人对香料的提炼最早可以追溯到公元前4000年。尼罗河两岸土地肥沃，植被繁茂，气候条件优越，自然条件与古埃及社会的发达文明共同孕育了这种香精文化。

无论在宗教活动还是世俗生活中，香精都占有举足轻重的地位，主要用于供奉神灵，或用来制作木乃伊，使人死而不腐，以永垂不朽。由于当时还没有发明提炼高纯度酒精的方法，所以这种香水准确地说应该称为"香油"。

大约在公元前2040年的中王国时期，航海者便发现了红海以西的庞特岛，那是一个与苏丹和古阿比西尼亚（今埃塞俄比亚）毗邻的香料王国。但直到哈特谢普苏特法老（大约公元前1504～前1483年）时代，才首次展开了针对这个遥远国度的探险活动。法老派船队前往小岛，并发出圣旨："那里有的是上好的香木，你们务必满载而归。"舰队果真带回了31棵香木，并成功地培植在埃及的土地上。这件事被记录并绘制成色彩鲜艳的浅浮雕，至今保存在离卢克索不远的哈特谢普苏特神庙的柱廊上。

同样位于卢克索以南的伊德夫神庙遗址，至今保留着一间古代祭司调制香精的密室。密室的墙上刻满了叙事性绘画和美丽的象形文字，记载着古埃及人用植物为原料加工香油球的故事，同时记载了许多香精和香油的配方。阿斯旺附近的菲莱神殿中，则有古埃及人使用香水的壁画。

虽然古埃及文化早已中断，香精却一直风靡，历数千年而不衰。公元前3世纪古埃及的历史终结后，科普特派基督徒承续了香精文化。《圣经·旧约》中记载，当摩西从古埃及流放地归来的时候，上帝就命令他敬献橄榄和香料制成的圣油。至今，埃及科普特教会的高级神职人员仍然亲自调配供祝圣使用的圣油，然后将它们分装在小瓶子里，送往埃及和世界各地的科普特教堂。

公元6世纪阿拉伯人进入埃及以后，面对迷人的香气，就连反对享乐主义的穆斯林也无法抗拒，制作和使用香精又成了伊斯兰文化特有的表现形式之一。因而，香精文化既属于法老的埃及，属于基督徒的埃及，也属于伊斯兰的埃及。香精被视为愉悦和纯净的象征，不仅是宗教仪式上的必需品，也是埃及社会各个阶层用以清新空气、柔软皮肤、治疗疾病的日用必需品。

走进"金老鹰香精宫"，香气扑鼻而来。接待厅里装饰雅致，房间四周的橱柜里，陈列着大小不一、形态各异的香精瓶。三位训练有素、配合默契的推销员，一名用汉语侃侃而谈，两名助手随着他的讲解，迅速、准确地取出相应

埃及开罗的香精宫

的香精，一次次涂擦在每位游客的手背上，供其品闻。我们不仅鼻子忙于闻香辨味，嘴巴也不闲着，咖啡、红茶和果汁，都可尽情享用。

据说，尽管法国人号称已经还原了法老香水的秘方，并再现了古埃及香水的味道，但事实上埃及每年出产的香精大约70%都要出口到法国。因为香奈儿、毒药、CD等世界驰名的法国名牌香水，大多是用这些香精再加上酒精，按1：9的比例"勾兑"或"配兑"出来的。

为了让大家相信，主讲人拿出一小瓶法国香水，将点燃的打火机置于喷口处，立刻火苗升腾；又将点燃的火柴放在埃及香精的瓶口，却无法点燃。但经过加热却散发出更香更浓更持久的味道。

根据推销员的讲解，参照人手一份的中文介绍，我们了解到，大多数香精都是从花朵中提取制成的，但龙涎香、檀香和麝香几种香精除外。根据制作方法和气味类型，香精又可分为单一香型和混合香型两大类，功用各自不同。单一香型中，包括莲花、玫瑰、水仙、薰衣草、茉莉、薄荷、栀子、百合等花香，香气纯正，功能明确，澄澈如水，凝重如油。既可单独使用，也是混合型香精的基础材料。埃及全国的年产量不过几十千克，价格非常昂贵。

混合香型则是由调香师将各种不同的单一型香精配兑在一起制成的，其中既有千百年来的文化传承，也有香精师傅自己的即兴创作，充满了浓郁的民族和地域文化意蕴。对于香精的辨别和研究，埃及人宁愿相信香精师傅的经验，而不相信科学仪器。那些调香师把自己调制出来的香精以古埃及历史上伟大的君主命名：图坦卡蒙（美国香水CK one的主要用料）和克莉奥佩特拉（又称"埃及艳后"，法国CD香水的主要用料），以及生命的钥匙（男用Polo香水的主要原料）、尼菲尔提提王后（雅诗兰黛的主要用料）、五个秘密（法国香奈儿5号的主要用料）等。这些令人迷醉的奢侈品，标价再高，也挡不住那些明星大腕和有钱人的消费欲望。

推销员不厌其烦地将各种香精一次次地点涂在我们的手上，只不过几个回合后，我的嗅觉已经"闻香疲劳"，久闻其香而不辨香味了。据说，埃及香精有3种是不允许出口的，一是莲花（埃及国花），二是阿拉伯之夜（又称沙漠风暴，男用催情），第三就是沙漠的秘密（女用催情）。推销员滔滔不绝的宣传显然已经产生了作用，团友们交头接耳，跃跃欲试。

最后，推销员终于亮出了他的香精。基本价每毫升1美元，分装成大（150ml）、中（80ml）、小（50ml）3种规格，套装每盒4瓶，小盒180美元，中盒240美元，大盒500美元，各附赠玻璃香精瓶两个，香精的品种及香精瓶的样式自选。

我们被忽悠得动心了。单瓶香精每瓶80美元，成盒购买四瓶240美元。我选中了"五个秘密"和不允许出口的莲花两种香精，孙承选中薄荷及橙花两种香精，我们俩组合购买，每瓶只花了60美元，还"赚"了10个精致的小香精瓶和一个香熏灯。孙承的女性朋友多，所以，我只留下两个香精瓶子，其余的都给了他。

★ 曼德拉的新南非

从非洲东北角的埃及，飞到非洲的最南端，我们来到了著名的彩虹之国——南非。

在人类发展史上，非洲举足轻重，非洲不仅是人类发展的摇篮，而且在当代人类政治发展史上再创奇迹。1994年南非和平转为民主政体，被举世公认为惊天动地的政治伟业。

南非共和国国土面积约122万平方公里，与其他国家只有一个首都不同，南非一国竟有3个首都：比勒陀利亚是行政首都；开普敦是立法首都；布隆方丹是司法首都。

最早的原住民是桑人、颗伊人即后来南迁的班图人。17世纪后，荷兰人、英国人相继入侵，并不断将殖民地向内地推进。19世纪中叶，白人统治者建立起4个政治实体：两个英国殖民地是开普和纳塔尔；两个布尔人共和国是德兰士瓦南非共和国和奥兰治自由邦。1899～1902年，英布战争以英国人艰难取胜告终，1910年，4个政权合并为"南非联邦"，成为英国的自治领地，1961年，南非退出英联邦，成立南非共和国。

1948年，国民党执政后，在国内以立法和行政手段推行种族歧视和种族隔离政策，全面推行种族隔离制度，镇压南非人民的反抗斗争，遭到国际社会的谴责和制裁。1989年，德克勒克出任国民党领袖和南非总统后，取消对黑人解放组织的禁令，并释放了曼德拉等人。

1991年，南非非洲人民国民大会（以下简称"非国大"）、南非政府、国民党等19方就政治解决南非问题举行多党谈判。1993年，就政治过渡安排达成协议。1994

年，南非举行首次不分种族大选，非国大与南非共产党、南非工会大会组成三方联盟，以62.65%的多数票获胜，曼德拉出任南非首届总统，非国大、国民党、因卡塔自由党组成民族团结政府。

说到曼德拉，导游的神情充满敬重，说他是个非常了不起的黑人，一个非常英明的黑人领袖，他反对种族隔离，不断奋斗，终于推翻了只有白人组成的政府，担任了第一届黑人总统。但他并没有耿耿于怀，没有反对和排斥那些关押他27年之久的白人，而是根据白人的管理才能和智慧，让他们干自己所擅长的工作，保留自己的工厂、牧场、公司、医院等，对南非的发展建设做出有益的贡献。

曼德拉将南非人民引向正确的发展道路，消弭了白人与黑人之间的隔阂，开创了南非举国团结的新局面，并奠定了南非今日繁荣发展的坚实基础。就是这样一位受人爱戴的曼德拉，上任一年多后主动让贤，他说，南非需要更有能力的领袖。

曼德拉1918年7月18日出生于南非特兰斯凯一个大酋长家庭，先后获南非大学文学学士学位和威特沃特斯兰德大学律师资格，当过律师。他自幼性格刚强，崇敬民族英雄。因是家中长子而被指定为酋长继承人。但他表示："决不愿以酋长身份统治一个受压迫的部族，"而要"以一个战士的名义投身于民族解放事业。"他毅然走上了追求民族解放的道路。

1944年，曼德拉参加南非非洲人国民大会。1948年，当选为非国大青年联盟全国书记。1950年，任非国大青年联盟全国主席。1952年，先后任非国大执委、德兰士瓦省主席、全国副主席。同年年底，他成功地组织并领导了"蔑视不公正法令运动"，赢得了全体黑人的尊敬。为此，南非当局曾两次发出不准他参加公众集会的禁令。1961年，曼德拉创建非国大军事组织"民族之矛"，任总司令。

1962年，曼德拉被捕入狱，当时他年仅43岁，南非政府以政治煽动和非法越境罪判处他5年监禁。1964年，他又被指控犯有以阴谋颠覆罪而改判为无期徒刑，从此开始了漫长的铁窗生涯，在狱中长达27个春秋，他备受迫害和折磨，但始终坚贞不屈。

1990年2月，南非当局在国内外舆论压力下，被迫宣布无条件释放曼德拉。同年3月，他被非国大全国执委任命为副主席、代行主席职务，1991年7月当选为主席。1994年4月，非国大在南非首次不分种族的大选中获胜。同年5月，曼德拉成为南非第一位黑人总统。

1997年12月，曼德拉辞去非国大主席一职，并表示不再参加1999年6月的总统竞选。他的主要著作有：《走向自由之路不会平坦》《斗争就是生活》《争取世界自由宣言》、自传《自由路漫漫》。

　　1991年，联合国教科文组织授予曼德拉"乌弗埃—博瓦尼争取和平奖"。1993年，诺贝尔和平委员会授予他诺贝尔和平奖，以表彰他为废除南非种族歧视政策所做的贡献。同年他还与当时的南非总统德克勒克一起被授予美国费城自由勋章。1998年，曼德拉访美，获美国"国会金奖"，成为第一个获得美国这一最高奖项的非洲人。2000年，他被南部非洲发展共同体授予"卡马"勋章，以表彰他在领导南非人民争取自由的长期斗争中，在实现新旧南非的和平过渡阶段，以及担任南共体主席期间做出的杰出贡献。

　　1992年，曼德拉与妻子温妮分居，4年之后法院判定曼德拉与温妮离婚。现任妻子格拉萨·马谢尔是莫桑比克前总统萨莫拉的遗孀，1998年，她与曼德拉正式结婚。

　　2009年，第64届联大通过决议，自2010年起，将每年7月18日曼德拉的生日定为"曼德拉国际日"，以表彰他为和平与自由做出的贡献。

　　曼德拉的政治胸怀、人格魅力和种种美德，也激起我发自内心的赞美。这样的政治领袖在全世界各国都是越多越好！

一个跟头绊出一座大金矿

　　从开罗起飞，经过8个多小时的夜航，我们于2010年4月3日来到了南非的约翰内斯堡。

　　全世界都知道南非的约翰内斯堡盛产钻石和黄金，此行若能到实地一探究竟，也是一件很值得的事情。有几位吉林来的团友已经摩拳擦掌，热望实现南非购钻这一美妙时刻。

　　约翰内斯堡是南非的最大城市和经济中心地之一，也是世界上最大的产金中心。有谁想得到，1880年，这里只是一座以两条头牛的价格换来的农场。

　　19世纪80年代初的一天，一个名叫乔治·哈里森的白人在此散步，被一块露出地面的石头绊倒，捡起石头仔细端详，发现石头竟是一个金块儿。乔治·哈里森狂喜之后按惯例赶到比勒陀利亚向官方管理部门报告这一发现，并取得了可以享受免税待遇的"金矿发现者所有权证书"。但哈里森根本没有开发金矿所需的资金，他最终以极低廉的价钱将所有权卖给他人，从此便再无消息。如今，他的雕像就耸立在约翰内斯堡国际机场到市中心的24号公路旁。

南非的约翰内斯堡和世界上其他大城市不一样，它既不在海边，也不在河边，更不在湖边，它远离水源。这是一个由黄金开采而建立起来的大都市。金矿的发现引发了世界各地的淘金者蜂拥而至，掀起了一股淘金热潮，并渐渐形成人口众多的聚居地。南非共和国政府派两个官员到此地巡视，并建立市镇。后来建立的城市就是以他们的名字命名的。

始建于1886年的探矿站，附近绵延240公里地带内有60多处金矿，周围还有众多工矿业城镇，到现在100多年时间，这座城市被认为是世界上变化最快的城镇之一，1928年建为城市。埃洛夫大街一带形成繁荣的闹市区，商店、银行和旅馆等集中于此。

由于人口的急速增长，移民的涌入、流出，时代变迁，如今，约翰内斯堡不仅已成为南非最大的城市，世界最大的产金中心，而且成为世界第五大钻石生产地，是名副其实的黄金之都，工业总产值占南非一半左右。

今天的约翰内斯堡已发展成为繁华的现代化大都市，造型各异的高大建筑物鳞次栉比，四通八达的现代化高速公路网覆盖整个城市，世界十大金融市场之一的约翰内斯堡股票交易所交易异常活跃，环境幽雅的现代购物中心随处可见……每当夜幕降临，整个城市灯火通明，建筑物上的霓虹灯齐放异彩，更增添了现代大都市的氛围。

在机场过了安检后，天气太热，孙承因为换衣服落在了后面，被一位皮肤黝黑的机场工作人员截住，要求开箱检查。我们的大队人马都走了，只有我跟着他。没人听得懂黑人说的话，又不敢不配合，我用手指指耳朵，连说"No！No！"他找出一张说明书，原来是农业产品入关抽查。

我手指说明书，又指指孙承的行李箱，继续摇头说"No！"然后，我拉起黑人小伙子，出来看看队伍都走远了，焦急地作跑步状，连比划带作揖，表示行李里面没有你不让带入的农产品，等你检查完我们就跟不上了！

孙承也很配合，绑箱子的带子就是打不开。黑人无奈，表示放行。我给他敬礼，他高兴地大笑，竟推过一辆行李车送我们走。其实，孙承的行李箱里真的没什么，也不怕检查，问题是如果把箱子翻得乱七八糟，会耽误不少时间的。我的背包里倒是有两个橙子，幸好黑人没有检查我的背包。

有惊无险，孙承说，再不能落在后面了，一定要紧跟领队。

难以置信的是，约翰内斯堡这座财富之城，却是世界上犯罪率最高的恐怖地之一。繁荣的表象下往往隐藏着罪恶。所以石导一再提醒大家，进入酒店后不许私自外出活动。果然，我们进入四星级的托尼亚酒店后，酒店的大铁门就缓缓关闭，我们想去酒店大门口拍照都不允许。宾馆的电梯也是插房卡才能进入，管理甚是严格。

一位吉林的女团友发牢骚说："这不成了关监狱，让我们失去人身自由了吗？！"导游石彬并不恼火，耐心地解释："为了我们客人的安全，只好这样。"酒店工作人员彬彬有礼，还没等我们办完房卡，就为每人送上一杯纯浓的芒果汁，那口感真是好极了，走了十几个国家，这种待遇还是第一次。不知谁开了一句玩笑："我们是贵宾级的囚犯。"把大家都逗笑了！

一阵热烈的音乐，把我们的目光引向楼梯，原来这边正在举办婚礼。新娘一袭婚纱，新郎一身黑色的礼服，新人身旁站着童男童女。真是世界大同，哪国的婚礼几乎都是这个模式，与中国不同的是缺少热烈喜庆的大红元素。

进入房间，果然一切是贵宾级的，房子是套间，客厅里有办公桌、餐吧、冰箱、保险柜，可上网、烧水、做饭，一大一小两个沙发，大沙发很宽很长，睡一个成年人绰绰有余，只是有点软。我高兴地对曾大姐说："今晚我们'分居'，可以睡个好

托尼亚酒店大门不能随便出入

宝塔般的托尼亚酒店

觉了!"曾大姐不忍心让我睡客厅,我说:"比在飞机、火车、轮船上不知舒服多少倍呢,放心吧!"

曾大姐甚为感动,不知从哪找出半张信纸,提笔在小茶几上为我赋诗一首:"君志高雅我欣赏,我心脱俗与君同,若问相遇在何处,两叶轻舟人海中。"送我作为纪念。

想不到大姐还是位女诗人,不得了!难怪她与家人不合群,他们一共来了5口,女儿、女婿和亲家两口,她老伴过世好些年了。大概他的老伴不在了,形单影只,她更喜欢跟着我们活动,看来诗人都有个性。

在非洲的野生动物园观光

早餐后,我们前往非洲第四大动物园——比林斯堡国家动物保护区。

一路上看到不少骑自行车健身的白人,还有不少飙车的大马力摩托。导游说,因为双休日正赶上复活节,所以路上的车辆不多,否则以往这个时候堵车也是相当严重的。

沿途休息站有许多黑人摆的水果摊

来到比林斯堡国家动物保护区,和在城市动物园里正好相反,动物在外面自由活动,观光者却被关在车上行驶着观看。我们的车子刚刚驶进动物园的大门,一大群非洲羚羊就在路边欢迎我们,可爱的小动物一点不怕人,睁大美丽的眼睛看着车上的我们,大家一阵兴奋,纷纷举起相机拍照。

服务区内快乐的餐厅服务员

再往前走,远远地看到一群角马,横卧在开阔的草地上午休。灌木丛中几只漂亮的斑马悠闲地啃食着周边青草,黄绿色丛林中可见它们黑白相间的条纹。大象的队伍缓缓而行,从树林向草地移动。导游的眼睛最敏

一只好像翅膀长了眼睛的蝴蝶

一群非洲羚羊在动物园的大门口欢迎我们

这只美丽的羚羊竟然是独角

躲在草丛中的非洲角马

机灵活泼的非洲黑脸白眉猴

美丽的长颈鹿只露出它的头部

锐，一会儿发现一种动物，指引大家观看、拍照。

长颈鹿伸出长长的脖子，啃吃树上最嫩的叶子，一只、两只、三只，一会儿工夫，竟有五六只长颈鹿出现，可惜我们只能看到它们脖子以上的部分，它们高大的身子都隐藏在茂密的丛林之中。大家努力搜索，都想凭自己的眼神发现新的目标，尤其是有"非洲五霸"之称的狮子、非洲象、非洲水牛、豹和犀牛。这些动物之所以成为非洲五霸，不全是因为它们的体形庞大，而是因为徒手捕捉它们的难度最大。

草原太大了，550平方公里的动物园，动物显得稀稀落落，实在不易发现。汽车跑了许久，才能见到一种动物，绝不像在城市动物园想看啥就能看到啥。大象、角马和斑马数量较多，但距离我们都很远。一位带着望远镜的先生，白白一路都举着望远镜，就连我们肉眼都能看到的动物，他却什么都没有看到。急得他一个劲地问别人"怎么办"。"没别的办法，只能自己亲自看，也许你的望远镜成近视眼了！"一位老先生嘲笑他手中的望远镜，逗他开心。

导游说，动物吃饱了就会躲在树荫里睡大觉。动物是否接见我们，要取决于动物们的胃口了。

角马、白猴还算大方，与人保持一定距离，该干什么干什么，并不介意我们的拍照。小白猴在妈妈的怀抱里上蹿下跳，不时坐在树权上看看我们的车和车上为他们拍照的人。来到豹子活动的地盘，看见许多观光车都等候在这里，也许发现豹子了？我们也痴痴地等待了许久，豹子仍然没有露面。对着豹子居住的山头，我胡乱地拍了一张，反正豹子就匿身于此，回到北京也好有幅画面吹牛。

野生动物园路边的树丛中，挂着不少草笼子，与中国的蝈蝈笼子很类似，但个头要稍大些。这肯定不是用来装蝈蝈的，但导游也不知道是干什么用的。后来我在电视上无意中看到了关于织布鸟的节目。原来这是织布鸟的家园，织布鸟是鸟类乃至动物中最优秀的编织工。

织布鸟主要分布于非洲和亚洲，中国仅有黑喉织布鸟和黄胸织布鸟两种。织布鸟的故事非常有趣。繁殖期的雄性织布鸟羽毛呈黑色和黄色，鲜艳夺目。但繁殖季节过后雄性鸟会褪去色彩鲜艳的羽毛，变得像雌鸟一样。而雌性的羽毛呈淡黄色或褐色，有些像麻雀。

雄性织布鸟们为了争得雌鸟的欢心而开始一场编织吊巢的角逐。它们先把衔来的植物纤维的一端紧紧地系在选好的树枝上，喙爪并用来回编织，穿网打结，织成吊巢。雄鸟在编织吊巢的过程中，常常倒吊展翅，向雌鸟炫耀，雌性鸟则在一旁充当监工。雌鸟对"婚房"的品质十分挑剔，如果雌鸟不满意，雄鸟就会自动拆除辛勤编织起来的吊巢，并在原处重新设计并编织一个更精巧的吊巢。

树枝上挂着的笼子就是织布鸟的吊巢

直到雌鸟满意后，它们才订下终身大事，开始共同布置"新房"。雌鸟从入口钻进去，用青草或其他柔韧的材料装饰内部，在巢内飞行通道的周围，雌鸟还特意设置了栅栏，以防止鸟卵跌出巢外。一切工作结束之后，雌鸟便在巢内安然地产卵、伏孵、照料孩子。

动物园观光快要结束的时候，非洲五霸之一的大象终于在近处出现了，横在汽车行驶的路上，引起野生动物园内交通的堵塞，长龙般的汽车都耐心地等待这头大象让路，谁也不敢按响汽车喇叭。因为这是人

道路中央的一头大象引起园内交通的堵塞

这头没有尾巴的老象挡了我们近半个小时

家的地界嘛！得客随主规。

导游告诉我们：这是一头老象，身有残疾，没有尾巴，脾气暴躁，发起脾气可以掀翻小汽车。这下我们就更不敢惹它了，反正大家都是出来玩的，不差时间。能一睹非洲大象的风采，等也值得。大概等了近半小时，这头老象才慢腾腾地挪到路边的树丛里，我们非常感谢这头老象，要不是它的挡道，我们岂不是见不到非洲五霸的任何一霸了！

失落的城市

午餐后，游览太阳城。

太阳城大概在南非中部，它其实并不是一座城市，而是一个非凡的度假村。这里有创意独特的人造海滩浴场，高度仿真的人造地震桥，以及顶级的高尔夫球场。四届世界小姐冠军在这里加冕，每年12月，世界上最奢华的高尔夫联赛如期在这里举行，这里赌场设置的奖金数额高达百万。这里就是沙漠上的宫殿——太阳城。

太阳城中的重要景点是失落的城市。

传说在南非古老的丛林中，曾经有个类似古罗马的文明度极高的城市，后因为地震和火山爆发而消失无踪。失落的城市就是根据这个传说兴建的。

整座城市依山而建，一砖一石都依照古老中非皇宫的模式建成。为了要重现这一丛林之城，太阳城总共移植了120万株各种树木和植物，建造出规模庞大的人工雨林和沼泽区。太阳城里面还有歌舞表演，电影院、赌场、游乐场、咖啡店等，在这里可以享受和大都市一样的豪华生活。

体验地震桥之后便是自由活动。我发现这里风光很美，这里的黑人对中国人都非常友好，好像每个人都能说一两句中国话，什么"你好！""谢谢！""不客气！"给他们拍照，他们非常高兴，不仅主动配合，还非常愿意帮我们拍照。

奢靡城堡六星级酒店是太阳城中唯一不可入内参观的景点，单看衣着华丽，身

太阳城赌场大厅

沙漠上的宫殿——太阳城

太阳城戏水乐园

太阳城地震桥

姿优美的帅哥靓女整齐地站立酒店门外迎候贵宾的阵势，就令普通游客望而止步。但只要你在酒店的咖啡厅要上一杯咖啡，便有了可以随意在酒店内行走的通行证。

　　走入大堂便已被酒店华丽的非洲风格所震撼，沿旋转楼梯而下，脚下的地毯柔软，舒缓的琴声悦耳，咖啡的奶香扑鼻，高高穹顶上的非洲壁画气势恢宏，完全可以与梵蒂冈圣彼得大教堂的穹顶相媲美。斑马、花豹、大象等动物

太阳城六星级酒店门前花豹追赶羚羊的群雕喷泉

以及所有与非洲有关的植物等，都以雕塑和盆景的形式真真假假地点缀在酒店的各个角落。在此小憩感觉格外陶醉。

回来的路上，导游告诉我们，当地的黑人结婚时，男方要具备11头牛的经济实力，才能把老婆娶进家门。我问为我们开车的黑人老师傅："迈克，你有多少头牛？"

导游帮我翻译，迈克露出洁白的两排牙齿，憨厚地笑了。两天来我们相处得很好，我每吃一点小零食，都从驾驶座后面递给他一份。他总是伸出粗大的黑手，愉快地接过去，塞进自己的嘴里。他看看旁边的导游小石，看看后面的我，坦白地说："我只有娶一个老婆的实力，但我还有一个女朋友。"说完这话，他自己先笑起来，我们为他鼓掌。

65岁的迈克是个非常谦和的人，他对自己的生活状况相当满足，对司机工作兢兢业业，车子内外擦洗得干干净净，行驶过程中，车子始终开得又快又稳。

硬度最高的天然矿石

次日上午参观约翰内斯堡豪登珠宝中心。进入戒备森严的钻石展卖厅，一位姓赵的先生发给我们每人几张钻石分类图谱，然后，为大家介绍钻石的相关知识。

钻石又称为金刚石，属天然矿物，主要产地是澳大利亚、南非、印度。而美国、印度、以色列、比利时则是钻石加工切割的基地。尤其比利时，是全球公认的雕琢钻石贸易中心。

钻石的化学成分有99.98%的碳，这在宝石中是唯一由单一元素组成的，属等轴晶系。其摩氏硬度为10，是天然矿物中的最高硬度。绝对硬度是石英的1000倍，刚玉（一种研磨材料）的150倍。千万别认为钻石硬度高，就永不破损。其实钻石脆性相当高，用力碰撞仍会碎裂。

钻石晶体形态多呈八面体、菱形12面体、四面体及它们的聚形。纯净的钻石无色透明，由于微量元素的混入而呈现不同颜色。钻石具有发光性，日光照射后，夜晚能发出淡青色磷光，X射线照射后会发出天蓝色荧光。钻石的化学性质很稳定，在常温下不容易溶于酸和碱，酸碱不会对其产生作用。

赵先生和他的助手们拿出许多钻石首饰请大家鉴赏。我不打算买，所以也不想伸手去碰那些珍贵的东西，也免去许多不必要的麻烦。但有关钻石的具体知识，我还是非常乐于知晓的。

钻石与类似的宝石、合成钻石有很大的区别。宝石市场上常见的代用品或赝品有：无色宝石、无色尖晶石、立方氧化锆、钛酸锶、钇铝榴石、钇镓榴石、人造金红石。合成钻石于1955年首先由日本研制成功，但未批量生产。因为合成钻石要比天然钻石花费更高，所以市场上合成钻石很少见。钻石以其特有的硬度、密度、色散、折光率而与其相似的宝石区分。

钻石之所以被人类称之为"宝石之王"，并成为最昂贵的宝石品种，除与钻石本身具有的魅力品质有关外，还与钻石矿床的探测、加工等有着密切关系。

自古以来，钻石一直被人类视为权力、威严、地位和富贵的象征。其坚不可摧、攻无不克、坚贞永恒和坚毅阳刚的品质，是人类永远追求的目标。它具有潜在的、巨大的文化价值。

据初步统计，一颗钻石，从开采、分选、加工、分级、销售，到最后卖到购买者手中，涉及二百多万人，一枚钻戒是天然造物主和200多万人心血的结晶，钻石的珍贵也就不言自明。

世界最大的10颗钻石，有3颗是在南非发现的。对于钻石的毛坯和宝石级钻石所占比例来说，最好的钻石来自于纳米比亚冲积矿床中开采出来的钻石。但任何矿区产出的钻石都有好、中、差之分。

1867年以后，南非发现了冲积砂矿床和大量原生金伯利岩筒，使得南非成为世界上最重要的钻石生产国，南非钻石颗粒大，品质优，50%的金刚石均是可切割的，其产量虽不及澳大利亚等国，但产值一直居世界前列。

一位白人姑娘从玻璃柜里取出几枚光闪闪的钻石，与大家手中的钻石进行比较后，赵先生又开始讲授钻石的评价与选购。这是最实用的内容了，有团友还掏出纸笔进行记录。我也掏出随身携带的游记本，边听边记，竟也入了迷。

钻石的评价与选购，应从以下4个方面去考虑和选择（4C）。

颜色。以无色为最好，色调越深，质量越差。

净度。净度分级的依据是内含物的位置，大小和数量的不同。应在10倍显微镜下仔细观察钻石洁净程度，瑕疵越多，所在位置越明显，则质量越差，价格也相应地要降低。

克拉重量。在其他3C数据相同的情况下，钻石的价格与重量的平方成正比，重量越大，价值越高。钻石的重量是以克拉为单位的。1克拉（ct）=0.2克（g）。

切工。是指成品裸钻各种瓣面的几何形状及其排列的方式。

赵先生又向我们传授了钻石的简易鉴别方法。

钻石表面与玻璃、水晶及人工钻石相似，较难辨别。准确的鉴别只有靠仪器测量，而简易鉴别可采用以下几种方法：

硬度检验。没有什么东西可在钻石上划出痕迹，若能划出痕迹的则绝非钻石。

导热性试验。在待辨钻石和其他相似物品上同时呼一口气，若是钻石，则其表面凝聚的水雾应比其他物品上的水雾蒸发得快，这是因为钻石具有高导热性的原因。

观察反射光。用放大镜可观察到钻石的腰围处呈现一种很细的磨砂状并有亮晶晶的反射光。钻石的这种特征是独一无二的。

看生长点。在放大镜下观察，真品钻石的晶面上常有沟纹和三角形生长点。

同类化学成分测验。铅笔的化学成分是碳，和钻石一样，只是物理结构不一样，所以很多人用铅笔去检测钻石的真伪，属于一种比较实用有效的方法。鉴定的时候，要先把钻石用水湿润，然后再用铅笔轻轻地刻画，在真钻石的晶面上，铅笔划过的地方，是不留痕迹的。如果不是钻石，而是玻璃、水晶等材料，就会在表面上留下痕迹，一般情况下，用铅笔刻画来鉴别钻石的真假，这种方法的准确性是较高的。

人造氧化锆仿制品的硬度较高，折射好，但在转动时会反射较多的彩光，与真品在转动时只反射出微弱的黄、蓝色彩光相比，有明显的差别。

有几位团友已经开始挑选钻石首饰，大部分团友都溜到休息厅享用免费的咖啡和茶点。从休息厅的阳台上望去，整个珠宝中心很像一个美丽的住宅小区，钻石展厅就像一所民宅，只不过这座民宅厚厚的大门管理得极为严格，如果没有专门的工作人员开门，谁也进不去，出不来。

我们团共16位游客，有3位吉林的团友买了4颗钻

珠宝中心很像一个美丽的住宅小区

石。其他的人则作陪了一个上午。不过在这里我们学到了不少东西，零距离接触了南非白人，无论男士女士，他们个个英俊漂亮，尤其几位南非小姐，皮肤洁白细腻，丰胸翘臀，蓝色的大眼睛，长长的眼睫毛，金色的披肩发，大方的举止，吸引好几位中国游客与他们合影，孙承更是不含糊，左照右照，和女士照完又和男士照，反正人家不收费。

一座欧化的城市

下一站是比勒陀利亚，一座欧化的城市。

比勒陀利亚是南非的政治中心兼行政首都，德兰士瓦省省会。与南面的约翰内斯堡市相距仅40分钟车程。

比勒陀利亚市内繁华，街头清洁，风光秀丽，花木繁盛，街道两旁种植着成排成行的紫薇树，有"花园城"之称。城市中心位于阿皮斯河西岸，布局整齐，街道呈方格状，是南非最大的文化中心。

市内多博物馆、纪念馆和纪念碑、塑像等，还有天文台、国家动物园和3处市立自然保护区。在市内著名的长街两旁有不少维多利亚式的楼房建筑，一些建筑上镌刻着"18～19世纪""20世纪30年代"等字样。城内还有1873年创立的南非大学、比勒陀利亚大学、工学院、师范学院等多所高等院校，还有南非最大的研究机构科学与工业研究院和著名的兽医及燃料、林业等研究所。

比勒陀利亚城市风光

比勒陀利亚始建于1855年，以布尔人领袖比勒陀利乌斯的名字命名，其子马尔锡劳斯是比勒陀利亚城的创建者，市内立有他们父子的塑像。1860年，它由布尔人建立为德兰士瓦共和国的首都。1900年，被英国占领。1910年，成为白人种族主义者统治的南非联邦（1961年改为南非共和国）的行政首府。

南非行政首都比勒陀利亚的联邦大厦，也称总统府，是一座气势雄伟的花岗岩建筑。大厦坐落在比勒陀利亚一座俯瞰全城的小山上，大厦前面是整齐、优美的花

比勒陀利亚联合大厦和纪念碑

园，园中立有不同的纪念碑和雕像。从山下仰视，美丽壮观。

整个建筑呈半圆状，在正前方斜坡一座半地下的建筑物面前，有一团日夜燃烧的"长明火"，是为了纪念那些为南非自由献出生命却没有留下姓名的先烈们。环绕建筑四周伫立着200根长短不一的金属灯柱，其中前3根最高的灯柱用红灯象征"革命"，其余则是白灯。每当夜幕降临时，全部灯光打开，会在黑夜中呈现一个由长短不一的灯柱组成的明亮光圈，远看恰似一支支燃烧的"火炬"。这些高低不齐的灯柱寓意芦苇，也象征"生命"。在非洲人眼中，有水的地方就有芦苇，有芦苇的地方就有生命，因此这些象征芦苇的灯柱象征着新南非的诞生，象征着这个国家正在不断成长、壮大。

地下建筑物里有一个宽敞的大厅，这里常用来举办各种纪念活动。里面有一个安静肃穆的内厅是用来对亡者进行哀悼和祈祷的地方，也可用来举办追思烛光仪式。领袖堂是人们向曾经生活在南非、非洲大陆和世界各地对人类历史有过杰出贡献的已故领袖们致敬并寄托哀思的地方。

这个公园给人印象最深的是几座长长的人名墙。刻在墙上的姓名都是那些在南非各个历史阶段献出宝贵生命的人。他们中有的死于南非殖民战争之前，有的亡于种族灭绝的屠杀之中，有些人被作为奴隶贩卖到南非后客死他乡，有些人则死于南非历史上的数次边境冲突，还有些人成为英布战争（这里叫南非战争）的牺牲品。有些人是在第一次世界大战和第二次世界大战中战死疆场的南非军人，还有些人是为帮助南非争取自由和解放而牺牲的外国人。这些墙面一共可以刻下1000万个姓名，现在还剩下大量空白留给后人，以便继续记下那些为南非历史做出杰出贡献的人们。

一面高高的墙上刻着战死在安哥拉的古巴军人名单。鲜为人知的是，以卡斯特罗为领袖的古巴，曾经对当年非国大最终走上南非的政治舞台起到过关键性作用。了解那段历史，可以帮助我们理解为什么南非白人政府最终不得不向黑人交出政权。

我们来到比勒陀利亚的南非政府及总统府时，正赶上一对新人在下面的公园里

最美的风景在路上 澳非篇

拍新婚照，明媚的阳光，碧绿的大草坪，白色婚纱衬托着黑褐色皮肤的新娘，格外醒目鲜亮。除了新郎和男嘉宾是一色的黑色西装外，所有的女嘉宾和儿童，无论老少都穿得一个比一个多彩鲜艳，一位富态的中年女士穿着大红长袍，远远看去好似一面下垂的旗帜。活泼的小朋友非常有礼貌，还与我们一起拍照留念。

来到比勒陀利亚市中心，导游让我们注意观看南非最有名的广场——教堂广场。广场中央有南非共和国的首任总统保罗·克鲁格的雕像，这里是比勒陀利亚市民休闲、散步最喜欢前往的地方。

广场观光只能在车上边走边看，导游不允许我们下车。她告诉我们，由于南非的失业率高达40%，失业人群中绝大部分是缺乏技能、教育程度低下的黑人。治安的恶化使得抢劫事件屡见不鲜，这种情况

比勒陀利亚的教堂广场

下还酝酿着一股种族冲突的气氛，让中上阶层或代表南非的大资本公司不得不往北边郊区迁移，都市功能因此也不断向郊外移动。

教堂广场原来是白人居住的地方，黑人解放后，特别喜欢这里，经常光顾这个地方，以致这里的白人都搬出去居住了。在南非黑人眼里，中国人喜欢携带现金，个个都是他们的移动提款机，手头紧了，抢一个中国人的钱是非常容易的事。而且南非政府废除死刑制，并允许私藏枪支，因此，社会治安很难治理。白人和中国人基本不在外面街上行走，上班开车，下班超市购物，然后开车回家。我们随团的女导游石彬就是这样生活的。

"牛车大行进"的内幕

从北京出发之前，我通过行程表才知道南非有个先民纪念馆。

开始我还以为是与人类进化相关的展览，后来才了解到，先民纪念馆所展示的是从1652年荷兰殖民者在开普敦登陆起到1990年曼德拉获释这段时间的历史，几百

比勒陀利亚先民纪念馆

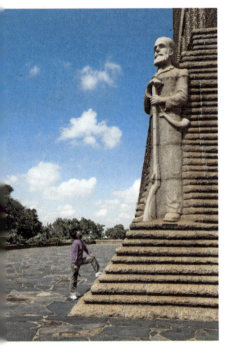
先民纪念馆外墙四个墙角各雕一个栩栩如生的人物

先民纪念馆64辆水牛车浮雕组成的半圆形围墙

年的岁月沧桑记载着南非的历史和人类进步的足迹。

19世纪30年代，布尔人在英国殖民者的排挤下，成群结队地从南非南部的开普省一带向北转移，来到南非共和国北部建立自己的国家，迁徙历时3年之久。

大迁徙途中布尔人与祖鲁人发生了"血河之战"，战斗最终以布尔人3人受伤、祖鲁人3000位勇士牺牲而宣告结束。这场战斗不仅改变了布尔人的命运，也彻底改变了南非的历史进程，在南非历史上有着重要的意义。

先民纪念馆是为纪念南非历史上著名的"牛车大行进"的民族大迁徙而建，由阿非利卡人（南非荷兰人—布尔人的后代）于19世纪末酝酿，1938年12月动工，1949年12月完工的建筑，历时11年，总共耗资72万兰特。

先民纪念馆又称为开拓者纪念馆，是个建在山顶上的高大建筑，在山下很远的地方就可以看得到。因为是逆光而上，山上的先民纪念馆好像是一座坚固的碉堡。来到山上，仰视蓝天下这座土褐色的建筑，它显得壮观巍峨气势夺人。

先民纪念馆是一座高41米的方形建筑物，纪念馆外有一组由64辆水牛车浮雕组成的半圆形围墙，让人一下子就联想起布尔人的牛车阵。纪念馆外墙的4个墙角处雕有4座栩栩如生的人物塑像，他们就是布尔人的领袖雷蒂夫、波特基特、比勒陀利乌斯和一位无名氏领导人。

在先民纪念馆入口处上方，悬挂着一只野牛头雕像。布尔人认为，南非所有的动物中最令人推崇的就是野牛。它平常温顺可爱，可一旦被激怒，其凶狠程度超过狮豹等猛兽。

在纪念馆大厅，首先映入眼帘的是环绕大厅四周墙壁上的白色大理石浮雕，它全长92米，高2.3米，重180吨。整组浮雕生动地再现了当年布尔人大迁徙的历史画面，给人留下了深刻的印象。

每年12月16日的正午，如果天气晴朗，就会有一束阳光穿过屋顶上一个倾斜的小孔，投向地下一层大厅中心一块横躺在地上的石棺上。这个石棺象征着"人民的安息地"，石棺上刻着一行字"南非，我们为了你！"每年12月16日这天，阿非利卡人都

先民纪念馆内环绕大厅四周的大理石浮雕

会聚集在先民纪念馆举行"契约日"纪念活动。他们认为，正是因为他们在战前与上帝订立了契约，才使他们的阵前突然大雾弥漫，使他们能够以少胜多打赢了这场攸关布尔人命运和前途的战斗。而在同一天，黑人也会聚集在不远处的自由公园里，纪念他们的祖先为捍卫自由而战的"丁干日"。1994年南非新政权诞生后，为体现民族和解，南非政府将这天定为"和解日"。

看似简洁的展厅，经导游石彬—— 一位来自中国四川成都的姑娘的介绍，一部奴役、被奴役和压迫、反压迫的南非历史，生动地进入我们的脑海。

1652年，第一批荷兰移民抵达非洲南部的好望角定居。1795年和1806年，英国两次占领好望角殖民地。英国以600万英镑的价格从荷兰手中购买了好望角地区，开始对其加以统治。好望角地区又称作"开普"。

先民纪念馆大厅地下一层内的石棺　　先民纪念馆的观景台长廊

牛车大迁徙雕塑

再现大迁徙中颠沛流离的艰苦生活

1836年，对英国统治不满的布尔人开始集体离开开普殖民地。民团司令官安德列斯·比勒陀利乌斯（史称老比勒陀利乌斯），在北方内陆建立了莱登堡共和国、温堡共和国等殖民区。这些殖民区于1852年合并，建立了南非共和国，又称德兰士瓦共和国。

1876年，英属纳塔尔省总督谢普斯通前往德兰士瓦共和国进行游说，劝其接受英国统治。由于财政困难，以及面临与东边祖鲁人王国的大规模冲突，德兰士瓦共和国接受了归并英国的要求。1877年4月，英国发表声明，德兰士瓦共和国成为英国殖民地，任命谢普斯通爵士为行政长官。德兰士瓦总统伯格斯辞职。

1879年祖鲁战争之后，英国消灭了祖鲁王国，解除了布尔人面临的最大威胁。由于英国人统治德兰士瓦共和国的3年中，并没有着手改善中下层布尔人的生活条件，也没有增加投资，改善当地的财政、经济和政治生活，反而允许英国商人进行土地投机、向布尔人补收以前所"欠"德兰士瓦共和国的税款，引起了布尔人民广泛的不满情绪。

英国人忽视了布尔人独特的民族特性。

100多年的磨难——干旱贫瘠的南非高原生活、颠沛流离的大迁徙、与原住民之间无数的残酷战争，这一切磨炼并且重新塑造了布尔人的性格：坚忍和吃苦耐劳、保守而生活俭朴、粗犷且崇尚武力，不甘愿接受异族统治。

英国的征服行为激起了布尔人的武力反抗，德兰士瓦和开普两地的布尔人联合起来。从1880年12月到1881年3月，英国和德兰士瓦展开了一场为时3个月的战争。12月16日，布尔人趁英军主力南下镇压巴苏陀兰（今莱索托）暴乱而兵力空虚之机，宣布武装起义。战斗中，英军仍旧采用老旧的战术——排成整齐而密集的队形前进、听指挥官的号令射击，而布尔人英勇善战、机动灵活，采取分割包围、围点打援的战术，1881年2月将增援德兰士瓦的千余英军击溃。英军伤亡惨重，被迫同意议和。

英军战败的消息传回国内，格拉斯通内阁宣布辞职。战败的英国被迫在保留部分权力的名义下，承认德兰士瓦的独立，并相互签订和约。这场为期3个月的战争，被称为第一次布尔战争。

1884年，探矿专家在德兰士瓦共和国的比勒陀利亚和瓦尔河之间的一个偏僻牧场上，发现了世界上规模最大的威特沃特斯兰德金矿（简称兰德金矿），其储藏量占当时世界黄金储藏量的1/4左右。随后在这座金矿上建立了约翰内斯堡，来自金矿的利润和税收使德兰士瓦共和国的经济得到飞速发展，同时也加剧了与英国的摩擦。

布尔人从极穷陡然走向暴富，恢复了过去那种殖民扩张的野心。他们不再满足于德兰士瓦的广袤土地，和奥兰治、开普殖民地的布尔人一起，燃起了实施"从好望角到赞比西河"的大南非布尔联邦计划的热情。

对于布尔人而言，垄断了铁路就控制了矿区。因此他们将从海港通向德兰士瓦共和国的3段铁路筑造特许权给了以德国资本为后盾的荷兰南非铁路公司，而排挤英国资本的介入。3段铁路通车后，德兰士瓦共和国政府控制了各线在其境内的运输权，并向英国开普殖民地征收高关税。

在关税问题上，布尔人政府不仅拒绝与英国人合作建立关税同盟，还通过种种做法减少了英国开普殖民地的关税收入。1893～1895年，德兰士瓦政府在德国的资助下修建了一条从德兰士瓦共和国首都比勒陀利亚到葡萄牙属地德拉哥港湾的铁路，使布尔人摆脱了以前运货必须经过开普敦铁路和港口的制约。

英国为夺取对金矿和金刚石矿产地及南非全境铁路的控制权，多次与布尔人发生冲突。几经谈判，均告破裂。为共同对付英国，德兰士瓦和奥兰治于1897年签订军事同盟条约，并向德国购买大批武器，扩军备战。

1899年6月，英国以德兰士瓦拒绝给予英侨公民权为借口，向其边境集结军队并从国内调派援军，向布尔人施加压力，并取得德、法等国保持中立的允诺。同年10月9日，德兰士瓦共和国向英国发出最后通牒，要求英军撤离边境地区，遭英国拒绝。10月11日，布尔军向英军发动进攻，第二次英布战争爆发。

按照大英帝国设计的南非未来的政治蓝图，英国需要建立一个联邦式的南非，囊括德兰士瓦、奥兰治和纳塔尔，以开普殖民地为领导，在这些自治的殖民地建立起英国式的议会代议制度，保护英国在南非的贸易利益和劳动力供应，并保证其属地和臣民的安全，从而在南部非洲建立起一个强有力的英国殖民体系。为了达到这一目标，英国人雄心勃勃，步步紧逼。战前，英军在南非有两万余人，其中1.3万人部署在纳塔尔殖民地（今南非东部省份），7000人驻扎在开普殖民地；此外，还有4.7万人正在支援途中。英军企图从开普沿3条铁路向奥兰治、德兰士瓦进军，击溃布尔军，占领其首都，并在圣诞节前结束战争。

至1902年5月，英国共动用44万军队，耗资2.5亿英镑，阵亡约2.2万人，伤者约2.3万人；布尔人约8.8万人参战，3990人战死，约2.8万人死于集中营。双方均无力再战，于5月31日签订《弗里尼欣和约》。和约规定：布尔人交出全部武器，承认英国的宗主权；英国保证尽快结束军事管制，并在条件许可时建立自治政府。

经过这次战争，独立的德兰士瓦共和国和奥兰治自由邦两个独立的布尔人国家灭亡，南非布尔人全部沦为英国的臣民。英国将南部非洲的殖民地连成一片，控制了通向非洲腹地大湖区的走廊。好望角地区以广袤的南非内地为依托，成为英属海外帝国最重要的前哨基地之一。经济方面，随着世界上最大的兰德金矿被英国把持，英国得以控制全球经济命脉。来自南非的黄金使得伦敦迅速成为全球金融业和黄金交易的中心。

南非"母城"——开普敦

因为好望角的知名度太高，又因为开普敦就是好望角的一部分，两者叠加，加倍刺激着我们前往开普敦的强烈欲望。

开普敦是南非召开共和国会议的立法首都，又是南非一大重要港口，南非第二大城市，地位仅次于约翰内斯堡。开普敦始建于1652年，是南非原住民民族的发源地，许多人称她为"母城"。

1486年，葡萄牙航海家巴托罗缪·迪亚士首次于航海日志中描述到非洲的开普敦。然而，在一些化石挖掘和考古过程中，可以证明在此之前这里是有人居住的。

第一批在开普敦地区居住的人，出现在公元前10万年左右的石器时代。他们度过了冰河时期，但当时的水平面比现时还要低120米。由于湿度的增加，开普平原后来慢慢地布满了树木，绿草如茵。在公元前8000年出土的化石也证明，当地居民在那时已懂得制造弓箭和狩猎。公元前6000年前后，一些内陆地区的居民大量迁至开普敦地区，并引入了农业知识，该地人民开始农耕生活。

第一批到达此地的欧洲人是迪亚士，其后，葡萄牙航海家瓦斯科·达·伽马在1497年开发由欧洲直达亚洲的航线中途到达此地。桌山则是由另一名葡萄牙航海家安东尼奥·达·沙丹那所命名的，意谓"海角之桌"。在此之前，桌山的原名是由当地的科伊族人所取的，叫作海山。

开普敦与欧洲开始紧密联系始于1652年。荷兰船长赞·范里贝克与其他荷兰东印度公司的职员获派遣至开普敦，建立一个专为远航亚洲的途经船只提供补给的中途站。他们的3艘船只于1652年4月抵达，很快就建立起驻扎点、开垦了菜园和果园，而这些园林仍保存至今，成为今天的花园。

他们从桌山上的清新河上开拓引水道，将河水引作灌溉之用，并以其种植农作物与原住民科伊族人交易绵羊和牛犊。在桌山的东南两边以及豪特湾的森林，为兴建房屋和船只提供了充足的木材。正在这个时候，东印度公司垄断了所有贸易事务，并禁止一切私人交易。

亚洲人首次迁居非洲南部，始于1654年，这些移民都是被荷兰巴达维亚最高法院放逐到非洲的。这些亚洲人形成了开普有色人种族群的雏形，并将伊斯兰教带到此地。

首次的大型领土扩张发生于1657年，当时的东印度公司将位于里斯贝克河沿岸的农田分派给下人们耕种，以尝试增加农作物的产量，但依然保留财政上的主导权。同年，首批从爪哇和马达加斯加引入的奴隶开始为他们工作。

1658年，欧洲人开始与当地原住民展开领土上的冲突，他们夺得了科萨族人的土地。1666年，欧洲人在范里贝克建造的木制要塞上，改建了首座军事基地好望堡，堡垒于1679年落成，是现在南非最古老的建筑物。

1679年，荷兰首位派驻总督——西蒙·范德斯特尔到达开普敦，替代范里贝克成为当地领导者。他致力于种植葡萄和酿制葡萄酒，为这个日后重要的葡萄酒基地奠定了坚实的基础。此外，他也致力于扩展殖民地的疆界和领土。1685年，首批非荷兰裔的移民来到了开普敦，他们就是在法国反新教徒运动中被逼害的胡格诺派教徒。东印度公司为他们提供了居住点和农田，而他们也为未来的葡萄酒发展做出了重大的贡献。

　　随着外地移民的不断增加，直至1754年开普敦的外来人口中已有5500多名欧洲人，以及6700多名奴隶。但在1780年，英国和法国开始了他们之间的战争，而作为法国伙伴的荷兰也加入了战事。法国派出一支军队到开普敦以备防卫之用，但于1784年被撤走。1795年法国入侵荷兰，令荷兰东印度公司陷入极严重的财政危机。

　　当时，建立荷属巴达维亚共和国的荷兰王子，出逃至英国寻求保护，这为英国带来了一个重大契机。在当时，新闻传播并不发达，欧洲的新闻往往需要很长的时间才能传到非洲。故此，开普敦对欧洲情况并不清楚，只知道法国夺去了荷兰一些土地，所以荷兰有可能会在战事中改变立场，仅此而已。就在此时，英国军方带着一封声称由荷兰王子所撰的授权书信，要求在开普敦驻军以作保护。正与开普敦官员争论是否应该相信荷兰王子授权行为之际，英国突然发动"梅森堡战役"成功占领开普敦，并随即宣布开普敦成为自由港。

　　根据法国和英国之间的和平协议，开普敦于1802年归还荷兰。但是，3年后两国再度开战，英军再度派军到开普敦。然而，这段交战期却是开普敦发展的关键时期，大街小巷都开始铺设水管，城市建设开始。他们还制定了《流浪者甄别法律》，当地的原住民部族被强硬规定，必须声明有一处地方为固定的居所，并在无批准之下不可擅自迁移。

　　英、法两国之间的战争，在1814年以英军胜利告终。英国制定了一项条约，以令他们可用金钱买下不同国家的领地。当时的荷兰政府已因战事影响，财务陷入严重赤字，无奈下唯有答应条款。开普敦正式由英国出巨资永久买下，但仍被允许以开普敦作船只维修和补给的中途站。

　　1829年，《流浪者甄别法律》被撤销。1834年，奴隶被解放，估计约有3.9万人在此时消除了奴隶身份。同年，开普敦立法议会成立。

　　1836年，约有1万个荷兰家庭因各自不同的理由而迁往北方寻找新居住地，大迁徙开发了南非的内陆地区。其后在1840年，开普敦自治区成立，当时全市人口只有2万人，当中1万多为白种人。

　　南非独立后，开普敦成为游客最爱之地，但同时也是全世界凶杀案发生率最高的地方之一，艾滋病、结核病以及频繁的毒品罪案也是开普敦亟须面对的社会问题。

在郊区路边铁丝网内，破旧低矮的铁皮房密集地挨在一起，很像中国的防震棚，周边晾晒着各色的衣服。

开普敦郊区路边铁丝网内是黑人贫民区的铁皮房

导游告诉我们，这就是黑人住宅区。在南非，黑人有单独的区域居住，白人和其他有色人种居住在一起。从房子的外观上就可以清楚地看出，这里的贫富差距太大。这里有几所比较像样的大房子，是黑人社区子弟学校和相关的社区服务机构。黑人看病有公立的免费医院，但是看病要排队等候。假如晚上急诊去的医院，到天亮能看上就算不错了。这也是导游刚来南非生病时的亲身经历，从那以后，导游自己买了医疗保险，有病就去条件好、医疗水平高的私人医院。

在南非，贫富两极分化的状况凸现，这里有世界上最豪华的建筑，也有最破烂的贫民区；有比例很高的诺贝尔奖得主，也有基数很大的文盲族群；这里号称非洲经济最发达的国家，却贫富不均相差悬殊；这里被称为多人种共存的彩虹国度，却充满激烈的民族矛盾；这里拥有欧洲式完备的法制和民主制度，犯罪率却高居世界之首，以致被称为"犯罪者的天堂"。就是这样一个充满社会矛盾的地方，导游却说，"如果让我选择，我宁愿生活在这里！"真不知她是怎么想的。

午间就餐的中国餐馆附近，我们看到一个非常讲究的住宅小区，导游告诉我们，这个白人住宅区里也有不少华人居民。虽然南非已成为一个由黑人执政的民主国家，但因种种历史原因，黑人和白人两个种族在居住地的选择上仍然界线分明。除了在一些大城市高档住宅区内可以遇到几户黑人新贵之外，一般都是以马路为界，两者之间或是一片工业区，或是一片开阔地带。一侧是白人整洁漂亮的居住区，另一侧则是黑人简陋的棚户区。

之所以形成这种格局，是由于一些白人离不开黑人的服务，而白人工厂也离不开黑人工人。所幸这几年在政府的大力推动下，大片黑人的棚户区正被越来越多的外形整齐划一的廉租房所代替，配有完善生活设施和商店的大型现代化居住区正悄然形成，一些收入不菲的黑人精英也住进了漂亮的豪宅。

桌山脚下的港湾

开普敦接待我们团的导游是位姓杨的女士，很干练。

她向我们介绍说，开普敦位于好望角半岛北端的狭长地带，西部濒临大西洋特布尔湾，南部插入印度洋，其宁静美丽可与美国旧金山相媲美。

开普敦又称"彩虹之国"，不是因为天上的彩虹，而是由于人种的肤色。开普敦居民中有48.13%为有色混血人，非洲黑人为31%，白种人为18.75%，另外还有1.43%的人为亚洲人。黑人的比例只占到1/3。我感叹人口迁移的力量！

路上我看到一座山，平平的山顶上飘着一层白云，"是桌山吧?"我问导游。"对，这就是开普敦著名的桌山。"

南非开普敦的桌山

据说，150万年前的开普敦是一片汪洋大海。后来经过地壳运动，海底的沙石、泥土和淤泥经海水不断地冲刷堆积，终于在非洲最南端的海岸上形成了3组山脉：博克威尔德山脉、威特堡山脉和桌山山脉。

在这3组山脉里，虽然桌山最矮，海拔只有1087米高，但却最具特色也最有名气。与国内和世界其他地方的山不同的是，它没有高峻的山峰，山顶是一座很大的平台，由沙土、白色石英岩以及红、橙、紫色的砾石构成。人们常说：先有桌山后有开普敦。桌山的山顶绵延平展、气势巍然，宛如一张平铺的大长桌。

杨导把我们直接带到位于桌山脚下的维多利亚港湾，在时尚的购物中心二层确定了集合地点，然后让大家自由活动。

1860年，维多利亚码头破土动工时，英国女王的次子阿尔弗莱德王子亲临参加了奠基仪式，因此这个码头便以维多利亚及阿尔弗莱德的名字命名。启用后，这里便成为开普敦最早也是最热闹的码头。

这里也许是英国王子参加码头奠基的纪念地

码头上八角形的红色古钟塔

维多利亚及阿尔弗莱德滨海购物中心

　　码头上有一个历史近百年的红色古钟塔。这是个八角形带有哥特式风格的建筑，过去曾被人们用作图书馆和阅览室，只有船长才有资格进入。

　　维多利亚及阿尔弗莱德的滨海区有一个很大的购物中心，里面有400多家商店、70多家餐馆和小吃店、两个工艺品市场和一个水族馆。这里有不少名牌店，销售各式珠宝首饰、箱包名表、名衣名鞋和具有非洲特色的各种工艺品，是游客购物的好去处。

　　出了购物中心就是水门广场，好似一幅美丽繁华的画面呈现眼前。巨大的游轮和白色的游艇几乎占据了整个海湾，密密麻麻的桅杆就像排列整齐的士兵，等待着世界各地前来观光游客的检阅。

开普敦维多利亚湾

　　古老的维多利亚码头，雄伟的桌山，浩渺的海洋，湛蓝的天空，洁白的云朵，翱翔的飞鸟，典雅的建筑，舒适的咖啡厅以及快乐的游人们，把小小的港湾变成了休闲购物的好地方。连成一排的咖啡厅、美食店，和坐落在街心广场的音乐表演相映成趣，吸引着络绎不绝的游客。每年的开普敦国际爵士音乐节都在这里举行。

　　过了购物中心的天桥就来到海岸公园，这里很开阔，没有码头上的喧闹。隔海相望的罗宾岛就像漂荡在大西洋上的一只舰船正欲驶向远方，令我遐想万千，尤其令我想

维多利亚码头黑人在表演非洲鼓乐

起，这个岛上曾经囚禁曼德拉及其战友长达近20年之久，他们是怎样度过了如此漫长的牢狱之灾。

我们上小学的时候，以为非洲是世界上最穷苦的地方，我们立志要解放全世界2/3的受苦人，现在踏上非洲这块土地，看到了埃及和南非的部分城市乡村，尽管还有许多贫困和落后的地方，但导游告诉我们，埃及的人均收入比中国人要高好多，南非的人均收入就更不用说了。谁解放谁？约翰内斯堡的四川姑娘小石，以12年在南非的生活感受告诉我们，尽管南非治安不太好，但总体生活比在国内舒服得多。所谓舒服，我们把它理解为"幸福指数"，这是一个比较综合的指标。一个98级大学毕业的四川姑娘，能一直在南非生活12年，至少说明她的感觉很有代表性，这个代表性里，也蕴含了人们头脑中业已存在的价值取向及切身感受。

曼德拉被囚禁的地方

海岸很长，海风很大，海水很蓝，据说海面上几千米以外就是罗宾岛。

"罗宾"在荷兰语中意为海豹。数千年前这个岛曾经与大陆相连，岛上最早的居民是海豹和企鹅，早期来自欧洲的海员和水手曾上岛捕获它们以充当食物。17世纪时，首批荷兰殖民者到岛上采集贝壳烧制石灰，并开采石头用以建造开普敦城堡等建筑。

在大约400年的时间里，这个孤岛先后被用于饲养牲畜、关押来自非洲和亚洲各地的奴隶、收容精神病人和麻风病人、囚禁反对荷兰统治的政治犯和穆斯林宗教人士。第二次世界大战期间，岛上还修建了炮台和一些房屋，用于开普敦的海上防卫。

1961年，罗宾岛被当时执政的白人国民党政府再次用来关押政治犯，直到1991年5月最后一名政治犯离岛为止。在南非实行种族歧视和种族隔离的黑暗岁月里，那里总共关押过3000余名黑人政治活动家，其中包括著名的非国大领导人沃尔特·西苏鲁、南非民族英雄曼德拉、南非前总统姆贝基之父戈文·姆贝基、现任总统雅各布·祖马以及泛非运动的创始人罗伯特·索布克威等。

黑人解放运动的领袖，南非第一位黑人总统纳尔逊·曼德拉长达27年的牢狱生涯中，有18年是在罗宾岛上度过的。1999年，罗宾岛被联合国教科文组织宣布为世界遗产。1997年1月1日，罗宾岛正式成为向公众开放的博物馆。当中的导游有一些就是曾经被关押在这里的政治犯，还有部分导游是监狱曾经的看守人员，以此举体现南非种族和解的精神。自1997年开放至今的几年来，上岛参观的人数已超过百万。

海面上几千米以外就是罗宾岛

岛上现在还保存有曼德拉当年的囚室和劳动场所，牢房B区用来关押"最危险的政治犯人"，30间牢房分列在近百米的水泥过道旁。其中，第五号牢房就是曼德拉在1964年6月至1982年4月被关押的牢房。内有一卷薄毯子、一张小桌子、一只饭盆、一个马桶，房间面积不足4平方米。据说，曼德拉1.83米的个子在这里睡觉根本就躺不直。曼德拉在他的自传中说，他躺下时头顶一面墙，脚蹬对面墙。

曼德拉描述罗宾岛是"南非戒备最为森严、条件最为苛刻的服刑地"。在严酷的劳役过程中，曼德拉始终没有放弃自己的信念。他与同伴相互激励，使牢狱变为一所特殊的"大学"。在狱中，曼德拉坚持学习大学课程，并偷偷写完了自传《自由路漫漫》，回顾投身争取自由人权斗争的生命历程。这本书翻译成多种文字出版，影响到了全世界各地的人们。

原罗宾岛监狱政治犯、现任罗宾岛博物馆理事会主席的Ahmed Kathrada先生说得好："我们不会忘记种族隔离制度的残暴，但是我们不想让我们曾经忍受的苦痛在罗宾岛上重演。我们更愿意罗宾岛代表争取自由和尊严的成功，象征战胜欺辱、压迫的勇气和决心，见证一个新南非，超越一个旧南非。"

如前所述，从17世纪到20世纪，罗宾岛曾有过不同的用途，1846年罗宾岛开始用作医院，隔离精神病人、麻风病人及其他无法医治的病人。20世纪60年代初在南非种族隔离政策猖獗时，又改为监狱，专门关押黑人男子，多达3000余名的犯人曾在岛上度过自己的牢狱生涯。

1991年，罗宾岛上关押的最后一批政治犯被释放。1996年9月，岛上最后一批普通犯人离开罗宾岛。同年，罗宾岛被定为南非国家博物馆。

南非现存最古老，也是保存最完好的建筑是好望城堡。这座五角堡垒是在十七世纪六七十年代由荷兰东印度公司的工人建造的。如今，它是南非国防部队在西开普敦的地区司令部，也是一座军事博物馆。市内位于大广场附近有许多殖民地时代的古老建筑，当年的建筑材料多来自荷兰，后用做总督官邸和政府办公地。

财富喷泉广场

晚上，我们入住财富酒店，门前马路中央有一个喷泉广场。

卸行李时，乌云密布，天空飘起小雨，一阵狂风刮来，孙承的无边眼镜被刮掉，忽地又被狂风吹起，连着"三级跳"，被摔在马路中央。失去眼镜的孙承，什么也看不清，眯缝着两眼，到处摸。

走在后面号称2.0视力的吉林女士发现了飘落在马路中间的眼镜，还没来得及告诉孙承，一辆大巴就从眼镜跌落处驶过。

"完蛋了，眼镜肯定被压个粉碎。"高度近视的孙承，后悔没带备用的眼镜，这不成了睁眼瞎了吗？后面的开普敦可怎么观光啊？一个黑人门童惊喜地发现了马路上的眼镜，他大步跑上去，拾起了孙承的眼镜。

"OK!"眼镜完好无损！黑人露出洁白的牙齿，微笑着递给孙承。多么善良的黑人兄弟啊！"谢天谢地！谢天谢地啊！！明天的好望角，不愁看不清了！"孙承连声道谢！

少女湾"最后的晚餐"

凌晨，我掀开厚厚的窗帘，对面的桌山还是云雾缭绕，不肯露出真容。从昨天第一次看到桌山，下午围着桌山绕了一圈，再到夜里观察3次，直到今天早上，云雾做成的大盖帽始终不散。中国有句话叫"不识庐山真面目"，难不成在南非开普敦也要"不识桌山真面目？"

昨晚，是我出国7天来睡眠最好的一夜，同室的曾大姐一进房间，就主动把两个床推到了室内的两头，她的呼噜声伴着窗外的大风，减轻了许多，我又服用了一点助眠药，耳朵里还塞进了隔音保护塞，虽然起夜3次，但是醒后感觉还不错。

早餐后天空放晴，但风力仍有六七级左右，开普敦半岛的少女湾游人不多，蜿蜒漫长的海岸线，山水相连的迷人风光，自然天成的色彩搭配，使我们忘记了大风，尽管大风刮得我们站立不稳，兴奋的心情还是让大家情不自禁地张开双臂，去拥抱开普敦的山水，沐浴少女湾的阳光。翱翔在海岸的水鸟，围绕着人群飞来飞去，落在游人的手臂肩膀，我们拍出的画面格外生动。

尽管不识桌山的真面目，但在开普敦的任何地方都能看到桌山。在宾馆的前方看到的桌山是长方形的平顶山，而在这里看到的桌山却是一座山脉，中国大诗人苏轼的著名诗句"横看成岭侧成峰"，正是开普敦桌山的写照。桌山和后面的山峰排列出12座雄伟各异的山形，人们说它们是耶稣的12个门徒，因此，又叫它们12门徒峰。想象力极其丰富的人们，将12门徒峰与桌山联在一起，恰好天然构成那幅著名的画卷《最后的晚餐》。

开普敦半岛别墅区

少女湾翱翔的水鸟围绕着人群飞来飞去

少女湾12门徒峰躲进了厚厚的云层

云雾中的山影时隐时现，精致错落的住宅沿山而建，布局别致，红色的屋顶，茂密的植被，湛蓝的海水，雪白的浪花。不禁让我想起了同在海滨的家乡——大连，开普敦风光迷人，我的家乡也是美景如画！

这个欧洲殖民者最早登陆的地点，成为南非历史最久远的城市。开普敦三面环海，大西洋的海湾连着印度洋的海湾，有时洋面巨浪滔天，狂风大作，但有桌山的遮挡庇护，使开普敦成为全球气候最为舒适宜人居住的城市之一。自1497年达·伽马登陆之后，来自欧洲的船只，就把这里作为东方航线上一个上岸休息和补充给养的中转站。

开普敦的软毛海豹

从开普敦市区出来，大巴沿着濒临西海岸的公路一路前行，经过许多的海湾，我们来到建于1909年的豪特湾佛罗岛码头。豪特湾是开普半岛上一个风景如画的小镇。

历史上第一次有关它的记载是在1607年，当英国籍帆船"认可"号驶入豪特湾，船上的大副约翰·查普曼便将这海湾命名为"查普曼的机会"。当南非拓荒者赞·范里贝克于1652年登陆开普敦后，也来到了这个美丽的海湾，并在日记上记载：这里有世界上最美的森林。所以，他重新命名为豪特湾——因为豪特在荷兰文中是"木头"的意思。

我们行驶的这条查普曼公路，是由释放的囚犯们筑成的，总共花了7年时间以及4万元南非币，1922年5月，当时开普敦的甘诺王子亚瑟宣布查普曼公路建成通行。1780年，美国独立战争期间，法国人为了防范英军，便在豪特湾的东、西两方建造了防御工事。至今仍可在东面见到碉堡及军营的残迹。

这座佛罗岛码头，是1909～1911年之间豪特湾开采锰矿的遗产。当时的矿脉位于康斯坦西亚的山坡上。据说，佛罗岛岩石上的海豹铜像是由当地居民们捐款，由当地雕刻家伊凡·米罗·巴比顿于1963年雕塑而成，以纪念曾经在豪特湾漫游的海豹群。

导游督促我们赶紧上船，趁着游人还不多，可以在游艇上四处参观。CIRCE号游艇只有63英尺长，这样的船比较适合海豹岛的游览。导游告诉我们，这艘CIRCE

号和另一艘名为R9的游艇，原本是第二次世界大战中服务于海上救援队的船只。1972年沃伦海事公司创办了"瑟西游艇"观光业务，就买下了这两艘退役的救援船，并将其改装成舒适的观光游艇。

豪特湾佛罗岛码头

今天海上有风，游艇迎风驶向大海的深处。蓝天、蓝水、白云、白鸥，要不是我们站在船头环视天地，几乎分不清天际，海天一色的壮美让我们陶醉。渐渐地我们看到了一座小岛，那应该就是德克岛了，中国人称它海豹岛。

海豹是一种哺乳动物，身体呈流线型，四肢变为鳍状，适于游泳。海豹有一层厚厚的皮下脂肪可以保暖，并作为食物储备，以及产生浮力。海豹大部分时间都游弋在海中，脱毛、繁殖时才到陆地或冰块上生活。

海豹的前肢较后肢短，覆有软毛的鳍脚为五趾，皆有指甲。耳朵变得极小，退化成两个小洞，下水时可自由关闭。游泳时大都靠后肢，但后肢不能向前弯曲，脚跟已退化，与海狮及海狗等相异，不能行走，所以，当它在陆地上活动时，总是拖着累赘的后肢扭动身体爬行。海狮、海象是海豹的近亲，它们有耳壳，后肢能转向前方来支持身体。

海豹分布于全世界，主要在北极、南极周围及温带或热带海洋中，但在数量上，北极的海豹不如南极多。在世界海洋中，现存的海豹种类共有13属18种。生活在南极冰原的南极海豹，由于数量较少，已被列为国际一级保护动物。

游艇大约行驶了20分钟便靠近了海豹岛，我们发现海豹岛并不是真正意义上的岛屿，而是海水里一些突兀出海面的大礁石。据说，海豹岛上的海豹原本生活在桌湾的罗宾岛上，只因罗宾岛渐渐被人占据，海豹们只好迁徙到这里。

光秃秃的礁石上，挤满了数不清的海豹，它们密密麻麻，懒懒散散，横七竖八地互相叠压着，不时地用它们笨重的身躯推推搡搡，以表示它们对拥挤的不满。更有不慎者被同伴们挤到礁下的波涛之中。周边的海里还有不少正在健身嬉戏或者捕食进餐的海豹，海豹那肉滚滚的身体，光亮亮的皮肤，圆溜溜的眼睛，还有长着胡须的嘴巴，煞是惹人喜爱。

　　这些海豹一旦进入海里，在泛着白色浪花的大海中游来游去，敏捷的身手与在岸上享受阳光时的笨拙就会形成强烈的反差。

开普敦海豹岛

　　海豹几乎占据了岩礁上所有的地盘，偶尔停落歇脚的海鸥们，还没等站稳脚跟，便被海豹不友好的扭动和像猪一样的吼声给吓跑了。海豹岛周围水深约4～7米，水温通常在摄氏10～15度左右。尽管有很多海带飘浮在海面上，丝毫不影响海水清澈见底。

　　游艇有意放慢速度，围绕海豹岛慢慢地绕行了两圈，船上的游客们纷纷端起照相机，像海豹们一样拥挤在船边上，只顾不停地按动快门。风大浪高，波涛翻涌，游艇随着海浪上下颠簸，海水不时飞溅到游客们的身上，打湿手中的相机。至于画面拍得怎么样，有谁还顾得上看呢？真可谓是抢镜头，过了这个"村"，可就没了这个"店"啦！等回头再观看这些照片时，全都哑然失笑：十有八九不理想！

　　据介绍，德克岛上的海豹名为开普软毛海豹，是一种皮毛光滑、形似鱼雷的哺乳动物，寿命约20～40年。开普软毛海豹乃是南部非洲的本土品种，繁殖于南非以及纳米比亚的海岸线上。它们的游水速度可达每小时17公里。雄豹比雌豹要重，约300千克。岛上总共有海豹5000多只，它们会因季节而有所变化。

　　海豹的家庭实行"一夫多妻"制，一到发情期，雄海豹便开始追逐雌海豹，每只雌海豹后面往往跟着数只雄海豹。于是，雄海豹之间便开始了为交配权而战的厮杀，待决出胜负后，胜利者便和雌海豹双双游入大海，在水下秀"恩爱"。开普软毛海豹的怀孕期约8～12个月，通常一次只产下一只小海豹。海豹奶中的脂肪含量相当高，可达40%～50%，是牛奶中脂肪含量的10～15倍，其他营养成分也比牛奶高。大约6周后小海豹便开始游泳。

　　海豹的主食为鱼类及贝类，天敌是鲨鱼、食人鲸及人类。海豹的血管集中于鳍状肢上，因此常常将鳍状肢伸出水面，以便吸取热量。它们每年换一次毛。

海豹的经济价值极高，皮质坚韧，可以用来制作衣服、鞋、帽等抵御严寒。海豹油具有非常理想的保健作用，可以净化血液、平衡血压、修补血管、增强身体抵抗力等。正因为如此，海豹遭到了严重的捕杀。特别是美国、英国、挪威、加拿大等国，每年有众多装备精良的海豹捕捞船前往海上大肆掠捕。许多海豹，特别是格陵兰海豹和冠海豹的数量锐减。

目前，欧盟国家已经关闭了海豹制品贸易。由于滥捕乱猎和海水污染，现在，海豹的种群数量在急剧下降。为了保护海豹这种珍稀动物，拯救海豹基金会在1983年决定：每年的3月1日为国际海豹日。

德克岛上另外一种生物是塘鹅，它们也繁殖于南非和纳米比亚的海岸线上。它们有很大的蹼，会潜入水中捕捉食物。它们每次产蛋2～4枚，母鹅用蹼孵蛋。小鹅在10～12周大的时候就可以独立。不同于其他水禽类，它们的翅膀不防水，因此，它们在水中捕鱼时，翅膀经常伸展在水面上。

码头周围水域内的建筑上，也栖息着不少晒着太阳，半睁眼睛的海豹和塘鹅，它们和人类和谐共处，互不影响，游船进港出港它们都毫不理会。

码头周围水域内的建筑和快艇上也栖息着海豹和塘鹅

码头现存有南非最早的渔市，也是史努克梭子鱼工业中心与龙虾渔船队的总部。一家被称为"水手码头"的海鲜零售商场颇具特色，至今仍然完好地保持着古老的风貌。市场附近遍布餐馆、礼品店和小摊铺，几个身着鲜艳西装的艺人，载歌载舞迎接海上归来的游客，走到他们身边才发现，是几位上了年纪的残疾人在表演。游客纷纷解囊投币，扔在他们放在地上的帽子里。

码头上遍布南非工艺品小摊位

南非的斑嘴环企鹅

导游将我们带到一个风光秀丽的海滨小镇去品尝南非西餐。服务员都是当地的黑人，工作节奏比较缓慢，大家都感到饥肠辘辘的时候，饭菜才分批端了上来。

我们早被外面的海景风光所吸引，匆匆填饱肚子便来到海边。孙承兴奋地在细腻的白沙滩上写道：中国的逛仔来了！逛仔就是孙承，因为爱出游，他把自己称作"逛仔"。在海边，他踏浪时连根捞起一根又粗又长的海带，分量很重，估计怎么也有十几千克。只是没想到，原来海带也像树一样有枝有叶地长在海里。

品过西餐后，大巴车沿着海边前行。导游告诉我们：观鲸是开普敦的一项旅游热门项目。每年8～11月是观看南露脊鲸的好季节，至于布氏鲸，全年都可看到，所以沿途设有观鲸台。

在导游的忽悠下，我们全车游客几乎都牢牢盯住海面，希望自己有幸能看到鲸鱼。不知是谁大喊一声："看到了！那有一只！"大家急切地调动目光在海面上搜索。"看到了！看到了！在那儿真有一只鲸鱼！"差不多大家都看到了，巨大的黑色鲸尾暴露在蓝色的海面上。可是，看了好一会儿，这只黑色的鲸尾一直戳在那里不动。哈哈！是只模型吧？也许好客的南非人在提示游客，这里是鲸鱼出没的地区；也或许以此为那些没有看到鲸鱼而失落的游客来个小小的安慰吧。

原来海带也像树一样有枝有叶地长在海里

南非开普敦海滨小镇

巨大的鲸鱼将尾巴暴露在蓝色的海面上　　开普敦企鹅岛

　　一路下来，大家的目光定向性地锁定海面，直到企鹅岛，但始终与鲸鱼无缘。

　　来到企鹅岛时，已是中午时分，风似乎停了，阳光、沙滩、椰树、鲜花，掩映着白色、米色配有彩色屋顶的小房子，可爱的小企鹅就是这里住户的邻居。它们挺着白肚皮，摆动着两只退化的黑翅膀，拖着背上的黑羽毛，很像人类的燕尾服，走起路来昂首挺胸，摇摇晃晃，憨态可掬，一副绅士派头。企鹅岛上有许多人工放置的塑料桶，半埋在沙滩上，仔细察看里面还有抱窝的企鹅和像鹅蛋那么大的企鹅蛋。奇怪的是，一只企鹅妈妈为什么躲在灌木丛里呢？

　　非洲也有企鹅，我还是头一次听说。依我差不多快60年的人生阅历所知，企鹅只生活在寒冷的南极洲，而且我们在国内各地海洋馆里看到的企鹅，也都是生活在人工打造的冰雪环境之中。还真不知道在炎热的非洲大陆也有企鹅的家园。

人工企鹅窝内还真有企鹅蛋，但为什么企鹅妈妈躲在灌木丛里呢？

　　企鹅是一种非常可爱的动物，其特征为背部黑色，腹部白色，流线型身体，前肢成鳍状，羽毛很短，不能飞翔，双脚生于身体最下部，故呈直立姿势，趾间有蹼。各个种类的主要区别在于头部色型和个体大小。

　　企鹅和鸵鸟一样，是一种不会飞翔的鸟类，但根据化石显示的资料证明，最早的企鹅是能够飞翔的。直到约65万年前，它们的翅膀慢慢演化成为能够下水游泳的鳍肢，成为目前我们所看到的样子。

　　企鹅常以极大数目的族群出现，目前已知全世界的企鹅共有18种，在生物学上可区分为6个属。

王企鹅属。它们是体型最大、颜色最多的企鹅，包括帝王企鹅（皇帝企鹅）、国王企鹅。

阿德利企鹅属。具有长而僵硬的尾巴，品种包括阿德利企鹅、巴布亚企鹅（绅士企鹅）、南极企鹅（颊带企鹅、胡须企鹅）。

冠企鹅属。头上或眼睛旁都有彩色的冠毛。

黄眼企鹅属。有黄眼睛的企鹅。

白鳍企鹅属。属体型最小的企鹅（也称小蓝企鹅、神仙企鹅）。

环企鹅属（企鹅属）。是4种暖气候性企鹅，身上一般都有条纹。

企鹅通常被当作是南极的象征，但企鹅最多的种类却分布在南温带，其中南大洋中的岛屿，南美洲和新西兰都比较多。

企鹅第二大属——环企鹅属，主要分布于亚热带和热带地区，甚至可到达赤道附近。我们在南非开普敦东海岸西蒙镇"漂砾"海湾所见到的企鹅为非洲企鹅，又名斑嘴环企鹅、黑足企鹅。它们体长60多厘米，久居南非水域。别看这种企鹅个头不大，但以其像驴一样难以置信的高昂号叫声，而被称为"叫驴企鹅"。

企鹅一般都是"一夫一妻"制

企鹅也懂感情，常常会选择自己喜欢的对象作为伴侣，无论哪种类型的企鹅，都是"一夫一妻"制，但有时企鹅也会喜新厌旧，选择"离婚"和"再婚"。它们的繁殖期在每年的11月至次年3月之间，一般会产下2～4枚卵，孵化28天出壳，喂养3个月后小企鹅便可自行捕食。主要食物有竹夹鱼、乌贼、节肢动物。

非洲企鹅是一种较为珍贵的企鹅品种，1910年时非洲企鹅约有150万只，由于人类大量掠取企鹅蛋及海洋污染，到20世纪末非洲企鹅的数量已锐减了90%，而且仍在继续减少。自从1984年第一对企鹅在企鹅岛筑巢以后，由于当地居民对其加以保护，来这里定居的企鹅不

有时企鹅也会左顾右盼喜新厌旧

断增多，当地政府和动物保护组织将此处辟为自然保护区。经过20多年的繁衍，这里的企鹅数量已超过3000只，如今此地已成为南非著名的企鹅旅游景点。

据说，企鹅这种生物在被发现的过程中也有很多趣闻。1488年，葡萄牙的水手们在靠近非洲南部的好望角第一次发现了企鹅。但是最早记载企鹅的，却是历史学家皮加菲塔。他在1520年乘坐麦哲伦船队在巴塔哥尼亚海岸遇到大群企鹅，当时他们称之为"不认识的鹅"。1620年，法国的博利耶船长在非洲南端首度惊见这种会潜游捕食的企鹅时，将其称之为"有羽毛的鱼"。

更有意思的是，因为企鹅身体肥胖，还有人将它称为"肥胖的鸟"。后来证实，企鹅的确是一种鸟类，它没有牙齿，舌头以及上颚有倒刺，以适应吞食鱼虾等食物。它们的双脚基本上与其他飞行鸟类差不多，但它们骨骼坚硬，并比较短平，有如船桨，便于快速游动。企鹅在水中的游速可达每小时20公里，潜水时间约达两分钟。企鹅双眼由于有平坦的眼角膜，所以可在水底及水面看东西。人们发现企鹅们经常在岸边远眺，好像在企望着什么，所以，就把这种肥胖的鸟叫作企鹅。

经过数千万年极端气候磨炼的企鹅，羽毛密度比同一体型的鸟类高3~4倍，结构重叠密如鳞片，虽然无论南极严寒难当，还是赤道酷暑难耐，但有了这些羽毛来调节体温，就像有了自体的天然空调。

导游告诉我们，企鹅性格温和，但一旦感觉到它的利益受到侵犯时，首先是歪起脑袋，左看看，右看看，表示警告，再不听劝告，就会用它坚硬的嘴巴啄你没商量。团里一位退休的老先生似乎不相信导游的说法，他找到一个紧靠路边的企鹅窝，用自己的旅游鞋去接触企鹅。果然，小企鹅左右歪歪小脑袋，见警告无效，便迅速出击啄上一口。吓得老先生连忙收回脚来，频频点头，这回他信了，导游讲的一点不假。

自然保护区的"劫匪"

来去途中，我们要经过好望角自然保护区，这里的所见所闻，是其他地方难得一见的。

好望角自然保护区建于1939年，占地7750公顷，海岸线长40多公里。区内有植物1200余种，动物数十种，鸟类250多种。自然保护区内可见大片的原野，茂密的灌木郁郁葱葱，美丽的野花竞相绽放，不时有狒狒从眼前掠过。

看到狒狒，团友们要求停车观看，但导游不允许。他告诉我们，在南非好望角自然保护区以及开普敦其他国家公园等景区，因狒狒袭扰、抓伤游客，抢掠食物，甚至"抢劫"游客相机和钱包的事时有发生，所以有关部门已决定惩治狒狒"劫患"。

"有这么危险吗?"团友中有人觉得导游在夸大其词。

"不仅如此，由于狒狒长期生活在野外，还会传染疾病。大家千万不能大意，咱们可以请司机把车子开得慢一些，以方便车上拍照，这样就会比较安全了。"

据导游介绍，仅在好望角自然保护区内，就有几十个规模不等的狒狒群体，每个群体以一只威望最高的雄狒狒为首，至少由十几只狒狒组成。狒狒在南非是受保护动物，它们繁殖力惊人，数量在不断增加。在长期跟人类打交道的过程中，狒狒"练就"了一套抢劫本领，不仅公然出没于繁华市区和旅游景点，甚至经常闯入游客服务中心和游客车内打劫。

有关部门与动物保护机构协商后决定拘捕狒狒群体中的"惯匪"，把它们强制迁徙至隔离区，对个别"匪首"惯犯实施安乐死等措施。此外，各景区已成立狒狒监控小组，负责盯梢狒狒"劫匪"，并开通"狒狒举报热线"。主要景区游客服务中心还在狒狒"劫匪"活动频繁的地带设立标识，提醒游客看见狒狒后留在车内，不要出车喂食，同时要锁好车门和车窗等。

开普敦的狒狒栖息于较开阔多岩石的低山丘陵、峡谷峭壁中，白天主要在地面活动，夜间在大树枝或岩洞中睡觉。它们会游泳，能发出很大的叫声。狒狒喜欢吃果实(如榴莲、红毛丹、木菠萝、荔枝、芒果、山竹、无花果)、嫩枝、花蕾、昆虫、蔓生植物，偶尔也吃鸟卵和小型脊椎动物。通常中午饮水，结群生活。

每个群体的数量有十几只至百余只不等，由老年健壮的雄狒率领，内有专门担任警卫的眺望者。撤退时，首先是雌狒和幼狒，雄性在后面保护，发出威吓的吼叫声，甚至反击，因力大而勇猛，能给来犯者造成威胁。自然界中的狒狒大多比较好斗，因为它们十分果敢、顽强，对外比较团结，是自然界中唯一敢于和狮子作战的动物，一般3~5只狒狒就可以搏杀一只狮子。

狒狒属灵长目猿猴亚目狭鼻组猴科，是灵长类中仅次于猩猩的大型猴类，体长50~114厘米，尾长38~71厘米，体重可达60千克;头部粗长，嘴巴突出，耳小，眉弓突出，眼窝深陷，犬齿长而尖，可达5厘米，具颊囊；体型粗壮，四肢等长，短而粗，适应于地面活动；臀部有色彩鲜艳的胼胝；体毛呈黄、黄褐、绿褐至褐色，一般尾部毛色较深；毛粗糙，颜面部和耳上生有短毛，雄性的颜面周围、颈部、肩部有长毛，雌性则较短。

小狒狒正在为狒王梳理毛发

狒狒也是猴类中社群生活秩序最为严密的一种动物，有明显的等级序位和严明的纪律。在野生状态下的狒狒群体，经过几年一个周期，就会发生争战，或分群或换王。因为以新替旧，以强换弱是狒狒王国的法则。

当然，一般新王产生后，在相当长一段时间内，狒群会很安稳，而且繁殖增加，群体会迅速增长。这时的狒王也会象征性地为臣狒们施些小恩惠（如理理毛发等），用以安抚地位低下的雄狒、雌狒，以达到狒王地位的巩固。而臣狒们为狒王的服务则会竭尽全力，所以，狒王的毛发总是干

看到有车过来，这只老狒狒背起小狒狒跑远了

干净净，飘逸顺滑，不必介绍，一眼就能看得出哪一个是狒王。

雌性狒狒在10岁左右达到性成熟，到30岁停止生育。每3～6年产一崽，孕期约为7～8个月。幼崽需要哺乳3年，7～10岁的时候才完全独立。狒狒无固定繁殖季节，5～6月为繁殖高峰。野生狒狒的寿命约35年左右。狒狒的主要天敌是豹。

雄性狒狒一般在6岁左右达到性成熟，它好斗的性格自然也有争夺配偶的因素在内。通常是年轻的雄狒首先向比它地位稍高的雄狒主动发起挑衅。狒狒之间的争斗，和某些人类吵架的情形极为相似，先是瞪眼睛，竖胡子，放开喉咙大吼一通，进而拍打地面进行威胁。如果地位高的雄狒心虚害怕，就主动认输自行退位。如果都不

服输，那么就开始厮打，赢者为王。输者则主动抬起臀部，让胜方骑一下，承认自己地位卑下，可以免去被活活咬死或被赶出群体的严厉惩罚。

在好望角的历史古迹中，已发现狒狒头骨化石，证明这种动物在该地已生存了至少数十万年，甚至已经超过了人类的定居时间。

好望角不是非洲的最南端

来到好望角3块木制纪念牌前，纪念牌上面标明：好望角处于东经18度28分26秒，南纬34度21分25秒，是非洲大陆最西南端。

我的心情好不兴奋！从记事起，50多年的梦想一直是，有一天我要走到世界的天涯海角。今天，我来了，来到了梦中的世界！我真有点不敢相信，直到从相机里看到自己与纪念牌的合影时，我才确信梦想成真！

大西洋海浪形成的山谷云瀑

孙承拉着我的手，第一个登上非洲西南端尽头的岬角，站在好望角尽头伸向大海的巨大礁石上，我们大声呼唤："好望角，我们来了！我们从中国来，从中国的北京来到你的脚下，欢迎吗？！"涛声依旧，巨大的浪花拍击峭壁，发出惊人的巨响，好像在回答："欢迎你们，中国的朋友！欢迎你们，北京来的客人！"我们顶着大西洋和印度洋交汇的大风，轮换着用3个相机留下了我们亲身来到好望角的难忘瞬间。

位于非洲最西南端的好望角，周围海域是大西洋和印度洋交汇的地带，海流相撞引起的滔天巨浪终年不息，这里是开普

南非好望角纪念牌

敦的地标，开普敦因好望角而建城。16世纪，东西方交通被阿拉伯人阻断，而今天，好望角已成为东西方文化交流的一大重要通道。

为了获取东方的香料、丝绸和瓷器等奢侈品，欧洲各国纷纷派出船队寻找新航线。绕过非洲南端的航线无疑是其中最重要的一条通道，直到苏伊士运河开通之前，这里都是欧洲通往亚洲的海上必经之路，为各国带来滚滚财源。好望角因此在航海史和贸易史上都具有特殊的意义。即使现在，无法通过苏伊士运河的巨型货轮仍然要走这条航线。

1487年8月，葡萄牙航海家迪亚士误以为来到了"非洲大陆的最南端"，给这个岬角取名"风暴角"。葡萄牙国王认为发现"风暴角"是个好征兆，因为绕过它就能通往富庶的东方，遂将其易名为"好望角"。由此看来，将"好望角"误认为"非洲大陆最南端"首先是个历史性的错误。

值得庆幸的是，这个错误后来在西方得到了纠正。1966年，在非洲工作过17年的法国记者路易·约斯，写了一本《南非史》，书中写道："非洲大陆最南端是这个地方（厄加勒斯角），而不是一般人所认为的好望角。"

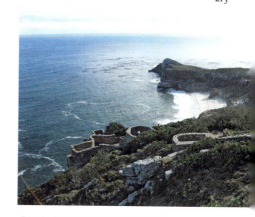

非洲大陆最西南端的南非好望角

中国一位在南非工作多年的记者李新烽曾撰文说：国内来客言必称"好望角是非洲大陆的最南端"，这让我非常困惑。因为非洲的最南端应该是厄加勒斯角。厄加勒斯角与好望角，虽同样是晴空万里，风光无限，然而现场往往却只有几个游人。

穿过乱石滩上曲里拐弯的羊肠小道，便来到非洲大陆的最南端，海岸平坦，只有乱石满目；海风拂过，未见白浪翻滚，未闻涛声入耳；一个半人多高的立方体石碑孤苦伶仃地站立在海边，正前方写着：你现在来到非洲大陆的最南端——厄加勒斯角，下面注明地理位置——南纬34度49分42秒，东经20度00分33秒。石碑的正上方是非洲大陆最南端与世界主要城市之间的距离，其上标明与好望角的距离是147公里。

如把好望角与厄加勒斯角相比，后者平坦开阔，风缓浪静，岬角隐约，容易让人忽略而过；前者突兀雄伟，风恶浪高，岬角赫然，给人的印象自然深刻。好望角因植物种类繁多，动物不时出没，自然景物美好，被列入国家自然保护区。又因游人如织，缆车、商店、饭馆、厕所等旅游设施齐全。发现好望角的迪亚士与首次通过好望角到达东方的达·伽马二人均在好望角有纪念塔，附近的开普角上的灯塔高居岬角之巅傲视海面，更加深了人们的记忆。

我不禁感慨：正因为厄加勒斯角平凡无奇，才如此地默默无闻，被好望角夺去了风头，以至于人们面对好望角的标牌，仍固执地认为它就是非洲最南端。这里又验证了人类一种千百次重复又千百次重犯的常识性错误，那就是：先入为主。

好望角的好风光掩盖了厄加勒斯角的光芒。基于对好望角的错误概念，很多资料上都说，"好望角"是大西洋与印度洋的分界线和交汇处。带着这个问题，李新烽请教了航海学家。

其实，这两大洋的地理分界线还是厄加勒斯角，其实际交汇处则是在厄加勒斯角与好望角之间的海域内不断移动，随着洋流的强度、温差变化和月球的引力大小而不停地变动着，并非一成不变地固守在一条线上。为了一目了然，李新烽又专门去厄加勒斯角实地考察，拍了图片以正视听。

因为双膝滑膜炎，不能爬山，但我不甘心看不到好望角的全貌，只好抓住孙承的背包，在两位大连老乡的帮助下，走走停停，爬上了海拔200多米的开普角瞭望台。因为腿疼得厉害，我便自己留在瞭望台上休息，让他们3个继续爬上灯塔。虽然我没有爬到顶点，但我拍到了开普敦的标志——信号灯塔。在没有缆车的情况下，已经爬山挑战成功，我对自己相当满意。

开普敦的标志——信号灯塔

在这里，我找到了观看好望角的最佳角度。放眼鸟瞰，山脚下有一个伸入大西洋的海角，它就是著名的开普角。

尽管国际地理学会将南非最南端的厄加勒斯角定义为印度洋和大西洋的交汇处，但由于海水是流动的，因此从开普角到厄加勒斯角有一段混水区，印度洋的水是浅黄色的暖洋，而大西洋的水是深蓝色的冷洋，两种颜色的水混合后，形成了一道难得一见的自然景观。在开普角的崖顶极目远望，浩淼的海水一望无际，海天一色，深浅不一的海水卷着白色的浪涛拍打着海岸，水雾在远处山峦中形成一道道白色的云瀑，景象十分壮观。

据孙承他们回来介绍说，开普角山顶有一个建于1857年的灯塔，灯塔下是一个标着从开普角到世界各地距离的标杆。从标杆到北京指示的距离为1.2933万公里。

康斯坦尼亚葡萄酒庄园

早就听说开普敦有可与法国葡萄酒媲美的葡萄酒，但缘何这里的葡萄酒久负盛名？来到这里亲见亲闻之后，才算有所了解。

开普敦的葡萄酒已经具有350多年的历史了。1655年，范里贝克率荷兰东印度公司的第一批移民在这里种下了第一株葡萄秧。他们种植葡萄的初衷是想让往返欧亚之间的船员们能够补充人体所必需的维生素，以免他们因长期乘船缺少维生素而得坏血病。没料到后来葡萄种植规模越来越大，不但满足了人们对水果的需求，而且大大地促进了南非葡萄酒业的发展。

目前，开普敦最重要的葡萄主产地是"弗朗斯霍克"，它位于开普敦几十公里以外一个群山环绕的伊斯特河谷。据说，1685年约有250名法国胡格诺教徒来到这里，在东印度公司的帮助下开始了葡萄种植，得天独厚的气候和地理条件使这里成为理想的葡萄种植园。之后，法国人又将本国的葡萄酿酒技术带到这里，并兴建了大量的酒厂和酒窖，使这里逐渐成为开普敦地区远近闻名的葡萄酒乡。

坐落在开普敦桌山不远处的康斯坦尼亚葡萄酒庄园非常著名，这个开普敦最早的葡萄酒庄园是由开普敦第一任荷兰总督西蒙于1685年创建。园内的曼纳尔大宅，曾经是荷兰总督西蒙的住所。当时，西蒙认为开普地区日照时间长、雨水充沛，非常适合葡萄的生长，因此开始在这里大面积种植，并于1705年在这个葡萄酒庄园里生产出第一批优质葡萄酒。

然而1925年，这座有着数百年历史的葡萄酒庄园毁于一场大火，如今的康斯坦尼亚葡萄酒庄园是后来重建的，据说只是过去庄园主葡萄园的1/6大小，但完全保留

葡萄酒庄园接待室

了以往荷兰庄园的建筑风格。白色的小楼今天仍然完好无损，院墙的三角梅枝叶茂盛火红一片。一望无际的牧场和漫山遍野的葡萄园，有几位黑肤色的工人，开着轻便的拖拉机在园中行驶，看到我们便快乐地用中文向我们打招呼说"你好！"

园中的马路旁，摆起十几个装满葡萄的箱子，几个白种人在收购葡萄。酒店草坪上，巨大的木质酒桶旁，小松鼠在树枝上蹦来跳去，一位年轻的母亲甜蜜地逗着身边的小宝宝，几位金发碧眼的小朋友骑着儿童自行车在追逐嬉戏。好一幅欧式的田园风光！我们仿佛在画中游览胜景。

现在曼纳尔大宅已成为文化历史博物馆，园内还有一个建于1791年名叫克雷特的酒窖和一个内设品酒吧的乡村酒店。游客可以在这里先品酒再买酒，许多人把这里当成了度假休闲的好地方。

曾经的总督住所曼纳尔大宅

开普敦康斯坦尼亚葡萄酒庄园

葡萄园里有许多上蹿下跳的小松鼠

空心大树顽强的生命力

拖拉机在葡萄园里耕作

康斯坦尼亚乡村酒吧

　　我们没有品到葡萄酒的酒香，却意外尝到了挂在葡萄架上已经半干了的葡萄，不知是葡萄园工人忘记了采摘，还是有意留在葡萄架上另有他用，反正这几趟葡萄架上的葡萄非常非常美味，连我这几近洁癖的人，都忍不住把葡萄连皮放到嘴里大嚼一番。更有甚者，有人成把成把地往嘴里塞。导游把大家带到这里，嘴上说，"注意啊！远处有人看着哪！"实际上园中的主人都是睁一只眼闭一只眼罢了！

　　后来我了解到，这些挂在架子上的葡萄，是为制作美酒所特意采取的一种

为什么葡萄干了都还不摘呢

晾晒方式，经过日晒、低温、风干等步骤的葡萄可以制作出风味独特的葡萄酒。难怪我们吃到嘴里的葡萄格外甘甜呢！

沿着大西洋海岸线还有无数这样的葡萄种植园，它们从崎岖的坡地到平原河谷绵延800多公里。仅在"弗朗斯霍克"地区就有42个葡萄农场。今天，南非已成为世界十大葡萄酒生产国之一。

晚上洗澡时，我用热水不停地冲击肿胀的双腿，以促进血液循环，减轻肿胀。不经意间发现自己身体上青一块紫一块的，哦，这就是白天看海豹的代价喽！

信号山朦胧如画

信号山位于桌山一侧，海拔350米，因正午鸣炮而得名。其另一端因外形像狮子头又被称为狮头山。

信号山是晚上观赏被誉为世界三大夜景之一的开普敦夜景的最佳地点。山上有多个角度可供欣赏美妙的景色，光彩夺目、晶莹剔透、一望无际连绵几十公里的火树银花，令人叹为观止，流连忘返。

上午游览信号山，能见度大概只有20米远。远处山下的大西洋一片朦胧，什么也看不清楚。山坡上有珍珠鸡、大乌鸦在觅食，圆滚滚的珍珠鸡像一只没有漂亮尾巴的孔雀，一身黑衣中布满珍珠般的白色斑点，突起的鸡冠和尖尖的嘴巴都是红色的。令人称奇的是，这种野鸡长了一副蔚蓝色的面孔。而山上的乌鸦，个大腿长，像只小鸡似的，肩头上还围着雪白的围脖。清晨的信号山上人禽共处，互不干扰。我们在空气清新的山顶上漫步，好像在朦胧仙境中晨练。

山顶有几棵又细又高的松树，枝叶并不算繁茂，但松塔果实硕大，有的竟超过成人的拳头大小。我们随便拍了几棵雾中的松树，好似水墨画一般，还真挺有意境的。

半个多小时之后，晨雾还没有完全散去，但山林中已经露出开普敦错落有致的楼房，大西洋烟波

信号山野鸡——珍珠鸡

浩淼的壮观已经显现，老天爷真是很照顾我们这些远道而来的中国客人，让我们得以鸟瞰开普敦市容和南非世界杯足球预赛场馆。

站在开普敦的信号山上，我们俯瞰海岸城市风光，一个椭圆形的建筑映入眼帘，就像一枚精致的宝石戒指镶嵌在绿色的海岸上。导游介绍说，这就是开普敦为迎接2010年世界杯足球赛而重建的绿点足球场。

绿点！多么好听的名字啊！都说非洲是狂野的，足球赛更会令人癫狂！怎么会为足球赛场起出这么雅致的名号！

据介绍，绿点体育场是南非为举办世界杯新建的五座足球场之一。位于桌山和罗宾岛两大地标之间的"绿点"区，因而得名。绿点体育场是在原旧体育场旁新建的一座多功能球场。一开始，由于部分市民抗议，以及工人罢工数次，导致该体育场的建设几度陷入停顿，不过在一切理顺之后，体育场的建设进程远远超过了计划进度。一座崭新的现代化体育场，仅用了两年多就建设完工。

信号山上的乌鸦个大腿长还围着雪白的围脖

开普敦信号山上云遮雾罩

2009年12月，总投资为45亿兰特（约合4亿多美元）的新绿点体育场正式竣工，观众容量可达6.8万人。根据计划，其中的1.3万个临时座位将在世界杯赛结束后拆除，从而使其能够满足所有的大型体育和演出等项目需求，包括足球、橄榄球、音乐会以及其他大型活动。只能容纳1.8万人的旧体育场，已改建成了新球场和世界杯的宣传基地，设有开普敦足球史展览室、接待中心、影视大厅等。

新绿点体育场被认为是世界上最先进的体育场，它建造了一个可伸缩的玻璃屋顶，中间可以打开，这也是世界上独一无二的。穹顶第一层采用16毫米厚的玻璃面板，保护观众免受强风大雨侵袭，又可以让光线射入，下层板材是梭织聚氯乙烯布，

可减轻球场内部噪音。整座体育场堪称一座无污染的"绿色体育场"。

　　绿点体育场面临大海，后倚桌山，位于开普敦市最美丽的地方，因此在球场设计上首先要和自然景观协调一致，让它们和谐地融为一体。夜晚灯光闪亮时，这座多用途球场犹如一个在基座上浮动的玫瑰色瓷器，建筑师把这座球场称为"开普敦女神"，已经成为开普敦市的新地标。

　　世界杯赛之后，绿点球场将会成为南非国内的足球俱乐部开普敦阿贾克斯和桑托斯训练和比赛的主场。

开普敦的断桥

　　在大巴车拐弯处，我们突然发现路边有两座高架"断桥"。据说这里就是拍摄美国大片《生死时速》的现场。

　　这本该是一座立交桥，桥面在即将达到最高点时戛然而止，裸露的钢筋水泥龇牙咧嘴地伸在外面，仿佛这里刚刚经历过一场地震，断桥与开普敦的美景，形成一种强烈的反差。

导游告诉我们，眼前这两座"断桥"是因为没有事先签署土地转让合同，土地所有权主人的儿子拒绝搬迁而不肯出售土地。所以事先初步协商好的迁移计划只能作废，最后，只能改道合拢。用中国话来说，就是拆迁遇到了"钉子户"。

开普敦断桥

南非是非洲国家中基础设施建设最好的国家，开普敦更是一座非常现代化的城市。早在几十年前，开普敦市区就开始全面建设高架桥了。而这座两"断桥"就是当时遗留下来的"遗迹"。

南非的法律明确规定，个人的土地所有权神圣不可侵犯。如果你非法占据或者使用他人的土地，法律是绝不允许的，土地权的拥有者们依据自己的意愿和需求，该拆的拆，该迁的迁，政府一点办法都没有。直到今天，时间已经过去30多年，当时反对出售土地的这户人家，又在这块土地上建了一家规模不小的酒店，继续享受他们所拥有的土地所有权。

据说开普敦共有4处这样的"断桥"。除了"钉子户"的原因外，另外两座断桥是"豆腐渣"工程遗留下来的。其中一座是15年前，因为计算错误，桥建到快一半时轰然倒塌，3名建筑工人当场身亡。那是一场灾难，建设局局长因此被判了3年徒刑。随后，开普敦当局打算尽快清理掉这堆建筑垃圾。在狱中的前建设局局长得知这个消息后写信恳求市长留下这座断桥。但大多数市民不同意这么做，认为每年有上百万的外国游客来开普敦，留着这种丑陋的建筑垃圾简直是全体开普敦人的耻辱。

就在准备拆除断桥的前一天晚上，开普敦电台广播了3名身亡的建筑工人家属致全体市民的一封信：

断桥是刻在每个市民心头的耻辱，对于我们还要再加上一份痛苦。早一点让它消失，也许会平息我们的思念。但是，流过血的伤口会永远留下个疤，不承认有疤的城市是虚弱的。我们这座城市需要的不仅仅是美丽，更需要一种勇敢的品质。

不要让耻辱轻易地离开，即使耻辱里包含着痛苦。让断桥时刻地警示我们吧！这样我们未来才能做得更好。

断桥就这样被保留了下来。开普敦议会专门出台规定，任何人不得拆除这座断桥。后来的每一任建设局局长宣誓就职时都选择在这座断桥前进行，保证用责任来洗刷曾经的耻辱。市长会把一个小盒子交到建设局局长手中，盒子里是断桥上的一小块混凝土。

开普敦人是勇敢的，他们把断桥当作了耻辱之碑，责任之碑。在这座断桥的旁边，一座新的立交桥早已建成通车，挺拔而牢固地屹立着。

午餐前，导游又把我们带到了珠宝店，竟还是那几位吉林的客人在选购。真是有备而来呀！闲着没事喝咖啡品糖果，都是免费供应，实际上大家都没闲着。而我既不敢喝咖啡又不敢吃糖，怕影响睡眠和血脂，正好利用这个时空写游记。好在环境非常优雅，比在约翰内斯堡的豪登珠宝中心舒适多了。

下午，从开普敦飞到约翰内斯堡，没有出机场就转飞开罗。又是白天玩，晚上飞，这真是辛苦又快乐的旅游呀！

在机场大厅里我们看到一位高雅的非洲女士，满头黑发都勾成凸起的垄，然后都整齐地编成比筷子还细的小辫子，像瀑布般披在脑后。与以往我们曾经见到过的非洲女性发式完全不同。我礼貌地表示赞赏，特意拍下一张秀发照。

说来也怪，在开罗入关两次，各种肤色的人都顺利通过，只有黄皮肤的中国人每次都被卡住。可能全世界都知道，中国人讲究疏通关系，不远万里来到埃及，难道入关还要"送礼"？一位新疆的游客，掏出5盒清凉油送过去，居然白搭。"礼"也送了，还是不许过境。看着各种肤色的人都顺利入境，只有我们——黄皮肤的中国人被滞留在机场过境大厅。除我们团的十几个人之外，还有5位深圳来的小伙子，也被卡在这里。他们不停地抗议申辩，又找到我们要联手抗议。

此行之旅，看风景是严格控制时间的，购物则随便敞开时间，入关一次比一次延迟时间。我的团友们非常赞同我的总结。都说，还真是那么回事儿！

但孙承另有感受，他感慨地说："此次非洲之行，对我是个殊荣，非常非常难忘，我将永世铭刻这段开心的日子。"此行的确难忘，40年等一回的出游，金字塔有我们牵手的身影，好望角留下我们登山的足迹，八千里路云和月见证了我们的友谊。

认识一种人生

——为丽黎《最美的风景在路上》感言

跋

近年来，我常常生出这样的感慨，虽然我已过了知天命之年，但人生的许多认识才刚刚开始。感受很深的一点便是透彻地认识一个人是多么不容易，即使是亲人，即使是身边的亲人，即使是身边共同生活了几十年的亲人！我对妻子于丽黎的认识就让我有良多感触。

丽黎出生在军人家庭，父母亲都是早年参加八路军的老军人。她的父亲较早就因病离休在干休所生活了，虽然职务不高，但受人尊敬。丽黎也有点儿优越感，因为她是革命军人的后代。丽黎是听着父辈的战斗故事长大的。她16岁当兵，有过22年的激情军旅岁月。我心想，这样的家庭和经历，她的内心一定是非常纯正、非常理想化的。她从军队医疗工作岗位转业到地方时，我就担心，她能否承受不熟悉的、比军营复杂得多的地方工作环境？能否承受工资水平的骤然下降？能否承受由军到民身份的变化？我的担心一个也没有发生。后来她调入中国人口报社工作，先是当编辑，她采写的一些大大小小的报道连连引起关注和好评，屡屡获奖。后来她负责通联工作，年年参与全国发行会议组织工作，奔波各地，紧张忙碌，文章还是照写不误，工作兴奋度始终很高。其实，我看得清楚，她的岗位环境没有一个比得上她在军队医院当军医舒适，而且军医有稳定的发展前景。但她似乎对环境适应没有什么困难，也没有纠结什么级别高低。若干年后，她被评为第二届全国百佳新闻工作者，这是一个很高的荣誉，证明她的转行获得了很大成功。有一天，我看到她厚厚的文集《心心初旅》出版了，里面收入了她写的工作通讯、人物专访、言论，还有散文、小说。她竟然有了那么多文字积累，这让我着实惊讶。惊讶之余，我想起一件往事。多年前，我们楼上的住户搞钢琴家教，两架钢琴弹奏，楼房质量差，楼板不隔音，耳边灌满了琴声，我不胜其烦，常常躲出去思考问题，她却安然于桌前写作。许久，我从外面回来，看到她竟如没有听到琴声一样仍然专心写作，这需要多么平静的心境，而保持这种心境又需要多强大的人生定力啊！我不由得想到她对级别高低，待遇多少，工作和生活环境好坏，以及到医院看病的种种不便，似乎也从不怎么在意，听不到什么抱怨。看了她的书，我渐渐明白了，这种人生定力是她从沉醉的理想世界——旅游经历、异国探秘、拓宽文化视野中获得的。在那里，她有着足以抵御诱惑的心灵去遨游天地。又过若干年，她退休了。退休前，获评副高级职称。以她的工作时间长度、勤奋和取得的成绩，若在军队医疗岗位退休，至少是个专业技术正师级待遇。在地方退休，与当时军队工资水平比，落差不小。但我仍然没有听到她有什么意见，更没有抱怨。有的单位听说她退下来了，赶紧来聘请她兼职，她一再推辞。是啊，退休了，有更多时间了，不是可以更好地掌握自己后半生生命理想的风帆了吗？

丽黎在工作期间曾有机会出国，每次回来总是兴致盎然，讲这讲那。后来，我发现她退休后特别爱看电视上的旅游节目，还常常欣喜地指点介绍着她在国外彼时彼地的见闻。我没出过国门，不大了解她的感受，但我觉得她对各种各样的大自然景色、世界文化采风、各国风土人情等有一种天性般的爱好。跟着看得多了，我对屏幕上的旅游生活也渐渐有了些兴趣，发现了很多过去不大注意的人文内容，就觉得，人确实不能太闭塞了。退休后，她出国更频繁了，当然都是自费。每次出去前，她总要反复阅读要去的国家的有关书刊，回来后不但兴奋于她的所见所闻，还长时间埋头阅读西方文化史书籍，不时向我询问几个问题，又仔细翻看世界地图册，不时上网查找些什么，然后埋头整理她的游记。她是一个不大注重生活细节的人，但对到过的旅游地点的历史背景、文化背景、重要人物事件和许多细节特别用心。又是若干年过去，一天，她面前又有了厚厚一叠待出版的文稿，是她写的近40个国家的游记。我翻阅书中篇章，浏览着那一篇篇凝结了她心力的文字，检视着那一幅幅异域风光照片和照片上的她，看到平日那个有些急性子的她在旅游天地中舒缓惬意的样子，看到平日经常受腰痛、腿痛折磨的她在大自然风光中那般欣喜开心的状态，不由想到，她长空飞行，异国他乡，且不无险情，这样走过一个又一个国家，看过一片又一片山河，赏过一处又一处古迹、景观，会是什么样的感受？什么样的心境？她到底收获了什么？为了获得这些，她又放弃了什么？渐渐地，从她的旅游人生中，我读出了她将自己交给大自然获得的全身心放松和畅怀，读出了她对生活的强烈热爱，读出了她天性中的浪漫。这一次次出游，极大地满足了她对世界的好奇心，让她的浪漫情怀一次次自由飞翔，是她人生理想的实现，更是她人生态度的展现。

　　我们"50后"这代人从小受的教育是：我们的生命是用来奋斗的，新中国是无数先烈奋斗得来的，奋斗是人生的不朽使命。我们这代人如此熟悉苏联英雄保尔·柯察金的这段名言："人生最宝贵的是生命，生命属于人只有一次。一个人的生命应当这样度过，当他回忆往事的时候，不会因虚度年华而悔恨，也不会因碌碌无为而羞愧；在临死的时候，他能够说我的整个生命和全部精力，都已献给了世界上最壮丽的事业——为人类的解放而斗争。"这段话曾被我们这一代人奉为人生最高境界。今天，我偶然知道，这段话后面紧接着还有这样一句："人应该赶紧地、充分地生活，因为意外的疾病或悲惨的事故随时都可以突然结束他的生命！"（李准：《最美丽的垂钓——李准谈电视剧创作及其他》，重庆出版社，2008年，第26页）这让我沉思良久。我以为保尔的话恰恰反映了人性互相联系着的两个方面：人生来有享受幸福生活的权利，但为了更多的人能够享受幸福生活而牺牲自己的幸福，正是人性的崇高。保尔从身处的那种无比艰苦的革命年代说出有如此远大理想的肺腑之言，他这后面的一句，表达了作为一名真正的无产阶级革命家的完整人生观，也是对人生要有更完整生命意义的贴心忠告。我还想到无数革命先烈、志士先贤抛家舍业干革命、吃苦受难、奉献牺牲，不正是与为最大多数人获得幸福生活的目标相联系的吗？他们因此值得后人敬仰，我们也就更应该珍惜美好的今天！我有时议论起自己的际遇，不无懊丧处，丽黎就对我说："你作为教师，凭着自己的努力得到现在的待遇和人际评价，生活对你是公正的。"近年来，我有时为疾病加身而消沉，耳边又响起丽黎常说的一句话："生命是一个过程，要珍惜每一天的生活质量！"她自己也以这样的心态待己待人，在工作岗位就踏实工作，退休了就好好享受退休生活，决不为过往的事患得患失。突然，我从她的旅游人生有悟：从大自然的无限浩瀚来看人，人显得渺小、短促；从人对大自然的征服过程来看，人显得那般伟大、有力量；从人能够将大自然作为欣赏客体来看，人是真正的宇宙精灵，这或许就是旅游能够带给人的一种超越的人生观：人，不管以什么方式活在世界上，能够活在自己热爱的生活里，有幸福感地活着，就不算白活。生活的乐趣就将是无限的。

今天，国家大力提倡以人为本，关爱人生，正是对人的生命尊严和生命质量的尊重，对作为个体的人追求幸福权利的尊重！这是一个时代的福音！丽黎如此热爱旅游，赶上了好时代。她不就是在以旅游这种方式在有限的生命里追求无限的生命之光吗？这种追求让她收获的是有限人生的扩大和快乐，对文化天空的陶醉和迷恋，对未知世界的多种兴味探索，对浩渺星空的自由想象，同时也就能轻而易举地抛弃生活的许多烦恼和对世俗细节的纠结。丽黎问我，这本书的书名叫什么好？我就想到，既然她的第一部文集《心心初旅》，无论是对工作的经验总结，还是各种生活感悟，都是以心投入之集成，书名恰如其分，那对这部走出国门、游历五洲、放飞心灵的旅游记行，书名就叫作《心心出旅》吧。（出版社建议改为《最美的风景在路上》）

再过若干年，当我们的双腿走不动路的时候，还会有"旅"吗？有啊！只要我们一天不放弃对生活的热爱，对生命的热爱，答案就是如此肯定。生命尚存，旅行不止，那就是心心之旅。金色的阳光下，我们那不再灵动的躯体，以躺着或坐着或其他什么姿势，支撑着思维的头脑，回眸一生的流金岁月，任心灵驰骋于过去、现在和将来，那该是多么甜美的享受！那将是我们暮年生活中最灿烂的一段心之旅！

边国立

2014年5月